세상에서 아주 소중한

_____ 님에게

_____ 가 드립니다.

혀는 내가 다스리지만 내뱉은 말은 나를 다스린다

말글레터

당신과 나누고 싶은
이야기가 있었다

디아스포라(DIASPORA)는 독자 여러분의 책에 관한 아이디어와 원고 투고를 기다리고 있습니다. 디아스포라는 종교(기독교), 경제·경영서, 일반 문학 등 다양한 장르의 국내 저자와 해외 번역서를 준비하고 있습니다. 출간을 고민하고 계신 분들은 이메일 chonpa2@hanmail.net로 간단한 개요와 취지, 연락처 등을 적어 보내주세요.

말글레터
당신과 나누고 싶었던 이야기가 있었다

—

1판 1쇄 발행 2014년 6월 27일
1판 2쇄 발행 2014년 12월 9일

—

지은이   김재화
펴낸이   손동민
편 집   윤실
디자인   김희진

—

펴낸곳   디아스포라
출판등록   2014년 3월 3일 제25100-2014-000013호
주 소   인천광역시 계양구 장제로 758, 1109호
전 화   02-333-8877
팩 스   02-334-8092
이메일   diaspora_kor@naver.com

ⓒ 김재화(저작권자와 맺은 특약에 따라 검인을 생략합니다)

ISBN   979-11-952418-0-4 03800

말과 글에 대한 김재화의 생각

말글레터

당신과 나누고 싶은
이야기가 있었다

김재화 지음

디아스포라

'여러분 안녕하십니까?'

　최고를 지향하는 시대입니다. 세상사 모두가 그렇습니다. 아무도 거들떠보지 않는 삼류에서 벗어나 일류소리 들으며 살아야 하지 않겠느냐는 생각을 하는 모양입니다. 사실 2등은 겨우 위로를 받을 뿐, 대접을 받는 건 오직 1등이기 때문에 누구나 튀는 쪽을 지향하고 있다고 봅니다. 직장과 사회에서 최고가 되고 싶고, 일류 구성원이 되고 싶지만 하지만 그게 어디 쉬운 일인가요! 어렵기에 누구나 될 수 없으며 또 그러기에 누구나 되고 싶은 욕망이 있습니다.

　이른바 '안녕들하십니까 대자보'가 열풍을 불었던 적이 있습니다. K대생이 학우는 물론 사회에 대고 부르짖은 외침이었는데요, 내용은 우리가 처하고 있는 굵직한 이슈들에 대한 일침이었습니다. 그 대자보는 주연 자리에서 밀려나 있는 사람들도 잘 살아볼 기회를 갖자, 상위라고 하는 사람들의 껍데기를 벗어라 하는 일침이었습니다. 그런데 아이러니하게도 그 대자보를 처음 쓴 학생은 그 글만으로 일류로 등극을 했습니다.

우리는 그 대자보 사건에서 하고 싶은 말은 꼭 해야 하는 것이구나, 이런 식으로 하면 되는 거였구나 하는 걸 알게 되었습니다.

누구나 생각을 할 머리가 있고 말을 할 수 있는 입이, 글을 쓸 수 있는 손이 있습니다. 정확하고 재미있게 자기표현을 하는 것이 성공의 지름길입니다. 말과 글에 신경을 쓰자는 것입니다. 그것이 아주 효과가 크기 때문입니다.

사실 사람들은 이론적으로는 말과 글의 효능을 이미 알고 있습니다. 다만, 행하는데 무슨 특별한 용기를 필요로 하는 것이라는 인식을 갖고 있어서 밖으로 표현을 잘 못합니다.

다른 사람을 움직일 정도의 말과 글을 쓰면 분명히 이익이 온다는 것을 알면서 마음 속으로만 품고 있다가 아쉬움으로 끝나기도 하고, 어설프게 시도하다가 적이 당황하는 수가 많았으니 섣불리 시도하지 못하는 것이죠. 그 사정을 잘 압니다.

하지만 절망할 일이 아닙니다. 후천적 노력만으로도 입담과 필력이 세어지는 사람들이 수도 없이 많잖습니까.

김삿갓, 황희, 임어당, 레이건, 처칠, 양주동, 김대중, 황석영, 히딩크, 황수관, 전유성, 유재석, 김제동…들이 대표적 인물들입니다.

따라서 친구나 동료, 세상에 대하여 주눅 들지 않고 당당하게 말하고 글을 쓰는 게 불가능한 일이기는커녕 어려운 일도 아닙니다. 읽고 쓰고 말하는데, 조금의 노력만 가하면 가능합니다. 이 글 속의 이야기들이 도움을 드릴 것이라 감히 자신하여 꼭 당신에게 들려드리고 싶었습니다.

읽기 쉽고 손에 쥐기 편하게 책을 만들어주신 디아포라스 출판사 손동민 팀장, 삽화를 맡아준 절친 유환석 화백과 무엇보다 매주 2차례씩 '말글레터'를 읽고 이메일 답글로 격려를 해주신 5천여 '말글레터' 가족들에게 감사의 인사를 드립니다.

합정동 〈말글공장〉에서

김 재 화 드림

Contents

Chapter 1 살며 사랑하며

Chapter 4 그건 아닌 것 같은데요

Chapter 5 생활의 발견

Chapter 6 우리가 꿈꾸는 세상

Chapter 7 당신이 있어 행복합니다

Chapter 1

살며
사랑하며

커피

커피에 설탕을 넣고
크림을 넣었는데
맛이 싱겁군요.
아~ 그대 생각을 빠뜨렸군요.

책을 읽으니까 세상이치가 보이더라

저는 전라도 산골인 구례에서 어린 시절을 보냈습니다. 초등학교 2학년 때, 학교문을 나서면 바로 트럭이 씽씽 달리던 신작로에서 일어났던 일입니다. 도로 건너편에 약속한 대로 엄마가 서 계셨고 저는 그저 엄마에게 빨리 가려고, 오는 차도 보지 못하고 찻길을 건너 달려갔는데, 그때 마구 달리던 대형트럭 속으로 들어가고 말았습니다.

부산서 학교를 다니던 때는 혼자서 자취를 하며 살았는데, 연탄을 아끼려고 겨울에도 냉골방 상태로 살기가 예사였습니다. 제가 직접 작은 고물 변압기에서 풀려나온 코일을 감아 만든 조잡한 전기장판은 과학의 원리를 무시했기에 위험했고 곧 사고로 이어졌는데, 그 '전기장판'을 자취방에서 깔고 자다가 불이 나고 만 것입니다.

서울에서의 대학시절, 경제적으로 크게 어려워 학교에서 무려 2시간 떨어진 곳에 입주가정교사로 들어가 생활했습니다. 그 죽도록 힘들게 한 아르바이트는 과로와 영양부족으로 이어졌고 심한 결핵성늑막염을 앓다가 바로 눕고 말았습니다.

이렇게 죽을 고비를 넘기다가 50대 나이에는 또 대형사고를 겪었습니다.

50대의 중년. 이 나이이면 다른 사람이 운전하는 차의 뒷좌석에 안전하게 가기도 하고 그 어디를 가도 어흠~ 하고 뒷짐이나 지고 위험한 일이나 거친 일은 '아랫사람'에게 시킬 때이건만 저는 그러지 못하고 살고 있다가 모 골프장서 3미터 높이의 90도 수직벽 아래로 떨어지고 말았습니다.

그 추락사고는 큰 부상을 가져와 '목숨은 괜찮지만 하반신 마비가 올 상황(당시 의사의 진단)'에 처해진 적이 있었는데, 전 운명적으로 늘 위험 속에서 벗어나지 못하는 무슨 족쇄에 채워져 있는 모양입니다. 아니면 제 몸을 스스로 귀히 여기지 못하는 습관이 이 사고를 가져왔는지도 모릅니다.

제가 생명을 아예 잃을 수도 있었거나 몸을 크게 다쳐 걷기도 힘들 지경에 이르렀던 사고를 오래된 순서별로 나열해 본 것인데요, 그때마다 살아났습니다. 돌아보니 그 기간에 책을 읽으며 다시 일어설 의지를 가졌습니다.

두어 차례 병상에 오래 누워 있다가 비로소 깨달은 게 있습니다. 사람은 살아있다는 것, 그것만으로도 무척이나 신나고 어쩜 아주 하찮은 일상인 제 손으로 숟가락을 들고 밥을 먹는 힘이 얼마나 크고 위대한지도 알게 됐고 책을 읽으면 고통이 사라지더라는 것입니다.

제가 글을 쓰고 말을 하는 걸 보고 주변 사람들이 '재주가 뛰어나다'고 분에 넘치는 칭찬을 해 주곤 합니다.

비법을 묻기도 하는데요, 독서! 그것 밖에 없는 것 같습니다.

요즘 저는 '시인 백석'을 읽고 있는데, 여러분은 무슨 책을 읽고 계십니까?

책을 읽읍시다!

2013. 2. 20

우리말 길라잡이

'끼어들기'와 '끼여들기'

'끼어들기'는 자주 '끼여들기'와 혼동하여 쓰는데, 이는 발음이 '끼어들기'로 또는 '끼여들기'로 나는 데 그 원인이 있습니다. 많은 사람들이 발음에 잘못 이끌려 '끼여들기'로 적습니다.

'끼어들기'는 '무리하게 비집고 들어서는 일'이란 뜻으로, 능동적인 행동을 나타내는 말입니다. 그러므로 '끼다'의 피동사 '끼이다'가 쓰인 '끼여들기(끼이어들기)'는 어법에 맞지 않은 말입니다.

어떤 태도가 100점일까?

인생을 100점짜리로 만들기 위해서는 어떤 게 주어져야 한다고 생각하십니까?

행운, 사랑, 돈, 행복, 성공… 등이 다 중요하겠죠. 이런 계산을 한번 해 볼까요? 영어 알파벳 A,B,C,D,E…X,Y,Z에 1,2,3,4,5…24,25,26점을 줍니다. 그러면 행운luck =47, 사랑love =54, 돈money =72, 통솔력ledership =89, 지식knowledge =96점이 나옵니다.

그런데 '태도attitude'는 놀라지 마세요. 딱 100점이 됩니다. 태도, 곧 삶을 대하는 자세는 우리 삶을 열어가는 가장 소중한 길잡이라고 생각합니다. 우리 삶에서 많이 아는 것이나 남을 지휘하는 능력이 다소 있다 해도 그것이 다는 아닙니다. 자신에 대한 행동이나 말씨는 바꾸기는 어렵지만 노력하면 변화가 가능하다고 봅니다. 따라서 행복한 미래의 삶을 위해서는 우리가 매일 스스로 결정하고 선택해 나갈 수 있는 자신의 태도를 잘 가다듬는 것이 중요하다는 것이 제 생각입니다.

성공적인 삶을 사는 '승자'의 강점은 타고난 가문이나 학벌 또는 재능이 아니라 바로 지금 어떻게 삶에 부딪치는가 하는 태도에 달려있다고 할 것입니다. 영웅 나폴레옹도 '자신의 운명을 바꾸려면 우선 행동과 습관부터 바꾸라.'고 했습니다. 이는 가문, 외모, 학벌…같은 것에 너무 의존하지 말고 몸가짐, 생각가짐을 가다듬기에 열정을 쏟아야 한다는 말이 아닐까 싶습니다.

제가 오늘부터 4개월 동안 마포 합정동의 '김재화 말글스튜디오'에서 〈스마트커뮤니케이션〉 강좌를 엽니다. 오시는 분들에게 저는 지금보다 더 나은 운명을 만들어드리려 합니다. 사실 제가 무슨 신통방통한 힘이 있겠습니까? 우리의 행동이나 자세를 바꾸는 태도를 함께 연구하자는 말씀을 줄기차게 하려는 것이죠. 관심 가져주시면 감사하겠습니다!

2013. 3. 19

유머구사는 '노래방법칙'에 따라

1984년의 노래연주기에 이어 1988년 우리나라에서 처음 컴퓨터 음악연주기를 개발하는데 성공, 세계 최초로 개발된 신기술을 인정받았는데요, 이것이 1991년 부산에서 첫 노래방의 탄생을 있게 했다는군요. 암튼, 단군 이래 가장 성업 중인 업종이 노래방이라고 합니다.

그런데 이건 올바른 예의가 아니다 싶은 노래방 행태가 있습니다. 꼽아보자면 다른 사람이 부르는 노래를 더 크게 따라 부르거나 탬버린을 요란하게 흔드는 사람, 기계조작으로 다른 사람이 예약해 놓은 노래를 다 삭제해버리는 경우일거구요, 동요나 지나치게 엄숙한 가곡을 부르는 것도 분위기를 모르는 사람이겠죠. 또한 그 시끄러운 곳에서 노래 안 부르고 잠자는 사람이나 자기는 '얌전하게' 구경만 하다가 돌아서서 남의 흉내를 내거나 흉을 보는 태도도 안 좋다는 생각입니다. 그러나 제 경우는 다른 사람에게 노래를 시켜놓고 듣고 호응해 주는 대신 고개를 돌리고 휴대폰 카톡 문자를 하거나 옆 사람과 이야기하는 사람이 가장 싫더군요. 노래방 이야기가 나왔으니까요, 유머나 기타 좀 튀는 말을 하는 방법으로 제가 명명한 '노래방법칙'이라는 게 있는데 설명 드려보겠습니다.

노래방에서 노래 잘하고 점수 잘 받는 법이 있듯 말을 할 때도 이 방법대로 하면 돋보이니 응용해 보시기 바랍니다.

첫째, 남보다 먼저 하는 것입니다. 일반적으로 그나마 자신 있는 '18번 곡'은 한 두곡에 지나지 않잖습니까? 그래서 앞 순서에 하면 내 노래를 남이 먼저 해서 내 레퍼토리가 죽고 마는 비극을 막을 수 있습니다.

둘째, 크게 하는 것입니다. 고함까지 지르라는 것은 아니구요, 다소 큰 목소리가 점수가 잘 나오듯 말도 크고 또렷한 음성으로 해야 합니다. 그래야 주목을 받습니다.

셋째, 신곡을 하는 것입니다. 잘 부른 옛 가요 보다 차라리 못 부른 최신곡이 멋져 보입니다. 유머나 어떤 이야기는 이미 남들이 다 아는 걸 해 본들 그다지 재밌지가 않습니다.

넷째, 잘하는 한 곡으로 그쳐야 깔끔하고 실력이 들통 나지 않는 게 노래이듯, 유머도 그래야 합니다. 혹시 좌중을 웃겼다고 억지로 또 하면 흥미가 크게 반감하고 맙니다.

다섯째, 안무를 곁들이는 것이 노래를 살리듯 말에도 제스처가 꼭 필요합니다. 좀 못하는 노래를 춤이나 기타 동작이 덮어주듯 말을 할 때 손짓 하나라도 잘 쓰면 말의 맛을 훨씬 더 살릴 수 있습니다.

노래방 가실 때, 유머 같은 거 날릴 때 꼭 참고하시기 바랍니다.

2013. 4. 19

'옷'과 '윗'

윗옷을 벗으니 웃통이 드러났다에서 처럼,'웃' '윗' '위'의 정확한 쓰임새를 잘 구분해 쓰는 사람은 거의 없을 것이라 봅니다. 그만큼 혼동이 가는 말입니다. 저도 2급중등 국어교사 자격증 가졌고 명색 작가입니다만, 이런 말을 쓰거나 수정하면서 쉽게 구분을 못해 쩔쩔 맬 때도 많습니다. 자, 정리해보죠.

① '웃'으로 발음되는 말이라도 그 말이 윗(웃)도리 - 아랫도리, 윗(웃)니 - 아랫니, 윗(웃)목 - 아랫목 등처럼 위 · 아래가 대립되는 말은 '윗'으로만 적고

② 발음이 워낙 '웃'으로 굳려진 말 가운데 위 · 아래 대립이 없는 말, 예를 들어 웃어른(아랫어른은 없음)과 웃돈 등은 '웃'으로 적으며

③ 된소리(ㄲ, ㄸ, ㅃ, ㅆ, ㅉ)와 거센소리(ㅊ, ㅋ, ㅌ, ㅍ) 앞에서는 '위'로 적는다.

이때 ③의 내용은 '뒷쪽(×) → 뒤쪽(○)' '뒷칸 → 뒤칸'처럼 '거센소리와 된소리 앞에서는 '사이시옷'을 쓰지 않는다'는 한글맞춤법 규정에 따라야 합니다.

영어 단어 스펠링 하나 틀렸을 때, 화들짝 놀라는 것처럼, 우리글 잘못 쓸 때도 크게 놀라야겠습니다.

책의 날에

면사무소에서 퇴근해 오신 아버지가 뒤늦은 식사를 하실 때, 작은 개다리소반에 국어책을 놓고 큰 소리로 또랑또랑 읽었던 어릴 적 추억이 있습니다. 남에게 겨우 하는 유일한 제자랑은 초등학교 때부터 무척이나 책 읽기를 좋아해서 글 쓰고 말하는 기술이 아주 조금은 있다는 것입니다.

20세기 문맹인이 글을 모르는 사람이었다면 21세기 문맹인은 글로 쓰인 책을 읽지 않는 사람이라고 말하고 싶습니다. 책 말고도 다른 것으로 정보를 취하고 교양을 닦을 수 있는데, 무슨 말이냐고 항변하실 분들도 계시리라 생각합니다. 그러나 책만큼 인간과 세상을 알게 해주는 것이 없다는 마음이고, 그래서 저는 계속 책의 훌륭한 효용가치를 주장할 것입니다.

바로 오늘, 23일은 어떤 달력에는 잘 나와 있지 않은 〈책의 날〉입니다. 책이 우리에게 얼마나 소중한 것이면 책의 날이 다 만들어졌겠습니까? 책을 읽자구요! 제 의견도 그렇고 다른 사람이 하나같이 말하는 독서요령이 있습니다. 많은 책을 다 읽기는 힘드니 상황에 맞는 독서를 하면 되는 것입니다. 이럴 때 이런 책을 읽으면 큰 도움이 될 것입니다.

- 변화가 두려울 때 – 스펜서 존슨 「누가 내 치즈를 옮겼을까」
- 나의 목표가 실현 불가능하다는 느낌이 들 때 – 파울로 코엘료 「연금술사」
- 슬럼프에 빠졌을 때 – 폴 J.마이어 「하쿠나 마타타」
- 왜 하필 나인가 싶을 때 – 앤디 앤드루스 「폰더 씨의 위대한 하루」
- 공부하는 이유를 모르겠다 싶을 때 – 장정일 「장정일의 공부」
- 어려운 철학을 쉽게 이해하고 싶을 때 – 요슈타인 가아더 「소피의 세계」
- 새로운 것, 좋은 것에 자꾸만 눈이 갈 때 – 법정 스님 「무소유」
- 좋은 친구들을 곁에 두고 싶을 때 – 데일 카네기 「카네기 인간관계론」
- 마음속에서 분노가 치밀어 오를 때 – 마르쿠스 아우렐리우스 「명상록」
- 자신이 하찮은 존재로 느껴질 때 – 악셀 하케 「작디작은 임금님」
- 화가 끓어올라 참기 어려울 때 – 틱낫한 「화」
- 나는 왜 이 모양일까 싶을 때 – 오토다케 히로타다 「오체 불만족」
- 걱정거리로 머리가 무거울 때 – 오쿠다 히데오 「공중그네」

- 힘들고 우울하고 괴로울 때 – 류시화 「하늘 호수로 떠난 여행」
- 문득 어린 시절이 그리워질 때 – J. M. 바스콘셀로스 「나의 라임 오렌지 나무」

    다시 한 번 자찬을 합니다. 저는 지금 3천여 권의 책이 쌓인 서재에서 이 글을 쓰고 있습니다. 행복합니다.

2013. 4. 22

우리말 길라잡이

'너머'와 '넘어'

'너머'는 '높이나 경계로 가로막은 사물의 저쪽. 또는 그 공간'이라는 뜻을 가진 명사로, '고개 너머, 저 너머'에서처럼 공간이나 공간의 위치를 나타냅니다. 그러나 '넘어'는 동사 '넘다'에 어미 '-어'가 연결된 것으로 '국경을 넘어 갔다, 산을 넘어 집으로 갔다'에서처럼 동작을 나타냅니다.

즉 '산 너머'는 산 뒤의 공간을 가리키는 것이고, '산 넘어'는 산을 넘는 동작을 가리키는 것입니다.

불을 <u>끄</u>고 별을 켜요!

더 버티려는 봄을 밀어내고 들어온 계절의 점령군 여름이 초장부터 기세가 험악할 정도입니다.

우리네 여름은 사실 푹푹 삶아대고, 끈적거리고, 비도 많고, 길어서 환영을 받지 못하는 계절임이 분명합니다. 학생들에게 방학이 있고, 직장인들에게 몇 날 휴가가 있다는 것이 그나마 위안일까요?

제 작업실이 있는 합정동은 강바람이 좀 불어오는 곳이고 한강 한가운데서 물기둥이 치솟는 분수라도 있어서 그래도 괜찮은 편입니다만, 선풍기나 에어컨, 냉장고 같은 것으로 겨우 더위를 쫓아야 하는 사람들은 고생이 상당할 거라는 생각입니다.

당국에서는 벌써 전력 비상을 이야기 하며 전기를 아끼자고 호소하고 있습니다. 사람들이 무작정 전기를 낭비하는 것이 아니어서 쉬운 일이 아닐 것입니다.

황대권 씨라는 생태운동가의 글을 읽다가 생각한 것입니다. 낮에 전기 사용을 크게 줄이지 못한다면 밤에라도 전등을 좀 꺼서 전력난에 대비하면 어떨까요? 또 밤을 밝히는 무수한 광고판과 진열장 집안의 TV나 컴퓨터, 24시간 영업하는 편의점 같은 곳의 밝은 조명을 낮추거나 아예 끄면 전기사용도 줄이는 것은 물론 다른 큰 것도 하나 얻을 수 있지 않느냐는 것입니다. 신이 인간에게 원래 준 밤을 플러그를 뽑음으로써 되찾을 수 있겠단 생각입니다.

달이 고맙게도 저절로 불을 켜서 밝게 해주는 날도 많으니 아예 캄캄한 밤은 그리 많지 않을 것이고 어두워서 불편한 것도 별로 없을 것입니다.

도시에 살면서 언제나 휘황찬란하게 불을 켜놓고 사는 것은 실은 누군가의 필요에 의해서 그리된 것이지 내가 만들어놓은 관습은 아니지 않습니까?

어둠 속에 있으면 생각도 깊어져 사색에도 좋고, 기억도 잘 나고, 소리도 잘 들려 참 좋더군요.

오직 한 번뿐인 삶을 눈부신 반짝거림에 넋이 나가 부나비처럼 허둥대며 살고 있는 건 않은지, 어떤 땐 몸이 오싹합니다.

'불을 끄고 별을 켜요!'

2013. 6. 6

결점마저 칭찬이 될 수 있다

우리말에서 '그러나', '하지만', '따라서', '그러함에도', '그래도'나 '~지만'등의 접속사는 쓰임새가 아주 좋습니다.

'그는 키는 작지만 잘 생겼다'와 '그는 잘 생겼지만 키는 작다'라는 두 말을 비교해 보겠습니다.

앞의 말은 그가 다소 부족한 점이 있지만 결국은 괜찮다는 칭찬이 되구요, 뒤의 경우는 장점을 내세웠음에도 결국은 좋지 않다는 나쁜 평가가 되고 말았습니다.

그러니까 다시 설명하지만 '그렇지만'등의 접속사를 사용하면 앞 문장의 위력을 약화시킬 수 있고, 뒤에 이어지는 문장을 부각시킬 수 있다는 것입니다.

스피치 훈련이 잘 된 사람은 필요에 따라 이런 말을 자유자재로 구사하는 데요. 예컨대 결점이 많아도 꼭 추켜주고 싶은 사람일 때는 약점을 미리 앞에다 배치한 다음 뒤엔 크게 칭찬을 하는 것입니다. 그런가 하면 반대로 장점이 많아도 뭔가 얄미운 면이 있는 사람은 앞에 그가 내세울만한 객관적 강점을 던져주고 뒤엔 살짝 비꼬아버립니다. 그러면 사실 대로 말하면서도 같은 말이 칭찬도 되고 흉이 되는 것입니다.

우리는 거절에 익숙지 않습니다. 인간적인 정리 때문에 속으로 고민을 하지만 실상은 '내 코도 석자'이기에, 완곡한 말로 거절을 했으면 좋겠는데, 어떻게 말이 잘 나오지 않습니다.

저도 예전에 아는 사람의 간청을 거절하지 못하고, 무리하게 보험을 계약한 나머지 10여 년 동안 보험료를 꼬박꼬박 내느라 아주 힘들어한 적이 있었습니다.

방문자가 내 집이나 사무실에서

"한 대 피워도 되지?"

하고 묻습니다. 바로 못 피우게 하면 야박하게 들리고 청했던 사람은 이 작은 일로도 무척 섭섭해질 수 있습니다.

이때에도 '그러나'라고 이어지는 접속사를 써서 이렇게 대답하면 한결 부드럽게 바뀔 것입니다.

"그럼, 괜찮아! 근데 너무 많이 피우지는 마!"

나는 상대에게 담배를 피우라 했는데도, 상대는 아마 안 피우게 될

걸요?

작은 차이지만 의미는 크게 달라지는 것이 말입니다.

2013. 6. 21

'밥을 안 먹었다 / 않 먹었다'

인터넷 댓글에서 아주 많이 보는 것이 '기분 않 좋다', '나는 않 갔다.' 등의 표기입니다.

사소한 것인데, 좀 틀린들 어떠냐고 생각지 마시고 바로 쓰도록 합시다.

'밥을 안 먹었다'가 맞습니다.

'안'은 용언 앞에 붙어 부정 또는 반대의 뜻을 나타내는 부사 '아니'의 준말이고, '않다'는 동사나 형용사 아래에 붙어 부정의 뜻을 더하는 보조용언 '아니하다'의 준말입니다. 따라서 '안 어울린다'에서와 같이 서술어를 꾸미는 역할을 할 때에는 '안'을 쓰고, '영희는 예쁘지 않다'와 같이 동사나 형용사에 덧붙어 함께 서술어를 구성할 때에는 '않다'를 써야 합니다.

'건망증을 이기는 비법'을 아시나요?

처음에는 깜짝 놀라고 불안한 마음이 들었다가 남들도 그런다는 것을 알고 '다행이다'라 생각하고 안도했습니다. 건망증 말입니다.

언젠가부터 잘 알았던 지인의 이름이나 배우나 가수, 무슨 용어 같은 것들이 기억이 나지 않는 것입니다.

안방에 들어왔다가 '지금 왜 들어왔지? 뭘 가지러 왔을 텐데…'하다가 그냥 나온 적도 더러 있구요. 왼손에 쥔 펜을 오른손으로 찾느라 허둥대고, 음식점에서 가방을 두고 나오기도 하고, 심지어는 가족의 생일이나 집 전화번호마저 생각나지 않을 때가 많습니다.

누가 이게 늙어가는 현상이라 해서 제 나이를 새삼 가늠해 봤습니다만, 뭐 노인성 치매나 심한 건망증이 올 때로는 아직 많이 이릅니다.

저에게 이런 현상이 오는 것은 단지 사람들 상당수가 지니고 있는

깜빡깜빡 하는 순간의 착각이나 가벼운 건망증일 뿐이지 기억상실증이나 기타 병적인 것은 절대 아니라는 것에 더 이상 걱정은 하지 않습니다.

우리가 기억을 정확히 기억해야 할 것 중에는 '言約(말로 한 약속)'이나 '어떻게 말했느냐'이겠죠.

서양의 유명한 골프유머인데요,

한 사나이가 좋은 날씨 아래서 골프에 심취해 있습니다. 조금 있으니 웨딩드레스를 입은 신부가 골프코스 안으로 뛰어 들어오며 외칩니다.

"존! 너 정신이 어떻게 된 거 아냐? 오늘 우리 결혼식 날이라는 걸 잊고 있다니!"

그러자 존도 받아칩니다.

"메어리! 넌 왜 기억력이 이토록 없니? 내가 비가 올 경우만 결혼을 한다고 했잖아!"

골프를 무지 좋아하는 사나이의 이야기였습니다만, 그들에게는 무슨 약속이 있었던 것은 분명합니다.

어쨌건 '왜 전하고 말이 달라지냐?'는 말을 들으며 변심을 잘하는 사람이라고 여겨지기 전에 과거에 했던 말을 잘 기억해야겠습니다.

마크 트웨인은 건망증을 이기는 기가 막힌(?) 비법으로 '언제나 진실을 말해라, 그러면 당신이 말한 것을 기억할 필요가 없다.'라 했습니다.

뛰어난 사기꾼일수록 기억력이 뛰어나다는 것, 잘 아실 겁니다. 그렇습니다. 거짓말을 들키지 않으려면 자신이 한 이야기를 모두 기억하지 않으면 안 되기 때문이지요.

언제나 진실만을 말하는 사람은 굳이 자신이 한 이야기를 기억할 필요가 없습니다. 언제 어디서나 진실은 변하지 않을 테니까요.

정리를 해 보니, 속이는 게 없다면 건망증은 걱정할 필요가 없는 것입니다. 중요한 것은 오직 진실입니다.

2013. 7. 11

우리말 길라잡이

'내로라' 와 '내노라'

일상대화에서는 물론이고 글에서도 잘못 쓴 것을 많이 발견할 수 있는 말입니다.
흔히 '~로라'를 써야 할 곳에 '~노라'를 사용하는 것이 문제가 됩니다.
'~로라'는 말하는 이가 자신의 동작을 의식적으로 쳐들어 말할 때 쓰는 말입니다.
예를 들어'내로라하는 사람들은 그 결혼식에 다 왔더군.'등의 경우를 말합니다.
한편 '~노라'는 움직임 · 행동을 나타내는 말 뒤에 쓰이는데, '스스로 잘했노라
뽐내지 마라.' 등에 씁니다.

'물건'말고 '낭만'을 사세요!

제겐 아버지가 돌아가실 때까지 살다가 내게 물려주신 시골집 한 채가 있습니다.

제 고향이 전남 구례이고 거긴 명산 지리산 자락 아래이니, 경관 뛰어나고 공기 무지 좋은 곳으로 생각할 수 있지만, 읍내 한 복판에 있어서 실상은 도시 주택가와 크게 다르지 않은 분위기죠.

아버지가 돌아가시고 집이 완전히 비어 누구도 관리도 못한 채 장장 14년이나 방치하다보니 넓은 앞마당은 완전히 잡초 숲으로 우거져 버렸고, 흙벽에 바른 벽지가 너덜너덜 떨어져 나오고, 마루엔 천장의 흙이 쏟아져 난장판 일보직전까지 가기 일쑤입니다.

고향에 부모님의 묘소가 있고, 초등학교 동창회가 열리는지라 그나마 1년에 두어 차례는 가보기 마련인데, 그때마다 집을 청소하고 어머니 아버지가 계셨던 방에서 하룻밤이라도 꼭 자고 옵니다.

장기간 손을 보지 못한데다 가뜩이나 오래된 집이라서 그야말로 곧 '전설의 고향'에 등장할 집이 돼버릴지도 모른다는 생각에 시골 부동산에 매물로 내놔봤습니다.

매입을 원한다는 사람이 나타나기 하지만, 이 트집 저 트집 다 잡고 난 다음에 준다는 돈이 한쪽 주머니도 채우지 못할 너무나 적은 금액이어서 쉽게 결정을 내리지는 않았습니다.

또한 한편으로 생각하니 우리 여러 가족들이 장성하기 전까지 살았고, 특히나 연로하신 아버지께서 만년에 정붙이고 계셨던 추억이 진하게 밴 집이어서, 막상 팔려니 아깝기가 이만저만이 아니라는 생각도 듭니다. 누군가 집은 사가되, 그 집에 얽혀있는 우리 가족들의 애틋한 추억은 가지지 말고 그대로 돌려주셨으면 합니다.

미국 뉴저지 주에서 노부부가 집 팔기를 했던 실제 사연이 생각납니다. 늙은 부부가 집을 팔려 하자 지역의 중개업자가 신문에 광고를 내자고 해서 의뢰를 했답니다. 중개업자가 낸 광고 문안은 간단하지만 명료했습니다.

〈주택 한 채 팔 것임. 방 여섯 개, 벽난로, 차고, 욕실 있음. 교통 편리함〉

그러자 쉬이 집은 팔리지 않았고 이에 노부부는 직접 광고 문구를 써서 광고를 냈습니다.

〈우리는 이 집에서 정말 행복했습니다. 침실이 두 개 이상 필요치 않아 이사하기로 마음먹었지만, 정말 서운합니다. 봄에 불어오는 신선하고 풍요로운 공기를 원한다면, 여름에 정원의 시원한 나무 그늘을 기대한다면, 가을이면 음악을 들으며 널찍한 창 너머로 보이는 경치를 감상하고 싶다면, 겨울이면 저녁에 온 가족이 따뜻한 난롯가에 둘러앉아 커피를 마시는 걸 좋아 한다면, 그럼 이 집을 사도 좋습니다.〉

이 광고가 나가자, 일주일도 되지 않아 노부부는 집을 팔아 이사를 할 수 있었다고 합니다.

정과 추억이 묻어있지 않은 물건은 가치가 덜하다는 생각이 듭니다.

2013. 8. 26

우리말 길라잡이

'~로서' 와 '~로써'

이 용법도 꽤나 혼동되는 것 중에 하나인데요,

'~로서'는 자격격 조사, '~로써'는 기구격 조사입니다.

예를 들어 "그는 회사 대표로서 직원을 잘 살폈다."의 문장에서 쓰인 '~로서'는 지위ㆍ신분ㆍ자격이 됩니다.

"그는 회사를 땀으로써 지켰다."에서는 도구ㆍ재료ㆍ방편ㆍ이유 등으로 쓰였습니다.

가끔 문장 가운데 '그는 감기로 결근하였다.'와 같이 ~서나 ~써를 생략하는 경우가 있는데, 이때 ~서나 ~써를 붙여 보면 그 뜻이 명확해집니다.

그래서 이유를 나타내는 ~써를 붙여 '감기로써'가 바른 말입니다.

난설헌스럽다

이태리타월, 터키탕, 더치페이… 예전에 많이 썼던 이런 말들을 최근에는 '때수건', '증기탕', 'N분의 1'로 바꿔서 사용합니다.

때를 미는 수건에 이태리란 이름이 붙게 된 이유는 원단이 이탈리아제였기 때문인데, 정작 이탈리아에서는 전혀 사용하지 않는다고 하구요, 이탈리아 사람들이 우리가 이런 말을 쓰는 것에 몹시 언짢아했다고 합니다.

터키탕은 사실 퇴폐서비스가 곁들여진 사우나였습니다. 이 사실을 안 터키가 우리 정부에 공식적으로 항의를 해서 부랴부랴 바꿨습니다.

더치Dutch 란 '네덜란드 사람'을 뜻하는데, 이게 공평하게 나눠 내는 것이 아닌 '한턱내기'를 한다면서 각자부담을 지우는 네덜란드인들의 인색함을 홍보는 말에서 나온 것이라 합니다.

특히 네덜란드 사람들과 오래 전부터 감정이 나쁜 영국 사람들은 지금도 모든 부정적인 말 앞에 '더치'를 붙이기도 하죠.

한때 '코리언타임'이라는 고약한 말이 있었다는 거 아시죠?

우리나라 사람들이 시간약속을 잘 안 지킨다며 시간에 늦는 사람의 행태를 꼬집은 말로 아예 영어사전에까지 올라간 썩 기분이 좋지 않은 말이었습니다. 그러나 지금은 다행히도 이런 말이랑 이런 습관도 사라진 것 같습니다.

또 하나, 우리 한국을 심히 부정적으로 여기고 부르는 이름이 있습니다. 아마 들으시면 놀라실 것입니다.

루마니아 수도 소피아 외곽에 '코리아역'이라는 이름의 기차역이 있는데요, 이름이 붙은 유래를 알면 참으로 부끄러워집니다.

어느 동네를 가로 지르는 지점에 새로운 역이 생기게 됐는데요, 위쪽 아래쪽 사람들은 서로 기존의 자기네 동네 이름을 붙이길 원했습니다. 그러다가 사이가 좋던 사람들이 철길을 사이에 두고 돌팔매 싸움을 할 정도의 원수지간이 돼버린 것이죠.

고심하던 철도 당국에서, 형제처럼 사이좋던 사람들이 철선을 사이에 두고 둘로 나눠 싸우는 모습이 철조망을 가운데 두고 남과 북이 싸우는 한반도의 상황을 생각했던 모양입니다.

그래서 '코리아역'이라 이름을 붙였다는데요, 우리랑 국교가 없을 때의 일이라 어떤 조치를 취하지 못했는데 지금은 바꿨는지 모르겠습니다.

여러분은 홍길동전 저자 허균의 누나로 조선 중기 최고의 여류시인인 '허난설헌'은 물론 잘 아시겠지만 '난설헌스럽다'라는 부사도 아시는지요?

　　난설헌 여사는 개인적으로 큰 슬픔을 많이 당했고, 여성들의 사회적 억압에 늘 가슴 아파해 했지만 문학으로 표현하며 고고한 자태를 잃지 않은 사람이죠.

　　그래서 마음의 아픔을 승화하고 조신한 몸가짐을 갖는 사람에게 '난설헌스럽다'는 수식어를 붙여주자는 학계의 주장이 있었습니다. 계속 쓰면 좋지 않겠습니까?!

　　세상에서 좋은 평가받기는 어려워 자칫하면 '에이~누구누구 같은 ×!'라는 말은 듣기 십상인데, '우와~ 누구누구 같은 O!'이란 칭송은 듣기 힘듭니다.

　　저를 잘 아시는 분들에게 장난스럽게 여쭤봅니다. '재화스럽다'라는 말을 만든다면 어떤 경우에 써야할까요?

　　저 기분이라도 좋으라고, 괜찮은 의미 좀 붙여주세요! ㅎㅎ

2013. 9. 3

어? 글을 일찍 깨치면, 나중에 술을 좋아한다네!

핀란드 헬싱키대라면 그야말로 세계 유수 대학이어서 학문에 대한 연구 실적이 대단한 학교라는데요, 얼마 전에(지난 8월) 아주 흥미로운 특별추적조사 결과를 발표했습니다.

이 학교 연구팀이 쌍둥이 형제·자매 3천 쌍을 대상으로 소아기의 읽고 쓰기 능력과 성인이 된 이후 음주습관의 상관관계를 수년간 추적했더니, 허어~! 어려서 일찍 글을 깨친 사람일수록 그렇지 않은 사람보다 애주가가 될 가능성이 매우 높은 결과가 나타났다는 것입니다.

연구팀의 말인즉 같은 부모에서 태어난 쌍둥이라도 일찍 글을 깨우친 쪽은 다른 쌍둥이 형제나 자매보다 술을 더 많이 마시고, 음주 횟수도 최대 4배 이상 많은 경향을 보였다고 밝혔습니다.

저는 비교적 말과 글을 빨리 깨우쳤던 것 같습니다. 제가 요즘에도 어머니처럼 나이 차이가 많은 큰 누님에게 듣는 옛날이야기입니다.

부모님이나 누님 따라 동네에 나가면 어른들은 제 손에 막대기를 쥐어주면서 마을 지명이나 제 가족 또는 다른 유명인들의 이름을 쓰라고 했고, 저는 땅바닥에 시키는 대로 썼습니다.

'신동 명필'은 뭐든지 제대로 썼던 모양입니다. 박수가 터져 나오고 부상으로 사탕이나 1환, 2환의 상금도 얻을 수 있었습니다.

지금도 어렴풋이 생각나는 그 일이 제 나이 겨우 4, 5세였다고 하니, 그 당시 유아원 등 조기교육환경 전혀 없는 지리산 산골 아래 동네서 나고 자란 아이가 '총명하기가 하늘을 찔렀고', '기억력도 가히 역사를 흔들'정도로 신통방통했던 모양입니다.(ㅎㅎ!)

여러분은 제가 다음 말로 뭘 할지 다 짐작하셨을 것입니다.

그렇습니다. 저는 술을 상당히 좋아합니다. 다만, 술이 센 것은 아니구요, 격의 없는 모습과 대화가 허용되고 유쾌한 조크가 터져 나오는 술자리의 분위기를 즐긴다는 것이 맞을 것입니다.

글을 빨리 익히면 술을 좋아하는 이런 상관성에 대한 연구논문으로 다시 돌아가 보면요, 지능이 높으면 위험을 감수하는 성향을 더 보이고, 언어적 지능이 높은 사람이 사교적인 특성과 맞물려 있기에 그렇다고 연구팀은 분석했습니다.

또 말을 일찍 깨우친 조사 대상자는 그렇지 않은 경우보다 친구가 많은 경향을 보였다고 덧붙이기도 했답니다.

전통사회에서 우리 선비들은 시 짓기, 글 읽기를 할 때 꼭 술을 곁들였는데요, 그 둘이 서로 질과 맛을 높이는 영향을 준 것이 맞는 것 같기도 합니다.

논문 저자인 안티 라트발라 박사는 그러나 음주를 많이 하는 성향이 알코올 중독이나 음주관련 장애에 노출될 위험이 큰 것을 의미하지는 않는다고 밝혔다니⋯ 휴우~ 다행입니다.

지금 일요일 오후입니다.

제게 오늘 같은 날은 주主님과 주酒님 두 분을 동시에 섬기는 날입니다, 하하하!

2013. 10. 6

우리말 길라잡이

'예부터' 와 '옛부터'

'옛'과 '예'는 뜻과 쓰임이 모두 다른 말인데도, 잘못 쓰는 경우가 아주 많습니다.
옛은 '지나간 때의'라는 뜻을 지닌 말로 다음에 반드시 꾸밈을 받는 말이 이어져야 합니다. 예는 '옛적, 오래 전'이란 뜻을 가진 말입니다.
이것을 바로 가려 쓰는 방법은, 뒤에 오는 말이 명사 등과 같은 관형사의 꾸밈을 받는 말이 오면, '옛'을 쓰고 그렇지 않으면 '예'를 쓰면 됩니다.
예를 들어 보면 그 뜻이 명확해질 것입니다. 보시죠!
'예부터 전해 오는 미풍양속입니다.', '예스러운 것이 반드시 좋은 것이 아닙니다.', '옛이야기는 언제 들어도 재미있습니다.', '옛날에는 지금보다 공기가 훨씬 맑았습니다.'

귀한 우리 '몸님'을 사랑합시다!

요즘 교과서에도 있는지 모르지만 제가 고등학생 때의 국어책에는 노천명 시인의 「사슴」이 실려 있었습니다.

"모가지가 길어서 슬픈 짐승이여

언제나 점잖은 편 말이 없구나

관이 향기로운 너는

무척 높은 족속이었나 보다……."

국어 선생님이 청아한 목소리로 「사슴」을 낭송하시다가 갑자기 안 좋은 지난 일이 생각난다며 얼굴을 다소 찌푸리고 하셨던 말씀이 생각납니다.

"작년 가을소풍 때였다. 소풍 며칠 전에 어떤 아이가 나한테 이러더라. '선생님, 우리 어머니가 소풍 때 선생님께 와이셔츠를 선물한다고 모가지 치수(사이즈)를 알아오라 했습니다.' 에… 시적 표현으로는 쓸 수 있겠지만, 모가지는 해서는 안 되는 상말이란다!"

선생님은 당신의 '목'을 '모가지'라 칭한 학부모와 그 말을 그대로 전한 학생의 무지몽매에 몹시 불쾌하다고 하셨습니다.

그 선생님이 그럼에도 성의를 받아들여 와이셔츠 선물을 받으셨는 지는 모르겠지만, 저도 그때 들은 '모가지'라는 말이 과히 좋지 않게 느껴졌습니다.

사실 목을 낮춰 부르는 이 '모가지'는 해고나 파면, 면직을 속되게 부를 때 주로 쓰는데, 이 경우에도 역시 써선 좋을 말이 아니라고 여겨집니다.

그리고 보니 우리 인체 각 부분은 모두 거칠게 일컫는 상소리가 따로 있습니다. 손이나 발에도 '모가지'를 붙여서 부르는가 하면, 몸 전체를 '몸뚱아리'라 하는데, 이 말은 몸을 낮춘 '몸뚱어리'의 사투리이구요, 혼을 내준다는 뜻으로 '다리몽둥이를 분질러 버린다'는 해괴한 말도 씁니다. 눈을 왜 '눈깔'이라고 하는지 모르겠고, 귀는 '귀때기'로 해야 맛이 난다는 생각인 것 같은데 간혹은 '콧구멍'을 흉내 내서 '귓구멍'이라 하기도 합니다. 뿐입니까? 머리는 '대가리'나 심지어 '대갈통', 더 고약하게도 '해골'이고, 이마는 '마빡'입니다. 입은 '주둥이', 배는 '배때기', 임금님 얼굴만 '용안龍顔'이고 일반 백성들의 얼굴은 그저 '낯짝'일 뿐입니다.

물론 이런 것들을 일상적으로 사용하지는 않고 욕설이나 아랫사람을 야단치는 특별한 경우를 맞아 부지불식간에 씁니다만, 말하는 사람의 교양이 의심되는 아주 흉한 말이죠.

　　제가 알기론 영어나 기타 다른 언어에서는 사람 몸 기관을 낮춰 부르는 말이 거의 따로 없어서 잘 쓰지 않는다고 하는데(뭐, 보기 싫은 녀석의 머리를 '펌킨(호박)'이라 하는 경우는 있지만요), 우린 왜 이러는 걸까요?

　　사실 인체의 각 부분만 속되게 칭하는 말이 있는 게 아니고 사람 자체를 나쁘게 부르는 말도 한두 가지가 아닙니다. 일일이 열거하기도 더 이상 그렇습니다.

　　저는 몸을 일부러 '몸님'이라 불러봤지만 이런 식으로 높이는 말을 구태여 만들 필요까지는 없지만, 좋은 말 놔두고 낮춘말, 속어로 지칭하지는 말자는 거죠.

　　내 몸 귀하면 상대의 몸도 귀합니다.

2013. 10. 28

가족의 행복은 대화를 통해 진화한다

코미디 기법 중 하나인데요, '말 따로 행동 따로'가 있습니다.

이를테면, 어떤 단체가 시위를 하면서 마음을 합쳐 뜻을 하나로 모으는 것이 국론분열을 막는 길이라고 거창하게 외친 뒤에 배가 고파 식당을 찾는 과정에서, 서로 기호가 달라 자기고집을 펴다가 극렬하게 싸우는 꼴이죠.

이런 일이 넌센스 코미디에서만 있는 게 아니고 실생활에서도 공공연히 일어나고 있습니다. 저도 무심코 이런 잘못을 저지르는 건 아닌가 하고 저 자신에게 소스라치게 놀란 일이 있었습니다.

말수가 적어 늘 무뚝뚝한 경상도 남자이셨던 아버진 당신의 속내를 다정다감한 어투로 말씀하시는 경우가 거의 없었습니다.

제가 입대 후 1년 여 만에 첫 휴가를 나왔어도 (속으로는 격하게 반가

우셨겠지만) 텃밭에서 상추를 뜯으시다가 흘깃 보며 "왔냐?"하셨던 게 전부이었습니다.

그런 유전인자가 제게도 있었던 것일까요? 제 강의 요지가, '늘 마주하는 가족이라도 끊임없이 대화를 하자'인데, 그러는 저는 막상 집에 와서 가족들과 재비재비 이야기를 못하는 편인가 봅니다.

대학에서 성악을 전공하며 더러 그럴듯한 무대에도 서는 우진(아들입니다) 녀석이 연습을 하고 늦게 들어오던 밤에,

"아버지가 출판기념회를 하려고 한다. 네가 노래 두어 곡을 부르는 게 좋겠다."

했더니 우진이는 대번에

"요즘 연습하는 게 있어서, 당분간 그 무대 말고는 힘들어요."

라 했습니다.

저는 우진이의 대답에 섭섭함을 넘어 화가 벌컥 나서

"아니, 아버지가 시키는데…"하며 큰 소리를 내고 말았습니다.

우진이가 뭐라 대답을 했는데, 제가 잘 듣지 않고 화난 투로 계속 말을 하자 '따로 이야기를 좀 하자'고 제의하더군요.

저희 집 부자 사이에 일어난 '매끄럽지 못한 대화'의 결과는 더 이상 말씀드리지 않겠지만, 마틴 셀리그만의 「플로리쉬」라는 글을 소개해 보겠습니다.

"어젯밤에 저는 여덟 살짜리 아들과 대화했습니다. 아들은 학교에

서 상장을 받았다고 하더군요. 평소에 저는 그저 '잘했다'라고만 말했지요. 하지만 어제는 그 일에 관해 많은 질문을 했습니다.

'상장을 받을 때 그 자리에 누가 있었니?', '그걸 받을 때 기분이 어땠어?', '상장을 어디에 걸어 놓을 거야?'

대화가 한창일 때 아들이 제 말에 끼어들며 이렇게 말하더군요. '아빠, 정말 제 아빠 맞아요?' 그 말이 무슨 뜻인지 저는 알았죠. 지금까지 아들과 그렇게 오래 대화한 건 처음이었습니다."

사실 저도 그랬구요, 상당수 우리네 부모들은 자녀들과 대화를 한다고 생각했지만, 자녀들 입장에서는 상호간의 소통이 아니라 지시, 훈계, 설득, 비난, 강요, 기대 등의 일방적인 독백이라고 느끼고 있음이 분명합니다.

오늘, 불금이네요. 밖에 나가 다른 사람들과 마구 떠들며 노는 것도 즐겁겠지만, 모처럼 가족끼리 대화를 좀 나눠보는 건 어떨까요? 그게 행복 아니고 뭐가 행복이겠습니까?!

2013. 11. 29

사랑해~

잘 안 쓰던 볼펜이 나오나 안 나오나 시험할 때, 만년필에 잉크를 주입하고 백지에 맨 처음 써보는 글씨로 뭘 쓰시는지요?

선만 찍찍 그어보는 사람이 많고, 자기 이름을 써보기도 할 겁니다만, 저는 이 글자를 써봅니다. '사랑'. 뭐, 그냥 좋지 않습니까?

원래 뜻이 더없이 아름다워 좋고, 우리글 중 어려운 받침이나 이중모음이 쓰이지 않아 외국인이 하기에도 발음이 아주 쉬운 바로 '사랑'입니다. 두 글자이어서 간결하기도 하구요.

'사랑'에 해당하는 다른 나라 말을 보면 오직 이성에게 느껴서 향하는 연정戀情으로 한정하던데, 우리는 누구에게 어떻게 쓰느냐에 따라 여러 가지 의미가 됩니다.

당연히 '이성에게 매력에 끌려 열렬히 그리워하거나 마음'이 있구요,

'남을 돕고 이해하려는 마음'도 사랑입니다.

또한 '어떤 사물이나 대상, 추상적인 것까지 몹시 아끼고 귀중히 여기는 마음'도 사랑입니다.

저는 30여개 이상의 나라를 여행해 봤고, 적어도 세계 5개국의 언어에 '능통'합니다.

첫째 우리말을 잘하지요, 그 다음 영어, 일어, 중국어 그리고 독일어와 이태리어까지 좔좔~ 합니다.

믿어지지 않으신다구요? 에~ 여기서, 몇 개국 여러 나라의 말을 '유창'하게 해보겠습니다. 앞서 예를 든 단어인 사랑을 넣어 '당신을 사랑해요'라는 말을 해 보죠.

자, 저의 외국어 구사실력 들어갑니다.

영어는 여러분도 쉽게 아실 'I love you!'입니다.

다음 일본어도 어렵지 않습니다. '愛(あい)している!(아이시떼이루!)'

중국어는 '我愛爾!(워아이니!)',

독일어는 'Ich liebe dich!(이히 리베 디히)'이며,

'사랑한다'의 이태리어는 'Ti amo!(띠 아모)'입니다.

하하하! 근데, 아주 아주~ 죄송합니다. 사실은 뻥을 친 것입니다. 제가 수십 개국의 제법 많은 나라를 여행해 본 것은 사실입니다만, 영어만 조금할 뿐 다른 나라 말은 인사말 한두 개 아는 정도에 불과합니다.

사실 지금 하는 이야기는 외국에 나갔을 때나 외국인을 만나 빨리

친해지고 거리감 없이 다가가는 방법으로 이 '사랑한다'는 말을 그 나라 언어로 익히면 도움이 된다는 것이죠.

암튼 저는 앞에 나열한 몇 개 나라의 그 말만큼은 발음도 원어민에 가깝게 연습을 잘 해두었다가 '구사'합니다.

그런 뒤에 그 나라 말이 쏟아져 나올까봐 얼른 '이게 아는 말의 전부'라고 실토해 버립니다.

이 '사랑한다'는 귀하고 아름다운 감정을 건네는 말을 하는 것으로 유럽인을 만나서나 아프리카서 스와힐리어를 쓰는 사람들과도, 아랍권에서도 '맘껏'인사를 텄습니다.

제가 외국에 나갈 때마다 적어서 가는 '서바이벌 외국어' 중 '사랑한다'에 해당하는 말을 쭉~ 적어보겠습니다.

〈영어〉 I love you (아이 러브 유)

〈일본어〉 愛(あい)している (아이시떼이루)

〈중국어〉 我愛爾 (워아이니)

〈독일어〉 Ich liebe dich (이히 리베 디히)

〈불어〉 Je t'aime (쥬 뗌므)

〈필리핀어〉 Mahal kita (마할 키타)

〈아랍어〉 Wuhibbuka (우히부카)

〈루마니아어〉 Te iubesc (떼 이유베스크)

〈러시아어〉 Я Вас Люблю (야 바스 류블류)

〈이태리어〉 Ti amo (띠 아모)

〈포르투갈어〉 Gosto muito de te (고스뜨 무이뜨 드뜨)

〈서반아어〉 Te qiero (떼 끼에로)

〈헝가리어〉 Szeretlek (쎄레뜰렉)

〈네덜란드어〉 Ik hou van jou (이크 하우 반 야우)

〈에스페란토〉 Mi amas vin (미 아마스 빈)

인간의 근원적인 감정이고, 생명의 원리에 특히 '미움'의 대립개념으로 볼 수도 있다는 거창한 철학적인 뜻을 두지 않더라도, 일상용어로 많이 해서 절대 나쁠 것이 없는 말이 '사랑'입니다.

대지와 사람들 마음이 꽁꽁 얼어붙는 연말에 더욱 더 많이 넘쳤으면 합니다, 이 말이요.

"사랑합니다!"

2013. 12. 16

'수작'좀 하며 합시다

여러분은 어떤 일로 2013년을 마감하고 계신지요?

똑바로 걸었다 싶었는데도 되돌아보면 비뚤비뚤한 것이 지나온 시간인 듯 싶습니다. 그래서 늘 마지막 시점에 서면 아쉬움이 큽니다.

올해는 계사癸巳 년 뱀띠해였구요, 내년 갑오甲午 년은 말띠해가 되죠.

십간십이지 이야기가 나왔는데, 올해를 돌아보면서 한자공부를 좀 해 볼까요?

올해 교수들이 정한 사자성어는 '도행역시倒行逆施'라 했습니다.

순리를 거슬러 행동한다는 의미가 도행역시이니, 특히 지도자들이 잘못된 길을 고집하거나 시대착오적인 행위를 했다는 뜻이어서, 이 충고를 잘 받아들여야 할 것 같습니다.

중국의 글자 한자漢字는 8만5천자를 넘는데요, 그들은 그 숲에서

'올해의 한자年度漢字'를 한 글자로 내세워 오고 있습니다.

2013년의 한자로 '나아갈진進'을 뽑았습니다. 네티즌 574만 명이 참가한 투표에서 진進은 40만 표를 얻었다고 하더군요.

중국인들의 미래를 꿈꾸며夢 계속 전진하고進 싶다는 소망 같습니다.

제가 2013년의 마지막 말글레터의 제목에 단 '수작'은, 한자로 '酬酌'이죠.

그런데 우리는 이 수작酬酌을 좋은 뜻으로 별로 쓰지 않습니다.

남의 말이나 행동, 계획을 낮잡아 이르기도 합니다만 '수작을 피우다'느니 심지어는 'X수작 마라'등으로 쓰면서 나쁜 꿍꿍이가 것으로 주로 씁니다. 그러나 이 수작의 원래 뜻은 '술잔을 서로 주고받음'이구요, '서로 말을 주고받는 것'을 의미하기도 합니다.

옛날, 멀리서 벗이 찾아 왔습니다.

그때 뭐, 철도파업은 없었지만…ㅎㅎ 철도가 없었기에 산 넘고 물 건너 수십 리 길을 마다 않고 걸어서 또는 당나귀 정도를 타고 왔을 것이고, 그런 벗이 얼마나 반가웠겠습니까!

그리던 '베프'와 함께 주안상을 마주한 권장은 술을 권합니다. "이 사람아, 먼 길 찾아주니 정말 고맙네. 이 술 한잔 받으시게."

주인의 술 받아 마신 친구

"이토록 반갑게 맞이해 주니 정말 고맙네. 그 동안 어떻게 지내셨는가?"

하며 다시 잔을 되돌려 따라 줍니다. 이게 바로 수작酬酌입니다.

그런데, 다른 그림도 있습니다.

왁자지껄한 고갯마루 주막집 들마루, 사내 서넛이 걸터앉았다가 외칩니다.

"주모, 여기 술 한 병 주게!"

주모, 연지분 냄새 풍기며 다가와 술상을 가져다 놓습니다.

그 중 한 사내

"어이~ 주모도 한 잔 하실랑가?"

하며 주모의 엉덩이라도 툭 칩니다. (아~ 성추행으로 난리가 났겠지만, 그 카페는 CCTV 미설치 업소이었으니……)

주모는

"허튼 수작酬酌하지 말고 술이나 마셔~"

라 답하고 일행들은 그저 껄껄 웃습니다.

그러니 '허튼'이라는 수식을 하기 전의 '수작酬酌'은 친하게 잔을 돌리며 술을 권하는 것이니, 나쁜 뜻이 전혀 아닙니다.

도자기로 된 병에 술이 담기면 그의 양을 가늠하기 어렵죠. 그래서 짐작斟酌을 합니다. '병을 이 정도로 기울어서 요만큼 힘을 주면…….' 하며 천천히 술을 따르는 것이죠.

작정酌定은 술 따르는 양酌量을 정하는 것인데, 무작정無酌定 따르다 보면 잔이 넘칩니다. 술자리에서 무성의하고 상대방을 무시하는 행위죠.

동산에 뜬 보름달이 서녘에 지고 은하수 별들이 제 빛을 잃을 때 까지 세상사 얘깃거리로 밤 새워 술을 마시고 싶지만 모처럼 찾아온 벗이 천성적으로 술이 약한지라 자칫 먼저 취해 곯아떨어지기라도 한다면… 아뿔싸~ 낭패로다!

그래서 주인은 참작參酌을 합니다. 친구 술잔은 적게 채웁니다.

이런 말들에 모두 술을 뜻하는 게 들어있습니다.

지난 한 해 수고 많으셨구요, 저는 올해 시작한 말글레터를 쓰는 것이 아주 즐거웠는데, 많은 분들이 잘 읽으셨다며 격려까지 해 주셔서, 보람이 무척 컸습니다.

자, 제가 수작 한 번 부리겠습니다.

"제 술 한 잔 받으세요!"

2013. 12. 30

우리말 길라잡이

'~이' 와 '~히'

깨끗이, 똑똑히, 큼직이, 단정히, 가까이 등 ~이로 써야 할지 ~히로 써야 할지, 구분이 잘 안 됩니다. 이게 원칙이 없어서 혼동이 옵니다. 다만, 구별하기 쉬운 방법은 ~하다가 붙는 말은 ~히를, 그렇지 않은 말은 ~이로 쓰면 됩니다. 그런데 '~하다'가 붙는 말이지만 '~이'로 써야 하는 게 있습니다. 깨끗이, 너부죽이, 따뜻이, 뚜렷이, 지긋이, 큼직이, 반듯이, 느긋이, 버젓이 등입니다.

"정든 님이 오셨는데, 인사를 못해…"

'행주치마 입에 물고 입만 벙긋~'

우리 민요 '밀양 아리랑'의 한 대목이죠. 요즘 국악아이돌로 유명한 송소희 양이 아주 예쁘고 맛깔나게 부르더군요.

말을 할 줄 알고 할 말도 있건만 입 밖에 말이 나오지 않는 경우가 있습니다. 아니, 목구멍까지 올라오는 간절함은 있는데, 혀를 움직이지 못해 마지막 단계인 소리로 이루어내지 못합니다.

수줍음 잘 타는 아가씨가 연인의 방문에 반가움은 하늘같지만 부끄러움에 표현을 못하는 것은 행주치마 단이라도 입에 물고 몸을 꼬는 보디랭귀지로 대신 했으니 그렇다 칩시다, 그러나 분명히 상대의 행위에 이쪽의 뜻을 표해야 하는 일에 입을 다물어버리고 있으면 정말 큰일입니다. 아니, 이건 예의가 아닐뿐더러 궁극적으로 내 손해로 이어질 수도 있습니다.

특히 다른 이의 호의에 대해서는 분명히 감사의 뜻을 표해야 한다는 것입니다.

앞에 가면서 문을 잡아줬는데, 뒷사람이 아무 말 없이 그냥 따로 들어오거나 먹을 걸 나눠줬는데, 받아먹으면서 별 반응이 없으면 '도움'을 준 사람은 좀 기분이 언짢을 것이며, 다음번엔 절대 그런 '친절'을 베풀지 않을 것입니다.

어느 개그맨에게 들은 이야깁니다.

이 친구는 아직 인기도 없어 누가 알아보지도 않기에 전철을 많이 이용하는데, 자리 양보를 잘한다더군요. 한번은 비교적 젊은 아주머니에게 벌떡 일어나 자리를 내드렸는데, 당연하다는 듯 털썩 앉기만 하고 고맙단 한마디 없더랍니다. 그래서 이랬다나요!

가만히 있는 아주머니에게 자기 귀를 가져다대며 큰소리로

"네에? 방금 뭐라고 하셨어요?"

의아해 하는 아주머니

"아무 말도 안했는데…요."

이때를 놓치지 않고 더 큰 목소리로

"아~! 전 고맙다고 말씀하신 줄 알았습니다~! 제가 잘못 들었네요."

저는 첨에 마구 웃다가 그 개그맨에게 말했습니다. 후련하다 했을까요? 아닙니다.

"아주머니가 얼마나 무안했겠어? 원래 성격이 그러겠지."

라 했습니다.

그러나 말이죠, 사실 '맘 속엔 있으나 내성적이라 말을 잘못해서…' 라는 것은 이유가 되지 않습니다. 그것은 잘못된 변명이고 핑계에 지나지 않습니다.

우린 살면서 많이 겪습니다. 선물을 보냈는데, 잘 받았단 전화나 아님 간단한 문자라도 한 통 없으면 또 보내고 싶던가요?!

「자유칼럼」이라고 제가 매일 받는 재미있고 유익한 이메일 레터가 있습니다.

오늘 1월 23일 자는 캐나다에 거주하는 패션디자이너 오마리 선생의 글이었습니다.

바로 이웃한 집의 할머니 '앤'에게 옷을 하나 사 드렸더니, 그 자리에서도 당연히 아주 좋아하며 '너는 복을 받을 것이다.God Bless you'라는 감사인사를 충분히 했고, 며칠이 지난 후엔 '땡큐 카드'를 들고 오고 또 그 얼마 지나자 크리스마스 꽃인 커다란 포인세티아 화분을 들고 와서 거듭 그 일에 대한 감사를 표하며 자신을 기쁘게 해 주더랍니다.

캐나다인 대부분은 작은 것들조차도 항상 '땡큐 카드'에 아름다운 글을 써서 보내 상대를 더 행복하게 해줘 오히려 고마움을 느낀다는 그런 내용이었습니다.

우리는 서양인들에 비해 확실히, 이런 감사함에 대한 표현방식이 부족

합니다. 그들은 소박하지만 진심어린 표현을 잘하는 것이 분명합니다.

생각은 있지만 말이 잘 안 나오는 경우가 있다는 거 압니다. 그럴 땐 전화문자도 있고 쪽지편지나 편리한 이메일도 있지 않습니까?

정든 님 오셨는데, 와락 끌어안지는 못할지라도 제대로 인사도 않고 그저 애매한 표정으로 행주치마만 입에 물고 있다가, 성질 급한 그 낭군이 '에이, 딴 남자가 생겼나!'라는 엄청난 오해를 하고 휙 돌아서가 버리면, 아! 그런 불행이 또 어디겠습니까?

오늘은 제 글에도 무슨 응대를 좀 해 주시기 바랍니다. 하하하~!

2014. 1. 23

우리말 길라잡이

'가름'과 '갈음'

주로 나이를 좀 드신 분들이 연설 말미에 '이상 인사말씀으로 ~하겠습니다.'하고 위의 말을 씁니다. 편지 끝에도 쓸 수 있는 말인데, 어떤 게 맞을까요? 가름? 아닙니다. 갈음이 맞습니다. 가름은 '편을 가름' 등 처럼 나누는 것을 말하며, '새 의자로 갈음하였더니 편하다.'라 쓰는 것처럼 '대신 한다'는 뜻으로 쓰입니다. '아름'과 '알음'도 읽을 땐 같지만 아름은 두 팔을 벌린 그 둘레를 뜻하고, 알음은 이미 알고 있다는 것입니다.

사랑하면 목소리도 닮아간다

어머니는 다른 일을 하다가도 갑자기 귀를 쫑긋한 후에 말하셨습니다.

"느이 아부지가 조금 전 큰 도랑을 건넜다, 어…정자나무 앞까지 왔구나~!"

저는 때맞춰 얼른 아버지가 좋아하시는 대로 국어책을 꺼내놓고 큰소리로 읽기 시작합니다. (아버진 저를 집에서 늘 책을 잘 읽는 아이로 아셨죠.)

그러고 나서 3~4분 여 후이면 대문 흔드는 소리와 함께, 아버지가 신문지에 싼 빈 도시락을 딸그락 거리며 집으로 들어섰습니다. 읍내 면사무소에서 퇴근해 4km 정도 떨어진 집까지 걸어서 귀가하시는 순간이었죠.

멀리 떨어진 것을 보지 않고 알아내는 어머니의 '초능력'은 단 한 번도 틀리지 않았습니다.

사실 어머니는 시력 5.0정도의 천리안을 지닌 것도 아니었고, 십리 밖 파리가 손을 부비는 소리를 듣는 신통방통한 청력을 가진 사람도 아니었습니다.

그냥 한 가족의 익숙한 목소리는 코만 쿵쿵거려도 멀리서도 정확히 잘 들리고 분간이 잘된다는 거였습니다.

나중에는 제가 학교에서 돌아오면 마루에 꼭 옥수수나 감자가 있곤 했는데, 제가 집으로 오는 길에 아버지랑 비슷한 헛기침 소릴 내서 미리 알았노라 하셨습니다.

언젠가 숭실대 정보통신전자공학부 배명진 교수가 부부, 가족 등 친한 사람들끼리는 목소리도 닮고 서로 빨리 알아듣는다는 연구를 해서 발표를 한 적이 있었습니다.

사람의 목소리가 코나 입안에서 진동돼 울리는(공명) 특성을 서로 비교해 친화도를 측정하는 기술을 개발한 것인데요,

여러 사람의 목소리 1만 여개를 주파수별로 다르게 나타나는 공명 특성에 따라 구분해 '목소리 친화도'를 알아봤더니, 가족 중에서도 더욱 친한 사이일수록 목소리 친화도가 높은 것으로 나타났노라고 했습니다.

오랑우탄도 부부나 가족들은 비슷한 소리를 내고 멀리서 작은 소리

만 내도 얼른 알아듣고 그 방향으로 간다고 합니다.

휴대폰 아닌 일반전화로 아는 집에 전화를 걸어서, 아들인데 아버지로 안다거나 아버지에게 '너희 아버지 바꾸라'는 실수도 더러 한 적이 있을 것입니다.

'시아버지의 누님이 된 며느리'이야기 하나 해드릴까요?

친구처럼 지내다 결혼한 신혼부부가 있었습니다.

시골에 있는 시아버지가 아들 집에 들른다는 것을 알려 주기 위해 전화를 했습니다.

"나다, 시애비다."

시아버지는 신랑 목소리와 똑 같았습니다. 신랑이 장난 전화를 잘 했기에 새댁은 신랑인 줄 알았습니다.

새댁이 대답했습니다.

"웃기지 마!",

"어허! 애비라니깐!"

"장난치지 말라니까!", "허~ 그 참, 내가 애비래두~."

새 며느리는 급기야 "니가 애비라면 난 네 누님이다!"라 하며 전화를 끊었습니다.

저녁에 새댁이 남편에게 따지자 남편은 모른다고 하였습니다.

"끝까지 장난치기야!",

"진짜 전화 한 적 없다니까?"

다음날 시아버지가 아들부부 집에 들렀습니다.

역시 농담 잘하는 시아버지가 거실에 들어서며 이 말을 외쳤고 새 며느리는 얼굴이 영원히 홍당무가 되고 말았습니다.

"누님, 저 왔습니다!"

ㅋㅋㅋ~! 웃자는 유머였습니다.

어쨌건 전화 하면서 익숙한 목소리 때문에 실수하는 일이 없어야겠습니다.

성악공부를 하는 제 아들 녀석은 키가 아주 크고 매사에 느긋한 걸로 봐서, 체형이나 성격은 저와는 큰 차이가 있는데, 목소리만큼은 서로 흡사하단 말을 많이 듣습니다.

우진이(아들)와 전 서로 엄청나게 많이 사랑하는 부자지간이 맞겠죠?

2014. 1. 27

우리말 길라잡이

'놀란 가슴'과 '놀랜 가슴'

'놀라다'와 '놀래다'는 다른 뜻을 가진 말입니다. 뜻을 살펴 보면 쉽게 구분해 쓸 수 있는 말인데도 혼란이 심한 말 중 하나입니다.

'놀라다'는 뜻밖의 일을 당하여 가슴이 설레다, 갑자기 무서운 것을 보고 겁을 내다 라는 뜻이고, '놀래다'는 남을 놀라게 하다란 뜻입니다. 그러니 '놀란 가슴을 진정했다.', '깜짝 놀랐다.', '남을 놀래게 하지 마라.' 등이 맞는 표현입니다. 깜짝 놀랐을 때 '놀라라~!'해선 안 되고 '놀래라~!'해야 맞는 거구요.

'우리', '나라', '만세'

제 아이들 이름은 '다솜'이와 '우진'이입니다.

다솜이, 요즘엔 흔한 이름이 됐지만 얘가 29살이니 그 당시로선 특별한 뜻을 가진 순우리말 이름이었습니다.

사전을 뒤지고 국어학자의 의견도 듣는 등의 고심을 해서 '사랑하옴'의 뜻을 가진 우리 옛말로 지은 것이죠.

이름을 호적에 올리고 났더니, 아버지께서 그때서야 딸일 경우 성씨 김金에 외자 '란'(?)해서 '금방울'로 부르면 어떨까 싶어 지어두었지만, 애비에게 손녀의 작명권을 양보했노라 하셨습니다.

방울이도 참 예쁘다는 생각이 들었지만 이미 다름 이름으로 결정을 내리고 난 뒤에 알았습니다.

5년 터울로 둘째인 아들이 태어났습니다.

딸이 다솜이어서 '다함'(최선을 다한다는)으로 하는 게 어떨까 하고 아버지께 상신을 했더니 절대 허락을 안 하셨습니다.

"딸 때는 내가 묵인했다. 그러나 아들은 집안 항렬을 따라야 한다. 뒤 글자가 누를 진鎭이어야 한다."

그래서 생각다가 윤심덕과 아름다운 로맨스를 가졌던 극작가 '김우진'을 그대로 따서 '祐鎭'으로 정했습니다.

지방대학의 교수가 된 제자가 갑자기 지금껏 써왔던 이름을 바꾸겠다고 하며 다르게 불러달라고 했습니다. 뭔가 새로운 인생을 시작하는 뜻에서, 보다 역동적이고 진취적 느낌이 나는 걸로 개명을 했다더군요. 그 이름이 '만세'입니다.

"만세~!"

그의 이름을 부를 때마다 목소리가 자연스럽게 높아지고 벅찬 느낌까지 듭니다. 예전과 달리 호적 이름을 맘껏 바꿀 수 있는 개명절차가 쉬워져 이런 식의 이름 짓기가 가능한 것입니다.

그렇습니다. 이름이라는 것은 우선 부르기 쉽고 잘 외워지는 것으로 거기에 좋은 의미가 들어있다면 최고일 것입니다. 다만, 발음 상 괜한 다른 뜻으로 들리거나 고약한 별명이 되지 않도록 피하는 것은 중요합니다.

서울 영등포구의회에 '고기판'이라는 의원이 있습니다. 고기를 굽는 판인지, 고기를 판 사람인지 헷갈릴 만한 이름으로 누구나 웃는답니다.

지방의회에서 활약이 대단한 사람인데, 기억하기 재밌는 이름이어서 선거 때는 덕도 좀 봤을 것입니다. 축산업이나 식육업, 이런 일을 하지 않고 정치하기를 정말 잘한 경우이겠죠.

　'밭 전田'자가 들어가는 일본이나, 인디언의 '늑대와 함께 춤을'처럼 우리 이름에서도 출생 때의 사연을 알 수 있는 이름이 많았습니다. 마당에서 낳은 '마당쇠', 3월에 낳은 '삼월이', 뒷간에서 태어난 '분례糞禮' 등이 그렇죠.

　우리 주위엔 재미있으면서도 때로는 좀 기이하게 여겨지는 이름이 많습니다. '개그콘서트'에 나오는 '사귀자'여사는 그저 평범하구요, 성과 어울려 의미가 엉뚱하게 변질되는 경우가 허다합니다.

　강도범, 임신중, 사기범, 방귀녀, 안아주, 안기자, 박아지, 최루탄, 추미남과 같은 이름은 성만 다르다면 아무 문제가 없을 이름입니다.

　요즘 젊은 친구들은 내 이름인데, 왜 부모가 지어준 것을 꼭 써야하느냐며 임의로 고쳐 쓰는 경우도 많다고 합니다. 법원의 개명허가가 아주 쉬워진 탓도 있습니다.

　어떤 가수의 두 아들들의 이름은 '대한'과 '민국'이더군요. 우리 국호가 금방 바뀌지 않을 터이니, 참 좋다는 생각이 들었습니다.

　제자 이만세 교수에게 태어날 아이들에게 아들, 딸 성별과 관계없이 '우리'와 '나라'로 지어서 나중에 가족들 전체 이름이 '우리나라만세'가 되면 아주 괜찮을 거라고 권했습니다.

제 이름 '재화'도 과히 나쁘진 않죠?!

2014. 2. 15

"우리 커피 해요~"

춥다고 했는데
춥지가 않다
네가
이 말만 하면

최인숙의 시 「우리 커피 해요」입니다.

짧으면서도 한참 마음을 따뜻하게 덥혀주는 정감을 지닌 글입니다.

'우리'라는 말 속엔 생각이 같다는 동질감이 있구요, 한데 묶여있다는 소속감이 있습니다.

그래서 누가 나를 지칭하면서 '우리… 어쩌구'말을 해 오면 참 좋아집니다. 그런 우리가 모여 마음을 더욱 따스하게 녹여주는 향기 좋은

차 한 잔을 같이 나누는데 어디 싫겠습니까? 심지어 냉랭하게 가려던 사람도 다시 돌아설 거라는 생각입니다.

영어를 쓰는 나라를 여행하거나 그 문화권에서 온 사람과 이야기를 나누다 보면 분명하게 느낄 수 있는 차이점 중 하나가 바로 '나'와 '우리'라는 말의 사용입니다. 우리는 '내 학교'혹은 '내 나라'라는 표현을 좀처럼 잘 쓰지 않잖습니까. '우리 학교', '우리나라'로 말하죠.

하지만 영어권 사람들은 자신이 다니는 학교를 분명히 'my school', 자신의 조국을 'my country'라고 합니다.

우리는 자신이 어떤 대상에 대해 소유권을 아주 명확하게 지닌 경우에만 '나의my'라는 표현을 쓰는 반면 그들은 자신이 속해 있는 것 자체로도 my를 씁니다.

오죽하면 우리나라 사람들이 흔히 쓰는 '우리 마누라는 말이야.'라는 말이 영어로 직역되었다가 '한국인들이 '일처다부'의 고약한 풍습을 지녔을까'하는 의심을 받았겠습니까.

동지애적 관계의 뜻이 안에 들어있는 이 '우리'라는 말을 문법적으로 설명하자면요, '말하는 이가 자기와 듣는 이, 또는 자기와 듣는 이를 포함한 여러 사람을 가리키는' 일인칭 대명사입니다. '우리의 맹세', '우리 둘이 힘을 합치면 못할 일이 뭐가 있겠니?'등처럼 쓰이죠.

그런가 하면 '말하는 이가 자기보다 높지 아니한 사람을 상대하여 자기를 포함한 여러 사람을 칭하는' 일인칭 대명사로도 씁니다. '우리 먼저 나간다. 수고해라.'등처럼 말입니다.

또 '(일부 명사 앞에 쓰여) 말하는 이가 자기보다 높지 아니한 사람을 상대하여 어떤 대상이 자기와 친밀한 관계임을 나타낼 때 쓰는 말'이 '우리'이기도 합니다. '우리 엄마', '우리 신랑'등이 그 예입니다.

그렇다면 '나'를 주로 쓰고 꼭 '우리'라고 말하는 사람들은 단순한 차이만 있을까요?

아닙니다. 무심코 '우리'라는 말을 쓰는 건 공교롭게도 우리나라 사람들의 집단주의적 성격과 경향에서 나왔다는 것이 연구결과입니다.

외국인들이 한국말을 배우면서 나중에는 자기가 가진 소지품, 즉 담배를 꺼내들더니 '우리 담배'라고 해서 놀란 적이 있습니다. 그들은 친근감을 갖기 위해서는 무조건 '우리'라고 말해야 되는 걸로 알더군요.

참, '우리'의 겸양체는 '저희'가 되는데요, 방송 같은데서 '저희 나라가…'어쩌구 하면 이금희 아나운서는 재빨리 '우리나라…'라고 고쳐줍니다.

우리가 지닌 것을 우리끼리 말할 때는 낮춰서 말하지 않기 때문입니다. 가족들 사이에 '저희 아버지'라 말하지 않아야 맞습니다.

아직은 추운 겨울입니다.

누군가 근처에 있다면 말을 걸어보시고, 생각나는 사람이 있으면 전화 한 통화 어떨까요?

"우리 차 한 잔 할까?"

2014. 2. 18

"겨울이 왔으니 봄도 멀지 않았겠지요?"

제가 사는 곳 근처인 홍대 앞에는 이런 저런 식당들이 참 많은데요, 최근 메밀국수 맛이 아주 좋은 집을 발견했습니다.

벽면에는 주방장 OOO 씨가 직접 쓴 듯한, 음식에 대한 자신감을 나타내는 이런 안내판이 있었습니다.

〈…메밀로 끼니를 이어가던 어머니의 손맛을 전수받아 메밀요리의 장인된 OOO 25년 전통을 자랑하며 창작메밀 예찬을 고객님께 올립니다〉

어법이 좀 많이 이상합니다.

쓴 이가 뭘 말하려는지 알았으니 되잖았느냐고 할 수도 있겠죠. 하지만 참지 못한 제가 실례를 무릅쓰고 한마디를 거들었습니다. '이왕이면 말이 맞게, 이렇게 저렇게 써두면 더 좋을 것 같다'고요.

주방장은 머리를 긁적이며 '선생님이 좀 손을 봐주시면 좋겠다'고 부탁을 해 오더군요.

대뜸 '작가나 국어교사가 주방장을 겸하고 있는 것도 아닌데, 그게 뭐가 문제냐!'고 할까봐 내심 조심스러웠는데, 받아들이니 참 다행이다 싶었습니다.

그러고 보니 제가 러시아의 대 시인 '알렉산드르 푸슈킨'의 흉내를 낸 건지도 모르겠습니다. 푸슈킨의 유명한 일화가 있죠.

모스크바 광장에 맹인 걸인이 있었습니다. 한겨울인데도 얇은 누더기만 걸친 그가 구석에서 벌벌 떨고 앉아 있다가 사람들의 발소리가 나면 '앞 못 보는 사람에게 동정을!'이라는 팻말을 들어 보이며, "한 푼만 줍쇼, 얼어 죽게 생겼습니다요!"하면서 구걸을 했습니다.

그의 모습은 가련하기 짝이 없었지만 모스크바에 그런 걸인은 셀 수 없이 많았습니다. 그래서 그에게 특별히 동정의 눈길을 보내는 사람은 없었습니다.

그러나 푸슈킨만은 줄곧 그를 주의 깊게 지켜보다가 이렇게 말했습니다.

"나 역시 가난한 형편이라 그대에게 줄 돈은 없소. 대신 글씨 몇 자를 써서 주겠소. 그걸 몸에 붙이고 있으면 도와주는 사람들이 있을 거요."

푸슈킨은 그가 내미는 구걸용 팻말에 글씨를 써서 걸인에게 주고 사라졌습니다.

얼마 후 푸슈킨은 다시 모스크바 광장에 나갔는데, 며칠 전에 만난 그 걸인이 푸슈킨의 발목을 잡으며 감격의 인사말을 했습니다.

"나리, 목소리를 들으니 며칠 전 제게 글씨를 써 준 분이시군요. 하느님이 도와서 이렇게 좋은 분을 만나게 해 주셨나봅니다. 그 종이를 붙였더니 그날부터 깡통에 많은 돈이 쌓였답니다."

푸슈킨은 조용히 미소를 지었습니다.

"나리, 그날 써준 내용이 도대체 무엇인지요?"

"별거 아닙니다. '겨울이 왔으니 봄도 멀지 않았겠지요?'라고 썼습니다."

이 '겨울이 왔으니 봄도 멀지 않았겠지요?'라는 한마디가 앞 못 보는 걸인의 신산한 삶에 무한한 동정심을 불러일으켰던 것입니다.

한 사람의 겨울은 무척이나 길 것입니다. 그러나 많은 사람들에게는 잠시에 지나지 않는 짧은 시간일 수도 있겠죠. 푸슈킨은 마음을 흔드는 짧은 한마디의 말로 추위와 굶주림에 시달리는 한 걸인의 삶에 봄을 가져다주었던 것입니다.

많은 사람을 감동시키는 말이나 글은 그렇게 복잡하고 어려운 것만은 아닙니다. 때로는 간단할수록 '명중률'이 높은 법이죠.

푸슈킨이 썼던 '상대를 뒤흔드는 한마디'는 사실 영국의 낭만파 시인 셸리의 저 유명한 「서풍에 부치는 노래」에 나오는 마지막 대목입니다.

'…내 입술을 통해 잠이 깨지 않은 대지에
예언의 나팔이 되어다오, 오 바람이여~!
겨울이 오면 봄이 어찌 멀다 할 수 있으랴?
(If winter comes, can spring be far behind?)'

저는 메밀국수 집 안내판을 이렇게 고쳤습니다.

〈…어머니의 메밀 다루는 손맛은 가히 예술이었습니다. 제가 전수받아 메밀요리의 장인이 된지 25년째입니다. 고객님께 창작메밀을 올립니다. - 주방장 ○○○드림〉

제 글은 뭐, '상대를 뒤흔드는 감동의 한마디'까지는 되지 못했죠?
그나저나 그 긴 겨울이 지나고 봄이 오고 있나봅니다, 확실히!

2014. 2. 25

우리말 길라잡이

'곤욕'과 '곤혹'

이 말 '곤욕困辱'과 '곤혹困惑'은 가려 쓰기 곤혹스러운 것 중 하나입니다. 곤욕困辱은 '심한 모욕'이라는 뜻을 지녔는데, '곤욕을 느끼다.', '곤욕을 당하다.'와 같이 쓰는 것이 맞습니다. 곤혹困惑은 '곤란한 일을 당하여 어찌할 바를 모름'이라는 의미를 가진 말인데, "우리 회사의 비리가 드러나 곤혹스럽다." 등의 경우에 쓰입니다.

Chapter 2

'그래도'라는
섬이 있다

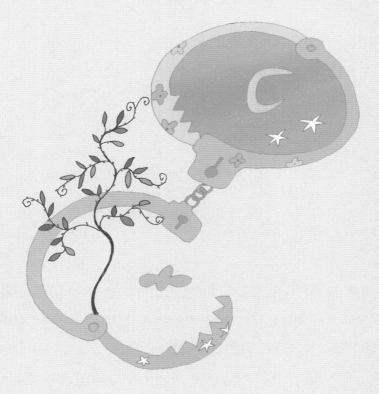

웃음의 힘
반칠환

닝쿨장미가 담을 넘고 있다
현행범이다
활짝 웃는다
아무도 잡을 생각 않고 따라 웃는다
왜 꽃의 월담은 죄가 아닌가

섬, '그래도'에 가 보세요

군대시절부터니까 상당히 오래됐군요. 저를 상징하는 말로 '그래도 웃고 사는 김재화'라는 말을 써 왔습니다. 전화문자에 이메일 말미에 혹은 자기소개를 하는 자리에서 꼭 '…그래도 웃고 사는 아무개…'라고 저를 수식합니다. 그런데 친구 스티브 정이 자기가 보내는 이메일 레터에 제 얘길 하면서 '그래도'라는 말이 인상 깊다고 소개를 했더군요.

마침 교보빌딩 외벽에 걸린 대형 간판의 이 달의 시구도 '그래도 섬'입니다. 이 시가 지친 사람들에게 잠시의 숨고르기와 새 희망으로 가는 삶의 긍정적 에너지를 갖게 하듯 제가 쓰는 '그래도 웃고 사는…'이라는 짧은 메시지도 제 스스로와 다른 사람에게 힘을 내서 웃을 수 있는 응원구호가 된다면 참 좋겠습니다.

자, 이야기 나온 김에 '그래도'라는 환상의 섬으로 한 번 가 보시죠. 김승희 시인의 글입니다.

그래도라는 섬이 있다

가장 낮은 곳에, 젖은 낙엽보다 더 낮은 곳에
그래도라는 섬이 있다
그래도 살아가는 사람들
그래도 사랑의 불을 꺼뜨리지 않는 사람들
세상에서 가장 아름다운 섬, 그래도
어떤 일이 있더라도 목숨을 끊지 말고 살아야 한다고
천사 같은 김종삼, 박재삼,
그런 착한 마음을 버려선 못쓴다고
부도가 나서 길거리로 쫓겨나고, 인기 여배우가 골방에서 목을 매고
뇌출혈로 쓰러져 말 한마디 못 해도 가족을 만나면 반가운 마음,
중환자실 환자 옆에서도 힘을 내어 웃으며 살아가는 가족들의 마음 속
그런 사람들이 모여 사는 섬, 그래도
가장 아름다운 것 속에 더 아름다운 피 묻은 이름,
그 가장 서러운 것 속에 더 타오르는 찬란한 꿈

누구나 다 그런 섬에 살면서도 세상의 어느 지도에도 알려지지 않

은 섬,

그래서 더 신비한 섬, 그래서 더 가꾸고 싶은 섬, 그래도

그대 가슴 속의 따스한 미소와 장밋빛 체온

이글이글 사랑에 눈이 부신 영광의 함성

그래도라는 섬에서, 그래도 부둥켜안고

그래도 손만 놓지 않는다면

언젠가 강을 다 건너 빛의 뗏목에 올라서리라,

어디엔가 걱정 근심 다 내려놓은 평화로운

그래도, 거기에서 만날 수 있으리라

2013. 4. 15

우리말 길라잡이

'더욱이'와 '더우기'

글을 쓰는 작가들도 아직까지 이 단어를 잘못 쓰는 분들이 많더군요.
예전 맞춤법에서는 '더우기'를 옳은 철자로 하고, 그로부터 준말 '더욱'이 나온 것
처럼 설명했던 것인데, 새 맞춤법에서는 그와 반대의 입장을 취한 대표적인 것입
니다. 그러니 이제는 '더욱이'로 써야 합니다.
이 '더욱이'라는 부사는 '그 위에 더욱 또'의 뜻을 지닌 말로서, 금상첨화錦上添花
의 경우에도 쓰이고, 설상가상雪上加霜의 경우에도 쓰이는 말입니다.
이 쓰임과 같은 대표적인 것 가운데 '일찍이'도 있습니다. 예전의 '일찌기'는 이제
틀린 글이 되었습니다.

"엄마 안녕, 사랑해!"

모든 사람들이 일상적으로 통신사 문자나 카톡문자를 쓰는 세상이 됐습니다.

그 사용량이 생각보다 훨씬 많습니다. 일반문자는 하루 4억 건이 오가구요, 무료이며 쓰임새가 더 편리한 카톡은 무려 65억 건의 대화가 발생한다는 것입니다.

청천벽력의 소식이 된 16일 진도 여객선 '세월호'침몰사고 때도 아직 생존 상태의 자식들과 부모 사이에 짧은 문자와 간단한 음성메시지들이 분주히 오갔습니다.

선실에 물이 들어오고 있는 상황에서 어린 학생들이 필사의 탈출을 시도하다 여의치 않자 어쩌면 최후의 대화가 될 문자를 다급하게 보낸 것입니다.

그들의 문자를 보면서 얼마나 큰 두려움에 떨었을까 하는 가여운 마음이 들었고, 그 마지막 메시지의 내용들은 그저 가슴이 먹먹하고 안타깝기만 합니다.

선체船體가 급격히 기울어진 16일 오전 9시 27분, 안산 단원고 2학년 김범수 군은 아버지에게 외쳤습니다.

"아빠, 배가 가라앉으려 해. 구명조끼 입고 침대에 누워있어. 어쩌지?"

아버지는

"짐 다 버리고 기둥이라도 꽉 잡고 있어!"

라고 했습니다.

아버지가 자식에게 들은 마지막 메시지는 "살아서 만나요!"하는 울먹이는 음성이었고 이후 전화 신호음은 끊겼습니다.

한 여학생은 휴대전화로 침몰이 시작된 직후의 객실 동영상과 사진 3장을 어머니에게 보냈습니다.

동영상에는 사고 당시 흔들리는 선실 모습과 불안해하는 학생들의 대화가 담겨 있었습니다. 한 학생은

"기울어졌어! 배에 물이 고여, 물이!"

라고 외쳤고, 다른 여학생 한 명은 자신의 모습을 촬영하고

"어떡해. 엄마 안녕! 사랑해!"

라는 최후의 메시지를 남겼을 뿐입니다.

배가 가라앉기 직전인 오전 10시쯤 오히려 걱정하는 가족을 달래

는 학생도 있었습니다. 신 아무개 양은 '아빠 걱정하지 마. 구명조끼 입고 애들 모두 뭉쳐 있으니까. 배 안이야. 아직 복도!'라는 문자를 보냈습니다.

아버지는 '침몰 위험, 바깥 난간에 있어. 가능하면 밖으로 나와'라고 했고, 신양은 '아니, 아빠. 지금 걸어갈 수 없어. 복도에 애들 다 있고 너무 기울어져 있어'라고 답을 했습니다.

여러 부모들이 어린 자식들을 먼저 보내고 가슴에 묻게 될 슬프기 짝이 없는 비극에 처해지고 말았습니다.

부모는 본능적으로 '비명에 간 자식이 아비어미에게 했던 마지막 말'이라도 꼭 알고 싶어진답니다.

그렇다면 이 전화기에 남겨진 짧은 글, 문자들이 나중에라도 부모를 조금이나마 위로하게 될지도 모르겠습니다.

지난 2010년 천안함 참사가 있었을 때, 우리가 겪는 마지막 어처구니없는 일이 되길 빌고 또 빌었습니다만, 이런 선박침몰 사고가 또 일어나다니 통탄할 일입니다.

당시 꽃다운 나이에 숨겨간 천안함의 병사들은 군인의 신분상 전화기를 휴대할 수 없어서 그 어떤 마지막 말도 남기지 못했습니다.

다만 가상의 대화가 오갔습니다.

서해상에서 실종된 천암함 병사들의 무사귀환을 염원하는 누군가의 외침이 있었습니다.

"772함 수병은 귀환하라! 772함은 속히 나와라. 온 국민이 애타게 기다린다……."

이 말은 당시 전 국민들의 누선淚腺을 콸콸 쏟아지게 했습니다.

화려하고 긴 서사문이 아닌 지금의 전화문자처럼 지극히 단문형이고 읽기 편한 구어체로 이뤄져있었습니다.

그때 우리는 침몰자들이 마치 생생하게 답하는 것 같은 말도 들었습니다.

"水兵은 묵언默言으로 답한다! 마지막 귀대 명령을 듣기 전에/ 나의 임무는 끝났다/ 그저 조국의 부름을 받았고/ 명령에 따라 나의 길을 갔을 뿐이다!"

물론 환청이었죠.

통곡을 잠시 억누르고 오래 소식 못 전한 사람들에게 전화문자라도 한 번 보내야겠다는 생각이 듭니다.

2014. 4. 17

우리말 길라잡이

'~율'과 '~률'

한 예로 '합격률'인지 '합격율'인지 혼동하는 사람들이 의외로 많습니다.
이 경우는 모음이나 ㄴ으로 끝나는 명사 다음에는 ~율을 붙여 사고율, 백분율, 모순율, 비율 등으로 쓰고, ㄴ받침을 제외한 받침 있는 명사 다음에는 ~률을 붙여 도덕률, 황금률, 취업률, 입학률, 합격률 등으로 쓰면 됩니다.

"Remember Birkenhead!" (버큰헤이드 호를 기억하라!)

우리가 위험에 처했을 때나 크게 긴장을 할 때 상대에게 하는 격려의 말이 있습니다. '호랑이에게 물려가도 정신만 차리면 살아!'

이 말에 용기를 갖고 위기에서 벗어나는 일이 많습니다.

영국에는 "버큰헤이드 호를 기억하라!"는 말이 있다고 합니다.

영국 국민 모두가 긍지를 가지고 지켜 내려오는 전통으로 위험한 상황에서 이 말을 꼭 합니다.

항해 중에 재난을 만나면 서로서로 상대방의 귀에 대고 조용하고 침착한 음성으로 '버큰헤이드 호를 기억하라'라고 속삭인다는 것입니다.

해양국가인 영국의 해군에서 만들어진 이 전통 덕분에 오늘날까지 헤아릴 수 없는 많은 생명이 죽음을 모면해 왔습니다.

일찍이 인류가 만든 많은 전통 가운데 이처럼 지키기 어려운, 또 이처럼 고귀한 것도 아마 또 없을 것입니다.

1852년, 영국 해군의 자랑으로 일컬어지고 있던 수송선 '버큰헤이드 호'가 사병들과 그 가족들을 태우고 남아프리카로 항해 중이었습니다. 그 배에 타고 있던 사람은 모두 630명으로 130명이 부녀자였습니다.

새벽 2시.

항해 도중 아프리카 남단 케이프타운으로부터 약 65킬로미터 가량 떨어진 해상에서 배가 바위에 부딪쳤습니다. 승객들이 잠에서 깨어나 선실에는 대번에 커다란 소란이 일어났습니다. 울부짖는 사람, 기도하는 사람 등등. 그때 배가 다시 한 번 세게 바위에 부딪쳤습니다. 배는 이제 완전히 허리통이 끊겨 가라앉고, 그 사이 사람들은 가까스로 배의 뒤쪽으로 피신했습니다.

이들 모두의 생명은 경각에 달린 셈이었습니다. 게다가 선상의 병사들은 거의 모두가 신병들이었고 몇 안 되는 장교들도 그다지 경험이 많지 않은 젊은 사관들이었습니다.

남아 있는 구조선은 3척인데 1척당 정원이 60명이니까 구조될 수 있는 사람은 180명 정도가 고작이었습니다. 더구나 이 해역은 사나운 상어가 우글거리는 곳이었습니다.

반 토막이 난 이 배는 시간이 흐를수록 물속으로 가라앉고, 엎친 데 덮친 격으로 풍랑은 더욱더 심해져갔습니다. 죽음에 직면해 있는 승객들의 절망적인 공포는 이제 극에 달해 있었습니다.

그러나 이러한 상황 아래서도 승객들은 이성을 잃지 않았습니다.

사령관 시드니 세튼 대령은 전 병사들에게 갑판 위에 집합하도록 명령을 내렸습니다.

수백 명의 병사들은 사령관의 명령에 따라 마치 아무런 위험이 없는 듯 훈련 때처럼 민첩하게 열을 정돈하고 나서 부동자세를 취했습니다. 그동안 한쪽 편에서는 횃불을 밝히고 부녀자들을 3척의 구명정으로 하선시켰습니다.

마지막 구명정이 그 배를 떠날 때까지 사병들은 갑판 위를 지켰구요, 구명정에 옮겨 타 일단 생명을 건진 부녀자들은 갑판 위에서 의연한 모습으로 죽음을 맞는 병사들을 바라보며 흐느껴 울었습니다.

마침내 '버큰헤이드 호'가 파도에 휩쓸려 완전히 침몰하면서 병사들의 머리도 모두 물속으로 잠겨들었습니다.

그날 오후 구조선이 그곳에 도착하여 살아남은 사람들을 구출했는데, 이미 436명의 목숨이 수장된 다음의 일이었고 사령관 세튼 대령도 숨졌습니다.

목숨을 건진 사람 중의 하나인 91연대 소속의 존 우라이트 대위는 나중에 술회하길

"모든 장병들은 의연했습니다. 누구나 명령대로 움직였고 불평 한마디 하지 않았습니다. 그 명령이라는 것이 곧 죽음을 의미하는 것임을 모두 잘 알면서도 말입니다."

이 사건은 영국은 물론 전 세계 사람들에게 충격을 던져주었습니다.

이전까지는 배가 해상에서 조난될 경우 저마다 제 목숨부터 구하려고 큰 소동을 벌이고는 했습니다. 즉, 힘센 자들이 구명정을 먼저 타고 연약하고 착한 사람들은 남아서 죽어야 했습니다.

'어린이와 여자 먼저'라는 훌륭한 전통이 1852년의 '버큰헤이드 호'에 의해서 이루어졌습니다.

이는 실로 인간으로는 최대한의 자제와 용기를 필요로 하는 것이지만요, 한편으론 책임을 가진 사람으로선 당연히 가져야 하는 의무 아닐까요?

우리나라는 아직 약삭빠르고 힘센 자만이 살아남기도 합니다.

우리는 아직 1852년 이전의 수준에 사는 걸까요?

그러기에 선장이라는 자가 '나는 먼저 뛰쳐나갈 테니까, 너흰 안에 그대로 있어라!'라고 외치는 것이겠죠.

아! 슬프고, 슬프고, 또 슬픈 일입니다.

2014. 4. 21

예쁜 설화 舌花가 피어야지,
왜 설화 舌禍가 난무합니까!

하필이면 배 이름이 '세월'이랍니까.

원래 한 번 가면 뒤돌아보지도 않고 영원히 오지 않는 무심하기 그지없는 게 세월 아니냐구요? '세월'과 함께 묻어야 할 참척의 고통을 겪는 사람이 한 둘이 아닙니다.

삶을 공유했던 이의 죽음이 우리 생애의 가장 큰 고통임일 것입니다만, 그 가운데서도 자식 앞세우는 부모의 비통함은 헤아릴 수조차 없기에, 그 마음을 참척慘慽이라 했지요.

당사자는 하늘과 땅이 무너지고 꺼지며 숨도 제대로 쉴 수 없는데, 사람들은 아무 일 없다는 듯 살아가는 모습을 보노라면 극심한 배신감마저 느끼는 것이 인간본능이라고 합니다.

그래서 위로의 말도 고르고 골라야 하거늘 표현의 미숙이나 무심코

한 실수로 희생자 가족을 더욱 아프게 한 말들이 있습니다. 아니, 아예 나쁜 의도를 뒤에 감춘 작정된 말도 있더군요.

이미 보도가 다 된 것들이어서 감추고 어쩌고 할 성질이 아니죠.

본인은 물론 우리도 각성하잔 뜻에서 되새겨봅니다.

"좌파 테러리스트들이 정부전복 작전 전개할 것"

집권당 최고위원 한기호 의원이 한, 입에 담아서는 안 될 말입니다.

난데없이 무슨 색깔론입니까!

"사망자 명단 판이 있는 앞에서 기념촬영을 하죠."

해양수산부장관과 함께 진도 팽목항을 방문했던 안전행정부 송영철 국장이 이 말을 하고 나서 바로 직위해제에 이어 본인도 사표를 내야했습니다.

"시체장사 한두 번입니까. 대통령은 제2의 5·18폭동에 대비해야"

지만원이라는 자칭 보수논객이 해서 많은 사람들의 격분을 산 말입니다. 그는 법적문제에 처해질 상황입니다.

"유가족인 척 하면서 선동하는 여자의 동영상을 보여주겠다. 정부를 욕하며 공무원들 뺨 때리고 악을 쓰고 욕을 하는 선동꾼이다."

권은희 의원이 자신의 SNS를 통해 애먼 사람을 '선동자'라고 표현해 화제가 됐는데요, 이후 극진한 사과를 했지만 희생자 유가족들이 분노를 못 억누르는 말이 되고 말았습니다.

"국민이 미개하다."

정예선이라는 19살짜리 재수생이 피해자 가족들에게 한 말이지만, 그가 서울시장 경선에 참여한 정몽준 의원의 아들이라는 점에서 더욱 부적절한 표현이라 논란이 됐구요, 아버지는 결국 대국민 사과를 해야 했습니다.

'캄캄바다', '가족', '진도의 눈물'

김문수 경기도지사가 '세월호'와 관련해 쓴 연작시 제목들입니다.

그가 단순히 '아픔'을 표현한 것이라며 자신의 시에 대한 해명을 하자 '자작시에 대한 진정성이 의심된다.'는 것이 많은 사람들이 가진 느낌이었습니다. 심지어 폭군 네로가 불타는 로마를 향해 비파를 타며 부르는 노래를 듣는 것 같아 섬뜩하단 사람이 있었을 정도입니다.

"해경이 80명 구했으면 많이 한 것 아니냐?"

목포해경의 안병석 경무과장이 사고 다음날인 지난 17일

"초기 구조가 미진하지 않았느냐"

는 기자들 질문에 짜증스럽게 답한 말입니다.

그는 직위해제 당했는데, 희생자 유가족에게 깊은 상처를 주는 말을 해 받은 징계였죠.

"정부 관계자가 잠수하지 못하게 막으며 대충 시간이나 때우고 가라더군요. 실제 잠수부가 배 안의 사람을 확인하고 대화까지 했어요."

이 말은 한 허언증 환자가 한 말이지만 MBN과의 인터뷰를 통해 방송이 되었기에 큰 혼란을 야기했습니다.

자신을 민간잠수부라고 밝히며 허위사실을 유포해 구속된 홍가혜 씨라는 여자는 과거에도 행적이 좋지 않아 사람들을 경악케 했습니다.

온 국민을 망연자실, 공황, 탈진상태로 몰아간 세월호 침몰사건이 발생한 지도 열흘이 돼갑니다. 우리 모두, 마음을 다잡고 '지속되는 삶'의 엄혹함을 받아들여야 하지만 쉽게 되지 않을 것 같습니다.

어렸을 때부터 배운 한국말을 한국인에게 이렇게밖에 전하지 못하는 혀를 가진 이들은 도대체 어느 나라 사람들입니까!!

2014. 4. 24

우리말 길라잡이

'붙이다'와 '부치다'

먼저 '붙이다'는 붙게 하다, 서로 맞닿게 하다, 두 편의 관계를 맺게 하다, 암컷과 수컷을 교합시키다, 불이 옮아서 타게 하다, 노름이나 싸움 따위를 하게 하다, 딸려 붙게 하다, 습관이나 취미 등이 익어지게 하다, 이름을 가지게 하다, 뺨이나 볼기를 손으로 때리다 등 쓰임새가 다양합니다.

'부치다'는 힘이 미치지 못하다, 부채 같은 것을 흔들어서 바람을 일으키다, 편지나 물건을 보내다, 논밭을 다루어서 농사를 짓다, 누른 음식을 익혀 만들다, 어떤 문제를 의논 대상으로 내놓다, 원고를 인쇄에 넘기다 등의 뜻을 가진 말이죠. 그 예를 몇 가지 들어 보기로 하겠습니다.

〈힘이 부치는 일이다. 편지를 부치다. 논밭을 부치다. 빈대떡을 부치다. 식목일에 부치는 글입니다. 회의에 부치기로 한 안건입니다.〉

〈우표를 붙이다. 책상을 벽에 붙이다. 흥정을 붙이다. 불을 붙이다. 조건을 붙이다. 취미를 붙이다. 별명을 붙이다.〉

말은 꼭 씨가 되요

제가 아는 한 영어 쓰는 사람이 'Oops seems to die~!'라고 했다면 진짜 목숨이 끝나가는 그 순간을 말했거나 아주 특별한 경우에 크게 과장을 했을 겁니다.

그런데 우리는 한국어 '아이구, 죽겠다!'를 정말이지 입에 매달고 다니다가 언제이건, 어디서건, 누구 앞이건 가리지 않고 외쳐댑니다.

사실 따지고 보면 '죽는다'라는 말처럼 고통스럽고 슬픈 말도 없습니다. 죽음이 뭔가요? 모든 걸 잃는 마지막이 아닌가요! 그럼에도 너무나 태연스럽게 이 말을 쓰는데, 이 이상한 말투를 일상용어로 둔갑시켜 대화 속에 마구 쓰는 우리 스스로만 그 원래의 뜻을 못 깨닫고 있는 것 같습니다. 우리가 매일 여러 차례 죽음의 문턱을 넘나드는 아슬아슬한 삶을 살고 있는 건 아닌데도요.

죽는다는 정확한 뜻이 '생명이 없어지는 것'이지만 예외적으로 '불 따위가 타거나 비치지 아니한 상태'에 있을 때도 쓰긴 합니다. 하지만 아주 멋있는 것을 두고 쓰는 '죽인다'라는 표현어는 아예 사전에도 없는 희한하기 이를 데 없는 말이죠.

3년 전인가요. 32세의 여류 시나리오 작가 '최고은'씨, 큰 상도 받으며 앞날이 촉망되는 그 작가가 끝내 못 이긴 가난 때문에 여러 날을 굶다가 방세도 밀린 셋방 현관문에 이런 쪽지를 붙였었습니다. '창피하지만, 며칠째 아무것도 못 먹어서 배고파 죽겠어요. 남는 밥이랑 김치가 있으면 저희 집 문 좀 두들겨 주세요.'

우리가 아픈 기억으로 알고 있듯 이 가난한 여성작가는 끝내 배가 고파 죽고 말았잖습니까. 죽겠다는 말은 이런 때나 써야지 '좋아 죽겠다!', '심심해 죽겠다' 따위의 말은 어법이나 용례가 모두 틀린 것입니다. 당연히 함부로 쓰지 말아야 할 중요한 말입니다.

지하철 시청역에는 시화전이 열리고 있는데, 누군가의 시입니다.

죽겠다고 하는 말 너무 흔하다
배고파 죽겠다, 짜증나 죽겠다, 아파 죽겠다
힘들어 죽겠다, 괴로워 죽겠다…
침통하고 암울한 희망 없는 세상을 만든다

… 말이 씨가 된다니, 비록 하찮고 허접스럽더라도

희망의 말을 속삭이자

2013. 6. 3

'총각무' 와 '알타리무'

캬바레서, 춤을 추던 어떤 아줌마가 남자의 발을 밟았습니다.

"부인, 긴장하셨어요?" 그러자 그 아줌마 "네 30포기요!" 했다고 합니다. ㅋㅋ~!
김장철인데, 진짜 김장 하셨는지요?

무청째로 김치를 담그는, 뿌리가 잘고 어린 무를 이르는 말로 총각무, 알타리무,
달랑무, 고달무, 알무 등이 있습니다. 그러나 현행 규정에서는 '총각무"만을 표준
어로 삼고 있습니다.또한 원래는 '무우'가 표준어였는데, '무우'라고 발음하기 보
다는 '무―' 하고 길게 발음하기 때문에 '무'를 표준으로 삼고 있습니다.

상투를 틀지 않은 총각의 긴 댕기머리를 닮은 무라 해서 '총각무'로 부릅니다.

'사랑한다', '곁에 있어줘서 고마워!'

여전히 침울합니다만 이제 말수가 다소 많아졌습니다. 다만 요란하지 않고 조심스럽게 정리되어 깔끔하단 느낌이네요, 요즘 사람들이 주고받는 말들이요.

초기에는 흥분되어 생각에 앞서 먼저 입이 열리다 보니 세월호 침몰사태를 대한 정치권 인사나 사고현장에 나간 정부관리들, 특종욕심에 확인도 않고 마구 써댄 언론사들의 말본새가 거칠었던 것이 사실이었습니다.

그런데 말들도 차츰 정제되는 것 같고 무엇보다 슬픔과 분노를 넘어가자는 다짐을 굳게 하고 있는 것 같습니다. 서로 삿대질만 계속하면 이 불행이 영원히 불행으로만 기억되고 말테니까 어쨌건 승화시킬 방법을 찾자는 외침들이 들립니다.

미국에서 911테러 이후에 그랬다죠?

사람들이 한동안 공황상태에 빠져 있다가 서서히 마음을 다잡고 일어섰는데, 이전보다 가족의 가치를 훨씬 더 중요하게 여기고, 주변에 있는 사람에게도 시간만 나면 따뜻한 인사말을 건네게 된 것 말입니다.

사람들에게서 '사랑한다'는 쉬우면서도 하기 어려웠던 말을 자주 듣는다는 건 다행한 일입니다. 아니 신나기까지 하죠. '곁에 있어줘 고맙다'는 말은 더욱 그렇구요.

생뚱맞고 슬픈 조크가 될지 모르겠습니다만, 이 얘기 하나 소개하죠.

고등학생 딸에게 엄마가 말을 했습니다.

"딸아, 오늘 엄마 생일이라는 거 알아? 엄마는 우리 딸이 뭔가 선물을 하나 줄 거라 생각했는데, 아무 것도 없어서 은근히 섭섭했다 애~!"

그러자 딸이 대답했습니다.

"엄마, 나 지금 살아 있잖아!"

아, 그렇습니다. 내 소중한 자식이 지금 내 곁에 아무렇지 않게 건강하게 살아있으니 이런 축복된 일이 어디 있으며 이보다 더 큰 선물이 어딨겠습니까.

소설가 박범신 선생도 SNS에서 말하더군요.

"나도 죄인이다. 대신 이 불행을 더 안전하고 행복한 나라로 거듭나는 혁명적 계기로 만들어야 할 책임을 지자."

그렇게만 된다면 그 소중한 희생자들이 우리에게 주는 위대한 선물이 되겠다는 생각입니다.

참사가 여러 날 째 계속되면서 그동안은 무심코 일상에 매몰돼 살던 사람들의 생각과 마음가짐도 바꿔놓은 것 같습니다.

평범한 일상이 누군가에게는 간절한 희망이 될 수 있음을 알았고, 고된 일상이 사실은 큰 행복이고, 내 곁을 지켜주는 이들이 그 자체만으로 고마운 존재임을 깨닫게 되지 않은가요?

술을 벗하느라 또는 일에 쫓겨서 밤늦게 귀가하던 아버지들이 일을 서둘러 마치고 집으로 돌아와 자녀들과 함께 하는 모습들도 보입니다.

저 또한 사춘기 이후 아이들에게 잘하지 않던 '사랑한다'는 표현이나 포옹도 더러 하게 되더군요.

듣자니 학교에서 선생님들도 학생들에게 숙제를 잘 내주지 않고 씩씩하게 잘 뛰어놀라고 하며 '너희가 있어 행복하고 고맙다'는 말을 습관처럼 전하고 있다 합니다.

다만 안타까운 건 우리 사회가 꼭 대형 참극이 있고 나서야 비로소 소소한 일상의 소중함을 깨닫게 되는 점이란 생각입니다.

그나마 슬픔 속에서 건진 작은 위안이라 여겨집니다.

그래도 외칩시다.

"사랑한다. 곁에 있어줘서 참 고마워!"

2014. 4. 28

'~므로' 와 '~ㅁ으로'

'~므로'는 '하므로/되므로/가므로/오므로' 등과 같이 어간에 붙는 어미로 '~이니
까/~이기 때문에'와 같은 '까닭'을 나타냅니다.'

이와는 달리 '~ㅁ으로는 명사형 '~ㅁ에 조사 으로가 붙은 것으로 이는 '~는 것
으로/~는 일로'와 같이 '수단ㆍ방법'을 나타내는 말입니다.

"그는 열심히 공부하므로 성공하겠다."와 "그는 아침마다 공부함으로 성공을 다
졌다."를 비교해 보면, 전자는 ~하기 때문에의 이유를 나타내는 말이고, 후자는
~하는 것으로써의 뜻으로 수단ㆍ방법을 나타내고 있습니다.

Chapter 3

SOSO한
일상

생각할수록

·책장의 많은 책도 읽지 않으면 소용이 없듯이
내 안의 그리움도 꺼내보지 않으면 소용이 없습니다.
생각할수록 더 그리운 게 사랑이니까요.

기분도 나비효과?

오늘의 글은, 이미 유쾌하게 매일 매일을 살고 계시는 분들에겐 별 도움이 되지 않을 이야기입니다. 혹, 지금 짜증이 나고 삶이 우울하신 분이 계시다면 읽기 바랍니다.

우리가 순간적으로 맞는 어떤 일에는 전부 '기분'이라는 녀석이 끼어들어 '감정'을 지배해 버립니다. 기분이 변하면 우리 몸의 화학적 반응이 달라진다고 하죠. 도파민과 노르에피네프린이라는 흥분제가 뇌를 지배해 도발적인 정신 상태에 이르는 것이라고 합니다. (의사 선생님들은 잘 아시겠죠)

분통을 터지게 하는 일의 시초는 작습니다. 뭐 국제정세나 인류문제, 지구환경…이런 거창한 문제가 아닙니다.

아침에 입으려고 찾았던 그 셔츠가 아직 빨래통에 있을 때 아내나 어머니에게 고함을 친 일이 있을 것입니다. 그날은 은행 창구의 대기 시간도 지겨워 창구 아가씨에게 삿대질을 하게 되고, 무슨 물건을 사고 난 뒤 받는 잔돈이 백 원짜리 동전이라는 것도 화가 치밉니다. 나중에 그 불안하고 이상한 심리는 극에 달합니다. 연인과 데이트할 때, 뭘 먹겠냐고 묻자 예의 '암 꺼나!'에 '넌 어쩜 주관도 없이 사냐!'며 물통으로 머리통을 갈겨 버리고 싶어집니다.

아, 기분에 얽매여 산다는 것은 끔찍한 일입니다. 기분에 따라 죽느냐 사느냐의 문제가 될 수 있으니 기분을 조절할 줄 알아야 하는 것입니다.

저는 저를 나쁘게 몰아 부치는 감정을 살살 달래면서 세상을 즐겁게 보려는 방법으로, 길거리라면 땅에 떨어진 광고전단지나 간판을 읽구요, 집이라면 오래된 만화책 같은 아주 가벼운 글을 소리치며 낭독합니다. '언제 전화 한번 해야지'했던 사람에게 전화를 걸어보는 방법도 있습니다. 조금 전까지 엄청나게 상하던 감정상태가 누그러질 것입니다. 그 일 자체가 별 것 아니었다는 생각도 들구요. 하하~!

오늘 지리산 입구 〈향아다원〉의 예쁜 여주인이 산수유꽃을 찍어 보내왔네요. 지금 밖은 봄이 왕창 와있나 봅니다.

어서 봄을 맞으러 가시죠!

2013. 3. 15

'부부의 날'을 아시나요?

많은 기념일이 있는 5월을 〈가정의 달〉로 정하고 있습니다. 그런데 '어린이날'과 '어버이날' 그리고 '스승의 날' 정도만 기억하고 다른 기념일은 있는 것조차도 잘 모르는 것 같습니다.

오늘 20일은 '성년의 날'이구요, 소만인 내일은 '부부의 날'이 됩니다. '아내에게 바치는 노래' 등으로 봐서 예전에는 미혼의 젊은 가수들도 부부 관련 노래를 많이 불렀던 것 같은데, 요즘 노래에서는 아예 '가정', '부부', '아내', '남편'… 이런 단어를 찾아볼 수가 없습니다. 늦은 결혼이 성행하고, 숫제 독신으로 평생을 사는 사람도 많은가 하면 이혼도 넘쳐나는 세상에서 결혼과 가족이라는 사회시스템을 그다지 중요하지 않게 여기는 현상일지도 모르겠습니다.

암튼 1981년 미국에서 시작된 '세계 결혼기념일'이 부부의 날의 기원이라고 볼 수 있는데요, 우리나라에서는 2004년부터 법정기념일이 되었습니다. 부부의 날을 5월 21일로 정한 이유는 '5월에 둘(2)이 하나(1)가 된다'는 뜻이라니 재미있고 기억하기도 쉽다는 생각입니다.

부부의 날은 화목한 가정은 건강한 부부관계에서 비롯된다는 점을 새삼 인식하는 날이기도 하는데요, 앞서 말씀드린 대로 한부모 가정이나 비혼부·모 가정이 소외되거나 이상하게 보이는 기념일은 되지 않았으면 합니다.

어떤 사람은 'Wife', 아내를 Washing(세탁), Ironing(다림질), Food(음식만들기), Eating(음식먹기)을 위해 존재한다고 하는데, 말이 안 되는 소리입니다.

와이프Wife를 잘 대하면 라이프Life가 즐겁지만, 잘못 대하면 나이프 Knife, 刀를 맞을 수도 있다는 걸 알아야겠습니다. 웃자고 한 이야기겠죠 뭐~!

어느 평범한 부부가 부르는 '둘이 하나 되어'라는 노래도 있습니다.

2013. 5. 20

그냥저냥

어제는 딸 다솜이의 생일이었습니다. 모처럼 우리 네 가족이 모여 함께 저녁식사를 하며 딸의 생일을 축하해줬는데요, 아마도 주말이 아닌 평일이었으면 '그냥저냥' 보내고 말았을지도 모릅니다.

어느덧 대학교를 졸업하고 제법 큰 아가씨가 되어 취직을 한 딸의 직장은 지방에 있기에 주중에는 시간을 내기가 힘듭니다.

'그냥저냥'이 아니고 '다르게' 보낸 딸의 생일이 뭐 아주 특별한 건 아니었습니다. 케이크 자르고, 사진 찍고, 서로 덕담 건네고 또 아이들이 좋아하는 음식 먹은 정도입니다.

다른 때 같았으면 외식메뉴는 저나 아이들 어미 쪽으로 결정되었을 것이 분명합니다. 암튼, 온 가족이 다른 날보다 더 많이 웃고 긴 대화도 나눈 행복한 시간을 가졌습니다.

일요일인 오늘, 오랜만에 소식을 전해 온 친구의 전화를 한 통 받았고, 여유 있게 통화를 했는데, 아주 반갑더군요. 통화 뒤에 저도 오래 연락을 못한 어떤 이에게 전화를 했는데요, 받지를 않아 통화는 못했습니다.

저도 그렇지만, 여러분은 일요일에 전화를 잘 안하시죠? 누군가는 휴일에 전화를 하는 것은 예의에 어긋난다고까지 말 하던데, 한밤중만 아니라면 괜찮은 거 아닌가요?

휴일에 걸려온 옛 친구의 전화는 아주 반가웠습니다. 그리고 대뜸 '무슨 일이냐?'고 묻는 제게 그는 '그냥'이라고만 말했습니다. 어떻게 사냐니까 '그냥저냥'이라고 하더군요.

그렇습니다. 우리말에 '그냥'이라는 부사가 있는데요, '그저 그렇게', '그럭저럭'의 뜻이겠죠. 원인은 있지만 그 게 좀 불분명할 때 쓰는 말입니다.

이 '그냥'이 참 좋은 것은 별다른 목적도 없고 '무엇 때문에'라는 정확한 까닭도 없기에 그렇습니다.

그러면서도 '왜 사느냐면, 그냥 웃지요'라는 시에서처럼 이 말이 가지는 유유자적, 허물없고, 단순하면서도 따뜻하고 정감은 넘치는 말도 흔치 않은 것 같습니다.

생각해 보니, 요즘은 뭔가를 '그냥'해보는 여유는 통 못 갖고 사는 것 같네요.

2013. 6. 23

누가 뭐라 했거든!

나이아가라 폭포에 가 보셨나요? 그야말로 장관이죠.

어떤 관광객 한 사람이 폭포의 웅장함에 연신 감탄사를 연발하며 구경하다가 목이 말랐습니다. 휴대한 물이 없어서 급한 대로 폭포의 물을 떠서 맛있게 마셨다고 합니다. '아, 물맛까지 좋네!'하고 걸어 나오던 그는 폭포 옆에 '포이즌POISON'이라고 쓰여 꽂혀있는 안내 팻말을 보았습니다. '아니, 이 물이 독이라구?'그는 자신도 모르게 독 성분이 든 물을 마신 것입니다.

'독'을 마셨는데, 온전할까요? 아니나 다를까 배가 아파 오기 시작했습니다. 급기야는 창자가 녹아내리는 것 같은 극심한 통증을 느꼈습니다. 이제 죽었구나 하며 동료들과 함께 급히 병원에 달려갔습니다. 그는 폭포의 물을 먹은 자초지종을 이야기하고 살려달라고 했습니다. 그리고 경고 팻말이 분명히 있었고, 다른 사람들도 '내가 죽을 것이다'라고 했다고 말했습니다.

그런데 의사는 태평했습니다. 이 '위급한 상황'을 전해 듣고도 오히려 껄껄 웃으면서 "포이즌은 영어로는 '독'이 분명합니다. 그러나 프랑스어로는 '낚시금지'란 말입니다. 별 이상이 없을 테니 돌아가셔도 됩니다."라고 말했습니다.

"정말입니까?"

폭포수를 마신 관광객은 의사의 이 말 한 마디에 그렇게 아프던 배가 아무렇지도 않게 평온을 되찾았습니다.

설령 잘못된 것일지라도 자기가 알고 있는 어떤 상식이나 믿음은 우리의 마음뿐만 아니라 몸까지도 다스리고 지배합니다.

저는 한때 지독한 낙지 알레르기가 있었습니다. 낙지를 먹었다 하면 엄청난 복통이 와서 심지어 데굴데굴 굴러야 하는 정도였습니다. 제게 낙지는 살았거나 죽었거나 지독한 공포의 대상이었습니다.

그런 어느 날 친구 집에 식사초대를 받아서 갔는데, 낙지가 들어간 해물볶음음식이 있었습니다. 친구는 제가 꺼리는 것을 알고, 부엌으로 들고 가더니 '낙지는 다 빼고 오징어만 남겨'다시 들고 나왔습니다. 저는 '해물볶음'을 참 맛있게 먹었습니다.

그러고 나서 1주 뒤에 친구는 제게 괜찮았느냐고 묻더니 '실제 낙지를 빼지 않고 조금 더 볶아서 갖고 왔다'고 하면서 크게 웃었습니다.

신체 알레르기니 이런 것이 대부분이 심인성(心因性)이라는 것을 알았습니다.

'누가 그러더라', '어디에 써져있더라', '신문에서 읽었다', '방송에서 들었다'… 이러한 것에 우리는 자기 판단은 하지 않고 맹신하여 스스로를 묶는 경우가 많은 것 같습니다. 그것도 공신력이 없는 곳에서 생산된 정보마저 무작정 믿는 것은 위험한 일임이 분명합니다.

참, 저 지금은 낙지라면 아주 사족을 못 쓸 만큼 좋아합니다.

함께 드실 분 말씀하세요~!

2013. 7. 8

우리말 길라잡이

'제치다', '젖히다'

이 말들은 발음이 비슷해서 잘 구분하지 못하고 쓰는 경우가 많습니다.

'제치다'는 1) 거치적거리지 않게 처리하다. 2) 일정한 대상이나 범위에서 빼다. 3) 경쟁 상대보다 우위에 서다. 4) 일을 미루다의 뜻을 지니고 있습니다. 그래서 다음과 같이 쓰입니다.

"수비 선수를 제치고 골을 넣었다."

"당신이 찾으면 하던 일 다 제쳐 두고 나갈게요."

'젖히다'는 1) 안쪽이 겉으로 나오게 하다. 2) 뒤로 기울게 하다의 뜻을 지니고 있습니다.

"커튼을 걷어 젖히니 방안이 환해졌다."

"고개를 뒤로 젖히고 하늘을 쳐다보았다."가 맞는 용법이죠.

열심히 일하지 못했지만 그래도 떠납니다~

지난주와 이번 주가 여름휴가의 절정인 것 같습니다.

단골로 다니는 식당도 꼭 전화를 해 보고 가야할 것입니다. 적게는 2~3일 많게는 1주 정도씩 쉬는 곳이 많더군요.

무심코 다녔던 가게가 문을 닫고 '언제부터 언제까지 휴가입니다'라는 팻말을 달고 있을 때, 비로소 '오 통재라, 이 집 김치찌개가 맛있었는데!', '그동안 통 못 와 미안해서, 모처럼 이 집서 한 잔 팔아주려 했더니, 쩝~!'등의 평소엔 잘 못 가졌던 아쉬움을 느끼게 되는 것 같습니다.

그런데 휴가기일 안내의 작은 종이 한 장을 갖고도 보는 사람으로 하여금 그 집을 다시 찾게 할 정감을 느끼게 하더군요.

이를테면 이런 것들입니다.

저희 동네에 오래된 시계점이 있는데요, "태엽 풀러 갑니다"가 휴가 안내 문구입니다.

주인의 위트에 한참 웃음이 났습니다. 요즘에 태엽시계가 어딨습니까만, 그동안 꽉 조인 듯 쌓인 긴장을 푼다는 말이겠죠.

언젠가 "처가에 가서 씨암탉 얻어먹고 오겠습니다."라는 걸 보면서 '이 사람이 참 애처가구나'라는 걸 느꼈구요,

어떤 작은 카페는 물망초 꽃잎과 함께 '이 꽃말 아시죠? For get me not'이 붙어있어, 단골이 잊지 않고 꼭 다시 가겠단 생각이 들더군요.

제가 최고로 꼽은 휴가표시 팻말글귀는 이 칼럼의 제목으로 삼은 '열심히 일하지 않은 나도 떠납니다!'였습니다.

'열심히 일한 사람만 떠나라'는 그 유명한 광고카피에 정면 대항하는 다소 뻔뻔스러운(?) 글귀였습니다. 그러나 이 지겹고 지독한 더위가 사람을 일터에서 절로 밀어내니 이럴 땐 누구나 쉬어야겠죠.

휴가 안내는 아니지만 고도의 마케팅력을 숨긴 가게 팻말도 있습니다.

한 남자가 이발을 하려 어떤 이발소를 찾았답니다. 그런데 이발소 문 앞에 붙어있는 팻말이 '오늘은 현금, 내일은 공짜'였다더군요.

그는 이왕이면 공짜로 이발을 하고 싶다는 생각이 들어 하루를 기다렸다가 다음 날 일찌감치 그 이발소를 찾아갔습니다. '내일'이 분명

히 됐는데도 이발소의 팻말글귀는 '오늘은 현금, 내일은 공짜'이었습니다.

그래서 그는 다음 날 또 갔는데, 그날도 여전히 같은 팻말이 있었던 것입니다. 그 남자는 "아니, 또 내일이야?!"이라고 투덜거리며 돌아서고 말았다는 건데요, 하하하~ 뭐, 웃자는 이야기였습니다.

휴가 어디로 다녀오셨나요?

2013. 8. 6

'침묵의 추석'이었다구요?

안톤 슈낙의 저 유명한 수필「우리를 슬프게 하는 것들」중에는 '휴가의 마지막 날은 우리를 슬프게 한다'고 했습니다.

일요일 오후인 지금이 닷새의 긴 연휴의 마지막 무렵이니 울적해야 하겠지만 전 그런 기분은 아닙니다. 아마도 이번 연휴가 충분히 즐거웠고, 평일에 해야 하는 다른 일이 기다리고 있기 때문일 것입니다.

제겐 이번 추석 휴일이 아내와 딸 등 가족들은 물론 저세상의 가족인 아버지, 어머니 또 형과 모처럼 많은 대화를 나눈 시간이었다는 생각입니다.

서울을 출발해 전주를 거쳐서 구례를 가는 동안 어김없이 교통정체를 겪었지만 오히려 우리 가족들은 자동차 안에서 밀린 이야기들을 많이 나눴구요,

전주의 한옥마을, 서영춘 선생의 동상이 있는 임실의 한 예술대학 (제가 근무한 적이 있었던 학교인데 제가 동상의 비문을 썼었습니다), 순천의 '세계정원박람회'를 함께 구경하면서 그야말로 오붓한 시간 속에 가족애를 다진 것 같습니다.

아참, 여수의 조용하고 아름다운 섬 '경도'에 가서 오랜만에 즐긴 골프와 맛있는 별미지역음식도 오래 기억에 남을 것입니다.

그런데 일부 유력 언론매체에서는 애꿎은 스마트폰만을 크게 나무라고 있더군요. 온가족이 모처럼 모인 것은 좋은데, 서로 스마트폰만 들여다보느라 대화가 없는 '침묵의 추석'이 되고 말았다는 것입니다. 그러면서 스마트폰 4,000만 명 시대에 씁쓸한 명절의 풍경이 연출되고 있다고 다소 오버하는 걱정을 쏟았습니다.

스마트폰을 유용하게 잘 쓰는 편인 저는 이 기능 다양하고 편리한 전화기가 대면對面대화를 실종시켰다고 보는 견해에 동의할 수 없습니다.

스마트폰 이전에도 대화가 많지 않았던 가족이나 친구들끼리는 신문에 얼굴을 묻고 TV에 시선을 두느라 이야기를 계속 재잘재잘 주고받은 편은 아니었잖습니까?

물론 모든 것에 과過몰입상태가 되면 문제죠. 컴퓨터모니터 앞을 잠시도 떠나지 못하는 'PC중독'이나, 손에서 내려놓기만 해도 불안함을 느끼는 '스마트폰중독'은 다른 정서함양을 위축시키기에 해가 될 것이 틀림없습니다.

그러나 제 얘기는 지금 모든 사람이 병적으로 스마트폰에만 탐닉하고 있지는 않다는 겁니다.

심지어 스마트폰을 없애야 한다는 황당한 주장을 펴는 사람을 봤는데요, 그런 사람에게는 책이나 자동차 같은 문명의 이기는 모두 인간성을 파괴하는 것이니 이용하지 말아야 할 것 아니냐는 말을 해주고 싶습니다.

말로 하기 곤란한 감정을 메신저로 이용한다거나 이모티콘으로 간단히 표현하고, 교통정보나 국내외 뉴스를 빠르고 간단하게 볼 수 있는 모바일커뮤니케이션, 얼마나 편리하고 효율적인가요!

이번 추석을 맞아 간 고향과 인근 도시 여행이 참 즐거웠는데, 무거운 카메라 없이도 스마트폰에 사진을 충분히 담았으며, 성묘에 참석 못한 가족에게는 아버지 어머니 묘소 앞의 모습을 동영상으로 찍어 보내기도 했습니다.

그렇다고 스마트폰이 최고라는 이야기는 또 아닙니다!

2013. 9. 22

가을 가기 전에 '그 사람'에게 편지를 써 보세요

작가로 평생 살고 있는 저는, 서점에서 판매가 원활하건 그러지 못하건 끊임없이 책을 내고 있습니다.

이번 주에 새로 나오는 책이 43권 째가 되는데요, 상업적 히트나 문학성 주목도 등에서 변변한 것은 거의 없어서 그동안의 많은 출간 분량이 오히려 부끄럽기만 합니다.

책 광고 의도를 좀 담아 제목을 말한다면, '연애 내비게이션'입니다.

젊은 사람들만 꼭 읽어야 할 무슨 실용서는 아니고, 남녀가 서로 곁마음 속마음을 파악할 수 있는 비법이랄까 뭐 그런 걸 상황별로 써본 것입니다.

저는 책 안에서 강력히 외쳤습니다. 연애에 성공하려면 못 쓰는 글일지라도 육필의 편지를 꼭 쓰라구요!

전화 통화나 또 스마트폰으로 간단히 하는 SNS가 있고, 이메일도 빠르고 편한데, 고리타분하게 무슨 편지냐고 하실 분이 계시겠죠.

아닙니다! 편지는 잘 쓰긴 다소 힘들어도 받는 사람이 웬만하면 감동을 하는 좋은 의사표현 방법입니다.

어디 연애뿐이겠습니까. 사과나 용서를 비는 일, 거래요청이나 무슨 청탁을 하는 일 등 말을 꺼내기가 힘든 일엔 한 땀 한 땀 자수를 놓듯 직접 종이에 쓴 편지가 아주 효과적입니다.

보내 온 사람에게서 큰 정성이 느껴지거든요.

말 나왔으니 연애편지 이야기 좀 하죠.

밤에 쓴 거 담날 보면 자신도 쑥스러운 것에 오직 받는 사람만 달콤한 것이며 독자가 1명뿐이어야 하는 특수문학이라 정의해도 될 것이 연애편지일 것입니다.

연애편지 잘 쓰는 방법부터 말한다면요, 저는 우선 이미 공개되어 있는 유명인들의 연애편지를 먼저 읽어보라 권하고 싶습니다. 그런 글들만 모아 놓은 책이 시중에 있습니다.

옛날 분들이 '펜팔'이라고 해서 편지교제를 할 때, 훈련용으로 끊임없이 밑줄 그어가며 읽었던 소월이나 릴케 시집도 독파를 해야 좋구요.

소설가 헤밍웨이는 마음에 둔 여성에게

"사랑하는 메어리! 부디 나를 돌봐주오. 작은 친구가 큰 친구를 돌

봐주는 것처럼."이라는 작업멘트를 글로 날려서 성공을 했다 하고,

나폴레옹이 전장터에서 쓴 "친애하는 조세핀! 나는 너에게 이 편지에서 천 번의 사랑한다는 말을 쓰고 싶소."

라는 편지는 더욱 유명하고,

이중섭 화가는

"사랑하는 남덕, 여기 3일 전에 찍은 내 사진을 보내니 3번 입맞춤해 주오"

라 썼는데, 그림 뿐 아니라 글 솜씨도 훌륭한 것 같고,

숱한 연서 중에서도 표준 샘플이 되고 있는 것은 시인 유치환의

"'그리운 이여, 그러면 안녕!'설령 이것이 이 세상 마지막 인사가 될지라도 사랑하였으므로 나는 진정 행복하였느니라."일 것입니다.

이런 방법, 저런 방법으로도 상대의 마음을 못 얻었다면 마지막이라 생각하고 편지를 한 번 써 보세요.

장담합니다! 모든 사람이 시인이 되는 지금 같은 만추에는 즉효, 좋은 결과가 바로 나타날 것이라구요.

2013. 11. 3

말馬이 제일 싫어하는 사람은 누굴까요?

해가 바뀌고 이틀째를 맞고 있습니다.

새삼스레 새해 인사 한 번 하겠습니다.

"계사년 뱀띠 해에, 행운이 뱀처럼 스르륵~ 와서 길게 이어지기 바랍니다!"

인사 내용은 좋은데, 계사…뱀…이 이상타구요?

하하하! 정확하게 따진다면 갑오년 말띠 해는 아직 오지 않았죠.

1월 2일인 오늘은 여전히 뱀띠 해에 머무르고 있습니다.

매년 양력 2월 4일경의 입춘절기 이전에 태어난다면 전년도 띠가 되니, 이점을 참고하셔야 합니다. 음력으론 그때에 비로소 새해가 시작되죠.

예를 들어 2014년 2월3일까지 태어난다면 뱀띠 생이며, 2014년 2

월4일 이후에 태어난다면 말띠 생입니다.

흔히 말띠 생 여자들은 팔자가 안 좋다느니 그런 속설이 있는데, 이게 무슨 과학적 근거가 있겠습니까?

서둘러 인위적 조기출산을 하는 바보 같은 일은 없어야겠습니다.

어쨌건 일반적으로는 양력으로 1월 1일이 되면 그해의 띠를 말하니, 다시 말띠라 하겠구요, 말 이야기를 좀 하죠.

새해인 갑오년이 푸른 말띠, 청마靑馬라고 하는데, 십갑 십이지十甲 十二支의 방위를 맞추면 청靑에 해당하기 때문이죠.

춘추시대 제나라 관중이 고죽국孤竹國 정벌에 나섰는데, 출정 당시는 늦가을 이었지만 전쟁이 끝난 것은 다음 해 여름철이었습니다.

승전고를 울리면서 회군 중이었으나 온 산하에 우거진 초목 때문에 길을 찾기가 몹시 어려웠습니다.

그 때 관중이 군마 중에서 늙은 말들을 골라서 앞세웠는데, 늙은 말들은 지난 해에 왔었던 길을 잘 찾아 부대의 회군을 순조롭게 도울 수 있었습니다.

그 때부터 늙은 말은 왔던 길을 잘 찾아간다하여 노마식도老馬識道라는 단어가 쓰이게 되었다고 합니다.

경험 많은 사람의 판단은 귀 기울일 필요가 있다는 고사이죠.

이번에는 말을 이용한 말장난, '언어유희'를 좀 해보죠.

말이 가장 싫어하는 사람은 말馬을 꼬리 잡는 자, 말 허리 자르는 자,

말을 이리 저리 돌리는 자, 말 바꾸거나 뒤집는 자…등이라고 하죠.

이게 코미디 기법 중 아주 잘 쓰이는 동음이의어同音異議語입니다.

신년회 같은 때 이런 식의 조크를 해보세요.

- 리더십이 있는 말 → 카리스馬
- 특히 일본에서 인기 있는 말 → 욘사馬
- 세계적으로 영향력 있는 말 → 오바馬
- 여름 되면 오는 말 → 장馬
- 얼굴에 있는 말들 → 이馬, 가리馬
- 진짜 말 → 참말
- 예쁜 말 → 꽃말
- 폭탄 맞은 말 → 히로시馬
- 왜적을 물리치는데 일조를 한 말은 → 행주치馬
- 고민에 쌓인 말 → 딜레馬
- 엄마 말을 두 자로 → 맘馬
- 엄마 말이 길을 잃으면 사자성어로 → 맘馬미아
- 조폭 두목이 타는 말 → 까불지馬
- 기분 나쁜 말 → 임馬

김기창 화백의 '군마도'를 보면, 말발굽 소리가 귀 아닌 눈에 들리는 것 같습니다.

그 그림 속의 말처럼 우렁찬 기운 솟는 날들 되시기 바랍니다~!

2014. 1. 2

우리말 길라잡이

'께요' 와 '게요'

"잠시만요, 보라 언니 뭐뭐… 하고 가실께요~!"
최근 최고로 유행하는 개그콘서트의 한 대사입니다.
그런데 "~ 께요"라 쓴 것이 과연 맞는 표기일까요?
'~ㄹ게' 와 '~ㄹ께'는 우리가 혼동을 자주 합니다.
"이 경우는 ~뭘까?", "~해 줄까?" 등과 같은 의문 종결어미는 'ㄹ소리' 아래의
자음이 된소리가 납니다. 이때에만 된소리로 적으면 됩니다.
그러나 '~할 걸 그랬다', '~줄게' 등과 같은 종결어미는 오래 전에 예사소리로
적어야 한다고 '한글맞춤법'에서 규정을 했습니다. 그러니 "그 일은 내가 할게",
"곧 갈게"로 써야 하고, '보라 언니'도 '가실 게요'가 맞습니다.

'거시기'에 대한 사회적 의미 소고小考

스위스 군용 칼 '맥가이버 칼'만큼 쓰임새가 많은 다용도 칼은 없죠.

우리 말 중에도 그 어떤 경우에도 다 쓸 수 있는 한마디가 있습니다. 바로 '거시기'죠.

제 아버진 경상도 사람이었는데, 전라도에서 저를 기르면서 전라도 사투리와도 같았던 이 말 '거시기'를 늘 입에 달고 계셨고 저도 이 '거시기'에 아주 익숙했습니다.

깨나 콩을 터는 시기에 이웃집 아저씨가 우리 집에 오셔서 절더러 "거시기 집에 있었구나잉. 우리 거시기가 고장이 났응께 느그 집 거시기 좀 쓰자잉!"

하면 저는 얼른 '도리깨'를 내드리곤 했습니다.

그 말은

"재화야, 우리집 도리깨가 부서졌다. 너희 거 좀 쓰자."

이었으니까요.

영화「황산벌」, 기억 나시죠? 그야말로 '거시기'일색입니다. 이 영화에서 백제 의자왕, 계백 장군, 그리고 백제 군사들은 시도 때도 없이 '거시기'를 연발합니다. '거시기'는 백제의 상징이자 백제군의 슬로건입니다.

사실 이런 설정은 '거시기'를 백제어, 곧 전라도 방언의 전형으로 간주한 결과에서 나온 것입니다.

그러나 '거시기'는 전라도 방언으로 출발했고 지금도 전라도 지역에서 많이 쓰이고 있지만 이게 이미 지방 사투리를 넘어섰다는 것을 알아야 합니다.

이 말은 현재 전라도 지역을 벗어나 중부 지역까지 올라와 널리 퍼져 있으며, 그 단어 세력을 인정받아 사전에까지 실려 있는 엄연한 표준어가 됐습니다.

'거시기'는 사람이나 사물의 이름이 얼른 떠오르지 않거나 또 그 사람이나 사물을 직접 말하기 거북할 때, 그리고 하고자 하는 내용을 짧게 얼른 정리하기가 저어할 때 씁니다.

그런데 '거시기'를 신라 때 인물 '거시지居施知'나 당나라에 조공을 바치러 가는 사신을 호위하던 병사 '거시기'에서 유래했다거나 '것'이 어원일 것이라는 추정이 많은데요, 그 어느 것도 확실치 않으니 단정

키는 어렵습니다.

아무튼 이 거시기가 얼마나 폭넓게 쓰이는지 알아보면요,

예쁜 여자 앞에서 남자가

"내 맘이 많이 거시기 하네요."

하면 은밀한 프러포즈가 되며, 여자가 받아서

"저는 아직 좀 거시기 해요."

하면 이게 아예 정반대의 뜻으로 '받아들이기가 어렵다'는 완곡한 거절이 되고 맙니다.

뿐입니까?

'금강산 거시기 바위'는 전 세계 그 어느 남근석보다 확실하게 남자의 중요부위 형상을 하고 있습니다.

또한 '만만한 게 홍어 거시기'라는 말에서 알 수 있듯 수컷 생식기를 말하니 거시기 하면 바로 말하기 쑥스러운 특정 신체를 말하는 것이 됩니다.

홍어를 잡을 때 어부는 사람들이 선호하여 값이 비싼 암컷으로 위장시키려거나 단지 보기가 싫어 수컷의 음경을 싹둑싹둑 잘라버린 모양입니다.

예전에 만화가 고우영 선생에게 들은 이야긴데, 만화가들이 자주 가는 낚시터 주인이 이 일행이 오면 멀리 있는 그의 아내에게 이렇게 외치곤 했답니다.

"어이, 오늘 고 슨상들이 오셨으니까 낮에 거시기 끓일 때 거시기도 듬뿍 넣고, 많이 거시기 혀도 거시기 허지 않게 해잉~!"

이들은 점심시간이 되면 쑥갓이 넉넉히 들어가고 맵긴 하지만 짜지 않은 민물 매운탕을 맛있게 먹을 수 있었다고 하더군요.

암튼 하려는 말이 얼른 생각나지 않거나 바로 말하기가 거북할 때 사용되는 이 군소리 '거시기'는 의미전달에서 아주 중요한 역할을 합니다.

유추를 할 때 '거시기…'어쩌구 하고 얼버무리면 어느 것을 특정하지 않아서 결과를 보고 유리한 쪽으로 해석을 내릴 수도 있습니다.

"저, 거시기, 죄송합니다만, 제 부탁 좀 들어주시겠습니까?"

청을 할 때 단지 거시기를 한마디 넣으면 그 정도가 아주 간곡해지며 함부로 말하지 않고 평상시 예의를 잘 갖춘 화법을 쓰는 사람이 됩니다.

할 말이 있을 때 '돌직구'를 날리는 것이 시원하고 통쾌하기까지 할 것입니다만, 격한 감정 때문에 상대를 더욱 자극하는 수도 있구요, 나중에는 말의 형식이 시비가 되고 말기도 합니다.

은근하고 듣는 사람의 기분까지 고려한 우회적 표시로 이 거시기가 널리 쓰였으면 합니다.

권력자가 국민들에게 사과할 일 있으면서도 내키지 않지만 하는듯한 '유감'이라고 어물쩍 넘어가지 말고

"이번 거시기 사태에 대하여 제 맘이 상당히 거시기 합니다!"
라는 성명이라도 내줬으면 합니다.
그러면 알아들을 테니까요!!

2014. 3. 24

'수' 와 '숫'

수컷을 이르는 말을 어떻게 적어야 할지는 오랜 논란거리였습니다. 그러다가 더
이상의 혼 란을 막으려 올바른 원칙을 정했답니다.

첫 번째 원칙: 수컷을 이르는 말은 '수~'로 통일합니다. '숫사돈'이 아닌 '수사돈'
이 맞구요, '숫소'도 틀리니 '수소'로 적고 발음해야 합니다.

두 번째 원칙: '수~' 뒤의 음이 거세게 발음되는 단어는 거센소리로 합니다.
'수캐', '수탕나귀', '수탉', '수평아리' 등이 있죠.

세 번째 원칙: '숫~'으로 적는 예외적인 단어가 딱 세 개 있습니다. '숫양', '숫염
소', '숫쥐'가 그렇습니다.

혼동하거나 틀리기 쉬운 말들 몇 가지

- 깨닫곤 괴로와하지 → 깨닫곤 괴로워하지
- 눈물이 나올려고 → 눈물이 나오려고
- 더우기 → 더욱이
- 뒤치닥거리나 → 뒤치다꺼리나
- 부족한 것 투성이였는데 → 부족한 것 투성이었는데
- 영낙없이 → 영락없이
- 갈께요. → 갈게요
- 눈을 지긋이 감고 → 눈을 지그시 감고
- 물르는 게 어딨냐? → 무르는 게 어딨냐?
- 바지단에 → 바짓단에
- 소년은 어디에 부딪혔는지 → 소년은 어디에 부딪쳤는지
- 번번히 줄행랑을 치는 → 번번이 줄행랑을 치는
- 오디션을 치뤄야 하니까. → 오디션을 치러야 하니까
- 남어있었다. → 남아 있었다
- 순두부 찌게 → 순두부찌개
- 휴게실의 계시판 → 휴게실의 게시판
- 가던지 오던지 → 가든지 오든지
- 가운데손가락 → 가운뎃손가락
- 개이다(날씨가) → 개다
- 끔찍히 → 끔찍이
- 김마담 → 김 마담
- 객적다 → 객쩍다
- 곰곰히 → 곰곰이
- 곱배기 → 곱빼기
- 깍둑이 → 깍두기
- 껍질채 → 껍질째
- 꼬깔 → 고깔

Chapter 4

그건 아닌 것
같은데요

자전거 바퀴

앞으로 가면 가는 만큼 따라오고
물러서면 물러선 만큼 뒷걸음질치고
늘 나를 지켜주는 그대를 닮았군요.

말 바꾸기의 순서

강원도 별장의 성접대.

완전 해괴한 성추문이 온나라를 검게 덮고 있습니다. 사람들에게는 원래 남의 사생활을 들춰보며 짜릿함을 느끼는, 관음증을 즐기는 본능이 있지 않습니까? 그래서인지 이 나라 백성들은 지금, 그 소문내용에 혀를 차면서도 은근 짜한 재미도 동시에 맛보는 희한한 분위기입니다.

카톡 같은 곳에 떠도는 말을 보자면, 깡패 출신 사업가에게 성관계로 그야말로 코가 꿰여 큰 돈과 고급승용차를 뺏긴 여인이 갈취한 남자에게 돈이랑 차를 되돌려 달라 하자, 남자는 자기 아내를 시켜서 아직 엄존하는 간통죄로 이 여자를 고소해달라고 하는 뒤통수를 치고, 여인은 안 되겠다 싶자 다른 조폭을 시켜 해결해달라고 했는데, 이 조폭이 차를 되찾고 보자, 거기에 '재밌고 돈이 될 만한' 동영상 같은 것들이 들어있어서 다시 이걸 갖고 여자를 협박했다는… 영화 '스팅'에 버금가는 복잡하면서도 과학적이고, 흥미 넘치는 복선이 짝 깔린 스토리입니다.

그런데 높은 고위직에 계셨던 한 분이 자기는 연루되지 않았다며 하신 말씀이 또 다른 충격을 주었습니다.

"내가 성접대를 받았다면, 할복자살을 하겠다!"

배를 가르는 자살이라니! 아, 그 말 표현이 섬뜩했습니다. 언젠가 어떤 연예인도

"시중에 떠도는 지저분한 염문이 사실이라면, 우리 어머니가 창녀입니다!"

라며 결백의 뜻을 이렇듯 강한 언사로 표현한 적이 있었습니다.

사람들은 이런 류의 말에 극과 극의 두 가지 생각을 갖는 듯합니다. '그토록 완강하니, 아닐 거야!', '강한 부정은 긍정이야! 구린 사람이 역정을 더 잘 내 거든'으로 말입니다.

개망나니 잡배들도 쉽게 안 할 그런 짓거리들을 그 사람들이 안했으리라 믿습니다만, 이런 흉흉한 소문이 참 찝찝하기만 합니다. 백악관 성추문으로 유명한 '빌 클린턴'전 미국대통령 이야기를 잘 알잖습니까? 그가 대통령 직을 무사히 마치고 인기도 크게 하락하지 않은 상황에서 퇴임을 할 수 있었던 비결은 조기에 자기의 잘못을 시인하고 용서를 빌었던 것에 있었습니다.

사람들은 위기를 맞을 때, 일단 강한 부정을 한 뒤에 → 정황 포착, 증거 등장 → 축소나 변명 → 말 바꾸기 태도에 대한 대중의 비난과 질타 → 우물쭈물 → 여론 악화 → 뒤늦은 반성 → 추락…의 순서를 밟고 맙니다. 대부분 위기대응을 이런 식으로 하다가 화를 더욱 키우죠. 빠른 사과는 깔끔한 결과를 내어 재기를 가능케도 하는 것이 커뮤니케이션 이론입니다.

2013. 3. 28

우리말 길라잡이

'띄다' 와 '띠다'

띄다는 띄우다, 뜨이다의 준말입니다.

'띄우다'는 물이나 공중에 뜨게 하다, 공간적으로나 시간적으로 사이를 떨어지게 하다의 뜻이니 편지·소포 따위를 보내다, 물건에 훈김이 생겨 뜨게 하다 등의 뜻을 지닌 말이구요,

'뜨이다'는 감거나 감겨진 눈이 열리다, 큰 것에서 일부가 떼내어지다, 종이·김 따위가 만들어지다, 무거운 물건 따위가 바닥에서 위로 치켜올려지다, 그물·옷 따위를 뜨게 하다, 이제까지 없던 것이 나타나 눈에 드러나 보이다란 뜻을 지니고 있습니다.

'띠다'는 띠나 끈을 허리에 두르다, 용무·직책·사명 따위를 맡아 지니다, 어떤 물건을 몸에 지니다, 감정·표정·기운 따위를 조금 나타내다, 빛깔을 가지다, 어떤 성질을 일정하게 나타내다를 이르는 말입니다.

띄다와 띠다를 바르게 사용한 예를 들어 보면 다음과 같습니다.

"나무를 좀 더 띄어 심읍시다."

"임무를 띠고 미국으로 갔습니다." 등이죠.

같은 말이라도

16년 전의 일이니 세월이 한참 지났습니다. 그럼에도 제 평생 이때의 일을 잊지 못하고 삽니다.

제 몸 어느 부분에서 특별한 증세가 나타났습니다. 몸이 아주 건강하진 않았지만 그렇다고 중병을 갑자기 앓을 허약체질도 아니었는데, 이상한 증세가 생긴 것이죠.

달려간 A종합병원에서 특별검사와 진찰을 받았습니다. 담당 의사는 평상시는 어떤 얼굴을 하며 환자를 대하는지 모르겠지만, 제겐 약간 어두울 뿐 별 표정이 없는 사람이었습니다.

조마조마해 하는 저와 아내에게

"뭔가가 있어요. 안 좋게 느껴지는군요. 조직을 떼었으니 1주 뒤이면 확실합니다."

했는데, 마치 저승사자 음성으로 들렸습니다. 1주일 뒤에 확실히 알 수 있다는 말이, 우리가 염려하는 그 병인지 아닌지 안다는 것이 아니고, 그 병인데 정도를 알 수 있다는 말로 들려 어마어마한 공포에 빠졌습니다. 온몸이 오싹하고 그야말로 하늘이 무너지는 것 같았습니다. 어린 두 아이의 얼굴이 눈앞에 확 다가와 어쩔 바를 모르겠더군요.

방송에서 건강 프로그램을 만드는 선배께 A병원서 들었던 말을 그대로 전했더니 크게 걱정을 하며 B병원의 아무개 의사를 소개해줬습니다. 거기 가서 재검사를 받아보라면서요.

B병원에서도 똑같은 절차가 이어졌습니다.

"검사가 힘든데, 잘 참았어요. 별 것 아닌 것 같아요. 그러나 아무 것도 아닌 것을 확신하기 위해서 뭐, 형식적이지만… 조직검사는 해봅시다!"

다른 의사의 말씀이었습니다.

왜 이렇게 같은 사안을 두고 표현하는 말이 크게 달랐을까요? B병원의 진단을 들은 뒤에 비로소 절망이 희망으로 바뀌었는데요, 1주 후 2군데 병원서 모두 이상이 없다고 하더군요. 제가 만난 두 의사 모두 의술은 뛰어난 분들일 텐데, 환자를 대해주는 태도는 크게 달랐던 것입니다.

내 말 한 마디에 인생을 걸거나 적어도 상당한 것을 각오하는 사람들이 있습니다. 살면서 타인에게 꼭 두려움을 안겨줘야 하는 경우가

과연 있어야 할까요? 남에게 하는 말은 조심 또 조심해야겠다는 생각
이 문득 들었습니다.

2013. 4. 28

우리말 길라잡이

'띄다'와 '띠다'

띄다는 띄우다, 뜨이다의 준말입니다.

'띄우다'는 물이나 공중에 뜨게 하다, 공간적으로나 시간적으로 사이를 떨어지게
하다의 뜻이니 편지 · 소포 따위를 보내다, 물건에 훈김이 생겨 뜨게 하다 등의
뜻을 지닌 말이구요,

'뜨이다'는 감거나 감겨진 눈이 열리다, 큰 것에서 일부가 떼내어지다, 종이 · 김
따위가 만들어지다, 무거운 물건 따위가 바닥에서 위로 치켜올려지다, 그물 · 옷
따위를 뜨게 하다, 이제까지 없던 것이 나타나 눈에 드러나 보이다란 뜻을 지니
고 있습니다.

'띠다'는 띠나 끈을 허리에 두르다, 용무 · 직책 · 사명 따위를 맡아 지니다, 어떤
물건을 몸에 지니다, 감정 · 표정 · 기운 따위를 조금 나타내다, 빛깔을 가지다, 어
떤 성질을 일정하게 나타내다를 이르는 말입니다.

띄다와 띠다를 바르게 사용한 예를 들어 보면 다음과 같습니다.

'나무를 좀 더 띄어 심읍시다.'

'임무를 띠고 미국으로 갔습니다.' 등이죠.

가짜편지 소동

'목련꽃 그늘 아래서 베르테르의 편질 읽노라~ 구름꽃 피는 언덕에서 피리를 부노라~ 아 아 멀리 떠나와… 목련꽃 그늘 아래서 긴 사연의 편질 쓰노라~ 클로바 피는 언덕에서 휘파람 부노라~'

지금 같은 목련이 활짝 필 때 부르면, 낭만이 더욱 샤방샤방 무르익을 것 같은 박목월 선생의 시이죠. 목련꽃 그늘 아래 편지는 어떤 내용일까요? 혹시 이런 것?

"저는 신참 새댁입니다. 결혼 후 처음 시골 시댁에 설 명절을 쇠러 갔는데요, 명절 음식 만들기 등 집안일이 서툴러 눈치 보기가 너무 힘들더군요. 전 꼼수를 생각해냈어요. 남편 차를 몰래 몰고 나가 집 근처 경운기에 고의로 접촉사고를 낸 거예요. 그런 뒤 병원에 입원을 해버렸어요. 저 나쁜가요? 용서 받을 예쁜 사기를 친 건가요?"

이런 편지사연이 라디오에 소개되어 최유라 씨 같은 진행자가 아름다운 음성으로 감정을 잡아 읽으면 누구라도 슬며시 미소를 지으며 평범한 사람들의 소소한 일상에서 작은 감동을 받을 겁니다.

실제로 이 사연은 방송을 타서 많은 애청자들의 심금(?)을 울렸구요, 편지를 보낸 사람은 고가의 가전제품을 상으로 받았습니다. 문제는 이 내용이 애교와 장난기 넘치는 철부지 새댁의 진짜 논픽션 다큐멘터리가 아닌 순전히 꾸며낸 허무맹랑한 '소설'이었다는 것입니다.

뉴스 들으셨죠?

'회사가 어려워 남편이 월급을 받지 못하자 군에서 휴가 나온 아들이 몰래 배달 아르바이트를 해 도움을 줬다'는 식의 가슴 찡한 사연도 방송되어 편지 보낸 이가 경품을 받고 그랬는데, 모두 같은 사람이 지어낸 엉터리 이야기였다는 거 말입니다.

경찰에 형사 입건되었다는 40대 남자의 사건을 들으면서 이런저런 생각이 많이 들더군요. '글발 약한 작가도 많은데, 그 실력으로 직업 작가를 하지 원!', '논문 표절은 잘도 잡아내는데 편지는 심사도 안했나?', '우리는 가슴 벅찬 감동에 많이 메말라 있어.'

아! 그러고 보니 봄날이 떠나고 있습니다. 누구에게라도 봄 편지를 한번 써보세요. 아무라도 '그대'가 되어 받아줄 것입니다.

2013. 5. 2

"코미디다 코미디!"

어처구니없는 일을 보고 사람들이 외치는 말이 있습니다. '코미디'라구요.

"소설 쓰고 있네!"

엉터리로 지어낸 이야기를 늘어놓을 때 비난하는 말이 '소설'이구요. 지난 5월 14일 각 일간지에 이런 기사들이 많았습니다.

'…사건에 대하여, ㅈ기자를 구속시키려 하는데, 합리적 의심을 하고 의혹을 제기한 것에 출국금지 시키고 사전구속영장을 청구한 것은 법의 이론으로 볼 때 코미디였다'

저는 이 기사의 내용보다 전문 문사文士인 기자들이나 일반인들이 말을 하고 글을 쓸 때 무심코 사용하는 '코미디'에 대해 좀 할 말이 있습니다. 그야말로 말도 안 되는 이론제기나 이성을 벗어난 행동, 얼이 빠져 갈팡질팡 정신을 못 차리는 상태일 때 '코미디에 지나지 않는다' 라고 합니다만, 코미디 작가로 오래 활동한 저로서는 이 말에 유감이 있다 이겁니다. 정확하게 말하면 코미디로서 격이 한참 떨어지는 '3류 코미디이구나', '저질 코미디이다' 정도로 표현해야 맞는다는 것입니다.

좀 더 설명을 하자면 '합리적 의심과 의혹제기를 한 기자의 행위'는 '수준 높은 코미디'이고 그게 잘못이라고 주장하는 일부 사법부 태도 가 '수준 낮은 코미디'인 것이죠.

물론 코미디의 상당부분이 '넌센스적 요소'로 이뤄진 게 사실이긴 합니다. 그러나 제대로 된 코미디의 맛은 그렇지 않습니다. 잘난 체 하는 자가 모순을 그럴듯하게 위장할 때 그 허구성을 지적하여 조롱 하고, 권선징악의 자세를 분명히 취하고 있으며, 식자나 권력자의 횡 포를 비난하고, 언어를 다소 비틀어 흥미 넘치는 지적유희를 하는 구 성요건을 갖추고 있습니다. 다시 말해 높은 수준의 예술 창작물입니 다. 그런데 잘못된 모든 것에 '코미디'라고 규정짓는 것은 코미디 종 사자들에게는 다소 모욕적 언사로 들립니다.

한때 소설가협회서도 '진실을 감추려는 작태'를 '소설'로 표현하는 것에 대하여 법조계와 언론계에 시정을 요구한 일이 있었듯 자존심의 문제가 됩니다.

'그게 뭘 기분 나쁘게 하는 말이라고…'하며 가볍게 넘기지만 마시 구요, 누구나 자기가 하는 일에 대한 비하하는 듯한 인상이 느껴지면 기분이 좋지 않는 법이란 걸 알아주시기 바랍니다.

잘못된 일을 나무랄 땐 '저질 코미디'라 말씀해주시면 감사하겠습니다.

2013. 5. 27

우리말 길라잡이

올바른 존대말

낯선 시인의 이름으로 시집이 왔다 / 사십 년 빈한하던 이름 뒤 혜존이라는 / 민망한 말씀의 겸손 얹혀 있어 부끄럽다 / 첫 시집의 감동을 함께 나눌 이들이 / 일면식 하나 없어도 기꺼운 까닭인지 / 시인의 두근거림이 행간마다 살아 있다 / 먼 뒷날 내 쓸쓸한 별자리에 이름 하나 / 가까스로 얻으면 기쁘게 혜존이라 / 덧붙일 사람의 집이 너무 멀어 아득한 날

— 이경임의 시 「혜존」

누구나 선물로 책 한 권쯤 받아본 경험이 있을 것입니다. 혹시 지금 책장 곁에 있다면 받은 책을 꺼내 먼지를 털고 첫 장을 열어보시면 거기 얌전하게 'ㅇㅇㅇ님 혜존'이라고 적혀 있을 것입니다.

보통 책이나 논문 등을 증정하면서 받는 사람 이름 옆에 한자로 '惠存'이라 무의식적으로 쓰는데, 혜존惠存은 '받아 간직하여 주십시오'라는 뜻으로, 자기의 저서나 작품 따위를 남에게 줄 때에 상대방의 이름 옆에 덧붙여 쓰는 말이죠.

저는 상대가 나이가 좀 있는 사람일 경우만 '혜존'을 쓰고 그러지 않으면 그냥 ㅇㅇㅇ님께로 씁니다.

'갑을'논박

저는 변변찮게 사느라 제가 '갑', '을' 어느 위치인지도 모르고 헛세월을 보내고 있습니다.

그러다 요즘 우리 사회에서 맹렬하게 공방이 이는 '갑을사태'를 보면서 먼저 제 자신을 살펴봤죠. 작가로 제법 여러 권의 책을 내다보니 출판사와 계약서를 자주 썼는데, 새삼 펼쳐보니 전부 필자인 제가 '갑'이었습니다. 하지만 제 경우 이 갑이 정말이지 별 볼 일 없는 거였습니다.

대부분 '을'의 요구나 요청에 따라 '갑'은 어떻게 해야 한다는 의무와 책임만 덕지덕지 붙어있지 제가 뭘 주장하고 으스댈만한 건더기는 영 없더란 말입니다.

진짜배기 을들이 터뜨리는 분노가 대단하군요. 갑 위에 올라서서

호령을 한다거나 그러지 못해 문제입니다. 밟힌 지렁이가 꿈틀하는 격이고 마지막으로 덤벼보고 죽자고 사생결단을 하는 고양이 앞의 쥐 꼴입니다.

그동안 갑의 억압에 숨도 크게 못 쉬고 지내온 을들이 생존의 올가미에 걸려 쌓였던 울분을 그저 서럽게, 더욱 자포자기를 하는 방법으로 토해내고 있는 실정입니다.

그런데, 을보다 더 불쌍한 사람이 누군지 아십니까? 갑에게 당한 을이 또 다른 상대에게 화풀이를 할 때 생겨나는 '병'입니다.

호된 시집살이를 한 며느리가 나중에 더욱 못된 시어미가 된다고, 갑과 을의 위치가 바뀔 때, 아님 또 다른 '병'에게 자기가 당한 것 이상으로 되갚는 어처구니없는 '을 짓'이 벌어질 수도 있지 않겠습니까?

말이란 생각을 누르기도 합니다. '갑을관계'란 나쁜 이미지의 말이 남아 있는 이상 '갑을사이'를 일부 개선한다 해도 힘 있는 자의 횡포는 어떻게든 또 나올 것이 뻔합니다. 거래계약서에 부정적인 의미가 고착화된 '갑'과 '을'이란 용어 대신 거래하는 두 사람 이름이나 '구매자'와 '공급자'등으로 쓰거나 서로의 상생협력을 강조하는 의미에서 이전의 갑을 '상相'으로, 을을 '생生'으로 바꾸자는 제안도 있었던 모양입니다. 이름 바꾸기에 찬성합니다!

제 아이디어를 보탠다면 '나'와 '너', 그러면 어떨까도 싶습니다. 대등한 관계로 느껴지지 않나요?

을을 꽉꽉 지원하는 '을지로법'이 만들어질 수도 있다는데, 그랬음
참 좋겠습니다. 서울 을지로가 아닙니다, 허허~!

2013. 6. 9

혼을 담은 시공이라구요?

재작년 일로 기억됩니다. 서울 하고도 중심부인 삼청동 초입, 그 곳에, 원 세상에~ 벌거벗은 여인의 대형누드화가 떡하니 걸렸었습니다. 누드의 주인공인 모나리자가 특유의 미소와 함께 채 요염한 자태로 누워 있는 모습이었죠.

물론 특별한 부위는 나뭇가지로 교묘히 가렸습니다. 몰래 숨어봐야만 할 것 같은 누드가 길가에 대놓고 있으니, 사람들은 처음에 많이 놀랐었습니다.

서울 시내에서 일반시민을 비롯해 해외 관광객의 발길이 끊이지 않는 곳이 경복궁 근처 삼청동이지요. 그걸 본 사람들이 이러쿵저러쿵 말이 많았는데요, 외국인들이 한국 사람들을 현대미술을 기가 막히게 이해하는 아주 세련된 공사 가림막으로 칭찬했습니다.

그 누드화 뒤로는 '국립현대미술관 서울관'을 짓는 공사가 한창 진행되고 있었습니다. 벌거벗은 모나리자 그림은 바로 공사장 가림막인 것입니다.

그때의 '아트펜스'작업은 '광고천재' 이제석씨의 작품이었습니다.

대개 '위험! 공사 중!'이런 문구가 대부분이고 '에이~ 또 공사야?'하고 짜증내며 지나던 공사장 앞에서 본 기분 좋은 안내판이었습니다.

경부고속도로를 달리면서 최근 공사가 시작된 '제2 동탄 신도시'의 가림막 판도 자주 보게 되는데요, 제 눈에 아주 멋지게 들어오는 글귀가 있더군요. 간단한 이미지 그림에 〈감'동'과 감'탄'이 있는 신도시 건설! 도시에 감동하고 생활에 감탄!〉이라는 카피문입니다. 퍽 재치가 있지 않습니까?!

제가 썩 좋아하지 않는 공사장 안내문이 있습니다. 건축공사장에서 가끔씩 볼 수 있는 '혼을 담은 시공'이라는 말입니다. 일본어 표현에 '일필입혼－入魂'이라는 말이 있는데, 거기서 나오지 않았나 싶습니다.

뭐, 하나하나 온갖 정성을 다 기울이고 힘을 다 쏟아 붓는다는 의미를 담고자 한 말로 압니다. 그런데 공사장에서는 간혹 끔찍한 인명사고가 나기도 합니다. 일꾼들의 생명을 담보로 해서 짓는 중세시대의 거대 건축물에나 어울릴 것 같아 섬뜩한 기분이 듭니다.

저만 이런 느낌을 갖는 걸까요?

2013. 6. 17

성공을 가로 막는 13가지 거짓말

연애기간이 그리 길지 않았던 저와 아내 사이의 신혼 초 분쟁(말싸움)은 주로 살아온 환경차이에서 온 다른 말투와 버릇 때문에 생긴 게 발단이었습니다.

이를테면 찌개에 넣는 양념 종류와 농도라든가 신발장에 신발정리를 방식이 서로 달랐는데, 아무래도 자기가 익숙한 것을 고집했습니다.

그러다가 쉽게 절충하여 합의하는 것도 있지만 끝내 한쪽이

"내 오래된 습관이니 그런 줄 알아!"

라는 말을 하는 것으로 봉합을 해버리는 일도 더러 있었는데, 이건 나중에 다시 화가 되더군요.

지금 생각하면 싸움이 좀 길어지더라도 어떤 게 옳은지 기어이 따져서 한쪽으로 통일을 했어야 하는데, 서로를 존중한다는 좋은 뜻으

로 얼버무린 일들이 여태 정리가 안 된 것이 간혹 있어서 의견충돌로 다시 나타나기도 합니다.

어쨌건 우리가 자주 쓰는 '내 성격이 그래서 어쩔 수 없다'라는 말은 사실 참 무책임하고, 고치려는 적극적인 의지가 없는 나약한 것이며, 응하지 않으려는 거짓말과 다르지 않다고 봅니다.

제가 닮고 싶고, 무척 부러워하는 사람 중에 '스티븐 챈들러'라고 있습니다.

챈들러는 대중 강연자이자 기업 트레이너, 그야말로 인기 짱인 집회 사회자이기도 합니다. 그는 빵빵한 회사들인 모토롤라, 텍사스 인스트루먼츠, 마이크로소프트Microsoft, AT&T 등을 상대로 강연도 하고 트레이닝도 시키고 그랬습니다.

또 몇 해 전에는 미국 산타모니카 대학의 '영혼의 리더십'이라는 대학원 과정 프로그램의 지도교수로 임명되기도 했고, 책을 썼다하면 모든 사람들이 그 내용을 보고 "맞아 맞아!"하는 감탄을 하면서 사서 읽습니다.

그의 책들은 현재 7개 언어로 번역 출간돼 있는데, 전 세계적으로 베스트셀러가 됩니다. 이 정도 사람이니 스티븐 챈들러의 말은 귀담아 들어야 하지 않을까 싶습니다. 최근 그의 글을 다시 읽으면서 다시 크게 공감을 했습니다.

챈들러의 '성공을 가로 막는 13가지 거짓말', 이게 저부터 고쳐야 할 말버릇이고, 우리 모두가 금과옥조처럼 새겨야 할 필요가 있다는 생각입니다.

사실 사람들은 이런 말들을 무심코 하는데, 이게 모두 거짓말이라는 것이 챈들러의 주장입니다. 어디 한 번 볼까요?

1. 하고 싶지만 시간이 없어
2. 인맥이 있어야 뭘 하지
3. 이 나이에 뭘 할 수 있겠어
4. 왜 나에겐 걱정거리만 생기지
5. 이런 것도 못하다니, 난 실패자야
6. 사실 난 용기가 없어
7. 사람들이 날 화나게 해
8. 오랜 습관이라 버리기 어려워
9. 그건 내가 할 수 있는 일이 아냐
10. 맨 정신으로 살 수 없는 세상이야
11. 가만히 있으면 중간이나 가지
12. 난 원래 이렇게 생겨먹었어
13. 상황이 협조를 안 해 줘

'거절'이나 '사양', '사과', '연기', '변명'…에서 걸핏하면 이런 핑계를 대지 않았던가요?!

2013. 10. 10

우리말 길라잡이

'천정'과 '천장'

자주 많이 쓰이면 결국 표준어가 됩니다.

현행 표준어규정에 '비슷하게 발음이 나는 형태의 말이 여럿 있을 경우, 그 말의 의미가 같으면 그 중 널리 쓰는 것을 표준어로 삼는다'는 게 있습니다.

'방의 위쪽을 가려 막는 곳'이라는 의미를 갖는 천장도 이런 변화를 인정한 것 중 하나입니다. 원래 형태는 '천정'이었는데, 이제는 천장天障이 표준어가 됐죠. 그러나 물가 따위가 한없이 오를 때 쓰는 '천정부지天井不知'는 그대로 표준어로 삼고 있다는 점에 주의하셔야 합니다.

당신은 몇 번입니까?

대입 수시입시에서 실기고사 심사를 봤습니다.

제가 나간 학교는 방송연기를 하려는 학생들이 응시를 하는데요, 경쟁률이 수십 대 1에 이를 정도로 치열했습니다.

심사위원들은 많은 학생들을 상대하느라 바쁘기에 시간절약도 할 겸 또 지원자의 이름이나 출신학교, 지역을 알면 안 되는 규정 탓에 학생들을 철저히 '수험번호'로만 부릅니다.

이를테면 '123번'일 뿐이지 그가 '이몽룡'이지 '성춘향'인지 알 수가 없습니다. 심지어 남녀구분도 돼있지 않아서 목소리나 외모를 듣고, 본 뒤에 확인을 합니다.

"123번! 준비한 자유연기 해 보세요~!"

한 뒤에 채점을 하는 이런 심사를 자주 해 봤지만, 학생은 자기를 누구라 하지 못하고 심사위원은 이름을 불러주지 못하는 심사장이, 이번에는 비정하게 느껴지더군요.

학교에서 학생들을 무슨 물건처럼 번호로 분류를 하자니, 수인번호만으로 불린다는 감옥이나 '○번 올빼미'말고는 이름을 외치지 않는 군대의 유격장 같아 삭막하더란 말입니다.

사람이 고등동물인건 다른 동식물과 달리 각자의 외모나 성격, 희망 같은 것이 담긴 이름이 있어서가 아닌가도 싶습니다.

그러고 보니까 저도 오래전의 고유번호이었던 중학교 시험 때의 수험번호와 군대의 군번과 총번도 아직 외우고 있습니다. 그 번호들이 중요하게 생각해서가 아닌 수도 없이 불리다 보니 여태 기억이 되고 있을 것입니다.

어느 방송사의 프로그램 '짝'에서도 이름대신 번호를 칭하는데요, 학교 때 선생님이 이름을 미처 못 외웠거나 귀찮을 때 또는 날짜에 맞춰 지명하던 '감정 실리지 않은 번호 부르기'가 떠올라 제 느낌은 썩 좋지가 않더군요.

사람이 번호로 불리는 것이 인격존중에서 벗어난다는 생각은 많은 이들이 공통적으로 느끼는 모양입니다."

최근 국회에서 한 의원이 교육법 개정법률안을 발의했는데, '선생님은 학생을 번호로 부르면 안 된다'는 내용이더군요.

관련법 발의를 한 의원의 설명인즉 '학교에서 번호로 학생을 부르는 경우가 비일비재한데, 이는 학생의 인격을 존중하는데 초점을 맞추기보다 교사의 편의에 치중하기 때문'이라고 했습니다.

사실 우리가 숫자를 벗어나 살기는 좀 힘들긴 할 것입니다.

특히 현대에 이르러 세상의 모든 척도는 숫자로 이뤄집니다. 나이도 경력도 아니 살고 있는 집의 평수도 재산도 모두 숫자 아닙니까.

우리는 어느새 이 숫자에 길들여 있어서 꼼짝을 못하는 것 같습니다. 아이가 학교에서 몇 반 몇 번, 시험에 몇 등, 고등학교 내신 몇%, 대학 때도 마찬가지이고, 직장 취직도 몇 등으로 들어왔다는 등 모든 것이 숫자로 시작해서 숫자로 끝납니다.

「어린 왕자」에도 이런 내용이 나오죠.

"어른들은 왜 수를 좋아하나요? 제 친구가 빨간 벽돌집에 사는 노란 리본을 매고 눈이 동그란 아이인데도 꼭 몇 번가 몇 층집에 사는 키가 몇 피트쯤 되는 아이라고만 불러요."

숫자란 언제라도 바뀌지만 이름은 영원하잖습니까? 그러니 꼭 숫자가 필요치 않을 때는 뭐에든 이름을 지어서라도 불러주는 게 좋겠다는 생각입니다.

2013. 10. 24

"너에게만 하는 말인데…"

맘에 드는 이런 시가 있어서 옮겨봅니다만, 작가는 알 수 없었습
니다.

「너에게만 하는 말」

눈썹달도 좋고 쟁반달도 다 좋아
가을밤이 그래
밤에는 하얗게 옷을 벗지
옷을 벗는다는 게 말이야, 꼭 사랑을 위해서만은 아냐
영혼의 탈 쓰고 감히 살아 숨 쉰 죄,
상처투성이 몸 판 죗값 사함 받기 위하여

사실은 태고 적부터 길게 이어 온 아주 엄숙하고 외로운 길 따라
숭고한 죽음의 산책길 걷기 위해서야
그런 밤에는 쟁반달 울고, 눈썹달은 더군다나 파르르 떨지
밤이니까
그래서 가을밤에는 하얗게 옷을 벗지

이 시야 가을밤의 서정을 읊은 것이지만, 우리가 자주 하는 말 아니, 가끔 듣는 말 중에
"누구에게도 이야기하면 안 돼. 너에게만 하는 말이니까!"
가 있습니다.

귀한 이야기를 가장 신뢰하는 나에게만 해 준다면 얼마나 좋겠습니까만, 대부분은 그런 뜻이 아니라는 것이 제 생각입니다.

이 사람은 틀림없이 '나뿐'만 아니라 이미 다른 사람에게도 이렇게 이야기 했고, 심지어 자기 말을 주위에 널리 알리라는 뜻이 들어있다고 봅니다.

물론 다른 깊은 복심 없이 한 사람에게만 하는 말일 수도 있지만 그땐 이 말이 자신이 없는 경우이겠죠.

진실여부가 확실한 게 아니어서 남에게 알려졌을 때 들통 날까 불안하고, 책임을 질 수 없다는 자기방어적 의미도 강하다는 것입니다.

또 '다 너 좋으라고 하는 말인데…'라는 말도 있습니다. 뒤에 '기분

나쁘게 듣지 마!'가 꼭 붙습니다.

이 말도 내게만 '조용히'하는 말이고, '다 나를 생각해서 하는 말'이라는 생각이 일견 들기도 합니다만, 결국은 유쾌하게 들리지 않습니다.

기분 나쁘게 들리는 것을 기분 나쁘지 않게 듣는 것은 매우 어렵지 않습니까.

다른 사람을 설득이나 변화시키려 하거나 특별한 것을 은밀히 말하고자 할 때, 조금이라도 상대를 비난하는 투가 보이거나, 화자가 우월한 위치를 내세우는 것 같으면 듣는 사람은 영 싫어져버립니다.

그래서 이렇게 말하면 어떨까 싶습니다.

"넌 잘 이해를 할 것 같아서, 너에게도 하는 말인데…",

또

"나는 널 충분히 공감하기 때문에 이런 방향을 생각해 봤는데, 어떤지 한 번 들어봐 줄래? 내 의견이 무조건 옳다고 할 수는 없지만, 널 위해 생각해 봤으니, 참고해 주면 좋겠어."

어떻습니까? 상대방이 귀담아 듣게 되지 않을까요?

어떤 특정인에게 하는 말은 앞의 시처럼 '아름다운 가을밤의 감상'을 '사랑하는 사람'에게만 하는 걸로 충분하다고 생각합니다.

가수 김동률의 노래 '꼭 너에게만 하는 말' 꼭 한 번 들어보세요.

2013. 11. 7

트집만 잡지 마세요. 피곤해요!

들은 이야깁니다.

제법 잘한다는 어떤 설렁탕집에 다소 깐깐해 보이는 초로의 남자가 들어왔습니다. 식탁이 더럽다며 큰 소리로 야단을 치더랍니다. 당연히 종업원이 가서 닦았죠. 음식을 금방 내오자

"뭐 이리 빨리 나와? 누가 시켰다 먹지 않은 오래된 걸 들고 온 거 아냐?"

했습니다.

그분의 얼굴에서 나오는 기가 다시 안 해 오면 큰일 날 것 같아 주방에서 다시 해서 내주었습니다.

'새 설렁탕'에 숟가락을 넣자마자 다시 외치는 소리

"윽, 짜! 내가 설렁탕 시켰지 소태국 시켰어요?"

다른 사람들은 그냥 먹는 걸 그는 얼굴을 찌푸리며 확 밀쳐버렸습니다. 하는 수 없이 다시 해서 내왔죠. 이번엔

"이거 너무 밍밍한데…"

해서 종업원은

"원래 손님이 직접 간을 맞추시라고 여기 소금이…"

하며 양념통을 내밀었습니다. 그러나 그는 인상을 북 쓰는 걸로 다시 물린다는 표시를 했습니다.

이윽고 다시 나오는 또 다른 설렁탕. 종업원이 한 그릇이어서 쟁반 아닌 그냥 그릇째 들고 나온 게 화근이 됐습니다.

"이거 날 제대로 된 손님 취급하는 거야, 거지로 아는 거야?"

급기야 주방장이 밖으로 뛰어나와 그분의 불만을 경청했습니다.

"설렁탕은 따끈해야 하는데, 맨손으로 그릇을 들 정도이면 식어빠진 거겠지. 글구 종업원 아가씨, 손을 잘 씻었는지 안 씻었는지 내가 어떻게 아냐구요?"

그 사람이 그 식당에서 설렁탕을 맛있게 잘 먹고 나갔는지는 모르겠습니다만, 이쯤이었다니 그 트집의 명인보단 식당 쪽 편이 되고 싶더군요.

매사를 비난하면서 안 된다고 하고 단점만 부각시켜 말하는 사람이 있습니다. 다른 사람들은 괜찮다고 생각하는 것도 '그 점이 좋지 않다', '이것으로는 안 된다'하고 말합니다.

자기가 선택한 TV 드라마를 볼 때도 '이딴 걸 드라마라고 만들어 방송을 하다니!', '저런 말도 안 되는 일이 어디 있어', '아까 장면하고 앞뒤가 안 맞잖아!'라 합니다.

사람의 심리는 그렇습니다. '아낌없는 비판의 말씀을 부탁 한다'고 해놓고도 무작정 비난과 트집에 가까운 평가를 하면 듣기가 싫어지는 것입니다. 아니, 때로는 정확한 비판 자체도 섭섭할 때가 있습니다.

속으로 '뻔히 사정을 알면서, 그냥 지나가는 덕담이나 해 주지 굳이 저렇게 말을 해야 속이 후련할까?'라는 생각이 든다는 것입니다.

우리는 비판 일색인 사람을 '뭘 보는 눈이 정확하고 날카롭다'고 감탄을 하기보단 '생트집만 잡는 속 좁은 사람'으로 치부하기 쉽습니다.

엊그제 예전에 학부에서 가르쳤던, 공부 잘했던 제자의 전화를 받았습니다.

"교수님, 대학원 논문을 쓰는데요, 지도교수님이 엄청 깐깐해서 막 트집만 잡으십니다."

하지만 이때는 저는 위로 대신에 나무라는 투로 말했습니다.

"트집이라니?! 나도 대학원 석사논문 심사위원장을 맡아봤다만, 좋은 논문 쓰라는 독려일 거다. 지적해 주신 곳 다시 써!"

바로 대답을 못하더군요.

"…말씀하신 곳을 다 고치려면 새로 써야하는데요"

어쨌건 잘못되었다 싶은 것을 말하고 싶을 땐 '생트집'으로 들리지 않도록 'A로는 이런 점이 나쁘니 B로 하는 게…'하는 대안제시도 하고, 좀 더 조심스런 톤을 갖춰야겠습니다.

비판, 가장 어려운 말입니다.

2013. 11. 21

우리말 길라잡이

'소고기'와 '쇠고기'
두 형태가 모두 바른 말입니다. 한때 하나는 사투리, 하나는 표준어이어서 몹시 혼동이 되었지만 둘 다 표준어로 인정한 것입니다.
'~트리다'와 ~뜨리다'도 마찬가지입니다.
무너뜨리다 / 무너트리다, 깨뜨리다 / 깨트리다, 떨어뜨리다 / 떨어트리다…
'~거리다'와 '~대다'도 그렇습니다. 출렁거리다 / 출렁대다, 건들거리다 / 건들대다, 하늘거리다 / 하늘대다로 끝나는 말도 마찬가지입니다.
'바른손'과 '오른손'도 지금은 둘 다 표준어로 인정하고 있습니다.

너무합니다!

김수희의 '끈적끈적한 노래'(좋다는 뜻입니다) 중에 '너무합니다'가 있습니다. 가사를 좀 볼작시면 이런 내용들입니다.

"……떠날 땐 말없이 떠나가세요~ 날 울리지 말아요
너무합니다 너무합니다 / 당신은 너무합니다
너무나 많았던 추억들을 잊을 수가 없어요
떠나간 당신은 야속하지만 후회하지 않아요
너무합니다 너무합니다~"

위 노랫말에는 '너무'가 '너무 많이' 쓰이고 있어서, 한 여인이 연애를 하다가 깨진 '엉망인 기분'을 엄청 강조하는 것에는 성공했습니다만, 잘못 쓰이고 있는 곳도 발견됩니다. '너무나 많았던 추억들…'은 오래 기억하고 싶은 알싸한 옛일이 아주 많다는 뜻이겠죠.

우리 말글을 정확히 쓰려 노력하는 저는 이 정도부사 '너무'를 원래의 뜻대로 일정한 정도나 한계에 지나친 경우, 곧 부정적인 것을 나타낼 때만 사용합니다.

그렇다면 제 눈에 야속하게 떠나간 놈의 행동은 너무하다고 질타하는 게 맞지만 삼삼한 그 추억들은 '아주 많은'것이지, '너무 많은'게 결코 아니라고 읽힙니다.

아직도 우리나라 속담에서 쓰이는 이 부사 '너무'는 나쁜 결말을 내고 만다는 것에만 씁니다. '너무 맑아도…'도, '너무 이르면…', '너무 늦어도…' 등으로 말입니다.

몇 시간 전에 끝난 2013년 마지막 LPGA대회에서 상위입상으로 '올해의 선수'와 '상금왕', '세계랭킹1위'를 다 지킨 우리의 걸출한 골프스타 박인비 선수가 우승 소감에서

"세계 1위를 휩쓸어서 너무나 행복하다"

고 말했습니다.

절더러 의미 통하면 됐지 무슨 어법을 그리 '너무 따지느냐'고 하실 분도 계시겠지만 저는 박인비 선수가 '무척 행복합니다'나 '굉장히 기분이 좋습니다'라고 했어야 한다고 생각합니다.

왜냐면 유명인들이 전파력 강한 방송 같은 데서 이토록 자주 쓰다

보면, 일반인들도 마구 따라하게 되고, 결국 잘못된 말도 나중에는 표준어로 굳어지고 말거든요.

얼마가지 않아 이 '너무'도 긍·부정 모두에 꼭 지나치게 많이 아닌 '흡족할 만큼 충분한' 뜻으로 굳어질 것입니다.

영어 문장을 쓰게 돼서 대단히 유감입니다만, 외국인들에게 우리말 '너무'를 설명하는 논문이 최근에 나왔기에 소개합니다.

The thesis shows double meanings of adverb of degree 'Neomu(너무)', meanwhile, analyzes and describes some features about Co-occurrence Characteristics. Generally, 'neomu'modifies the following words at a negative meaning which exceeds a certain degree or limit, but 'neomu'is also can be used at a meaning of positive emphasis. In the former case, 'neomu'can be defined by [degree], [+standard], [emphasis], [excessive]. On the other hand, 'neomu'with meanings of positive emphasis can be defined by [degree], [-standard], [emphasis], [almost excessive].

이제 '너무'도 충청도 말 '됐슈'가 극과 극으로 '좋다'와 '싫다'의 뜻을 다 가진 말처럼 되었다는 해설입니다.

제가 수상소감을 말하는 경우가 생긴다면, 사투리이기도 하고 품위
도 좀 떨어지지만 대신 말의 맛깔이 팍팍 풍겨지는 "허벌나게 행복한
밤입니다~!"라고 할 참입니다. 아님 '겁나게~'나 제가 아는 영동 쪽
사투리를 동원해 '달부 행복합니다.'라고 할 수도 있구요.

지금 합정동 제 작업실 창에서 보이는 양화대교 위에는 비가 와서
인지 자동차들이 너무 많이 밀려 길이 너무 막히고 있네요.

2013. 11. 25

우리말 길라잡이

'유출流出'과 '누출漏出'
'귀중한 물품이나 정보 따위가 불법적으로 나라나 조직의 밖으로 나가 버림. 또
는 그것을 내보냄.'이 유출이니까,
'유출'은 다소 작위적이고 인위적. '회사 기밀 유출' '폐기물 유출' '시험 문제의 사
전 유출'처럼 불법임을 알고 있거나 인식하고 있는 사건사고, 의도적인 행위에
쓰고, 반면 '누출'은 저절로 이뤄지는 현상. '가스 누출' '불산 누출' '방사능 누출'
등 피동적이고 의도하지 않은 현상.
정리: 고의성이 있으면 '유출', 없으면 '누출'로.

자칫 술자리와 인간관계를 망치는 건배사

심지어는 11월 중순부터, 한 해 돌아보고 마감하는 송년회를 합니다. 벌써 송년회 한두 개는 치르셨죠?

이 행사 자리에 빠지지 않는 것 두 가지가 술과 건배사입니다.

잘못 하는 술 마셔야 하는 고역도 크지만 건배사 제의를 받을까봐 아예 송년회 자리에 가기가 겁이 난다는 사람들이 많습니다.

아무리 술 잘 마셔도 칭찬 받지 못하지만, 건배사는 활용하기에 따라 그야말로 절호의 자기홍보 기회가 되고 모두가 우러러보게도 됩니다.

적절한 건배사는 화기애애한 분위기를 한층 고조시킬뿐더러, 그 행사에 임하는 내 심경 피력과 때로는 윗사람에게 어려운 부탁을 할 수 있고, 아랫사람에게는 양해를 구하는 등 다각도의 소명효과가 있지 않느냐는 것입니다.

안 좋은 지난 일을 다시 들춰 저어합니다만, 3년 전인 2010년, 당시 대단한 사회적 지위에 계셨던 분이 남북이산가족상봉의 자리를 가던 도중 '달랑'건배사 하나를 잘못해 분위기 망친 것에 끝나지 않고, 그 직위에서 물러나야 했던 엄청 고약스런 일이 있었습니다.

남녀기자들이 많이 모인 석상에서 그분은 건배를 제안하며

"요즘 뜨는 건배사 중 '오바마'가 있어요. 아시나요?"

하며, '오바마'는 '오빠, 바라만 보지 말고 마음대로 해'라는 뜻이라고 설명한 뒤에

"그럼 내가 '오바마'를 외칠 테니 여러분도 모두 따라 외쳐주세요!"

라고 말했던 것입니다.

사실 그밖에도 '성행위', '우리가족같이', '진달래'등 몇 가지는 오늘 밤에도 어디선가에서 외쳐지겠지만 좌중에서 일시 재밌다고 킥킥대는 반응이 나올지 몰라도 나중에는 영 찜찜하고 한 사람의 인격을 의심하게 되기도 합니다.

제가 하는 '건배사'를 몇 가지 소개해 보죠.

우선 건배사 자체를 그냥 '건배사!'라고 외친 뒤에 뜻풀이를 〈'건'은 건강하게, '배'는 배려하고, '사'는 사랑하며 살자〉라고 하는 게 있습니다.

저도 나이가 좀 들었는지 요즘에는 1차로 건배사를 제의받는 일도

많은데요, 그런 자리에는

"제가 '여기!'하면 여러분은 '저기!'라고 외쳐주세요!"

라고 한 다음, 술잔을 비우고 나면 '여기'는 여러분의 기쁨이, '저기'는 저의 기쁨이 다라고 설명합니다.

아니면, 제가 다녀온 아프리카의 스와힐리어에 있는 '하쿠나 마타타'를 외칩니다. '괜찮아, 다 잘 될 거야!'라는 뜻이니 괜찮지 않나요?!

요즘은 건배사도 공부하는 세상이어서, 건배사를 엮은 책과 스마트폰 애플리케이션도 수두룩하게 나와 있습니다. 이전의 건배사는 '모임의 장'이나 '나이든 아저씨'만 하는 것이라는 인식이 있었으나 요즘은 상황이 달라져 여자들도 적극적으로 건배사를 주고받더군요.

암튼 야한 글을 많이 썼던 저도 감히 문제 삼는 '깨는 건배사'는 것은, 남녀가 두루 섞인 모임에서 생각 짧은 사람이 종종 뱉는 성차별, 과한 성적농담이 주가 되는 것과 사장 같은 사람에게 아부하는 내용만 담은 절대군주 충성형임을 알아주시기 바랍니다.

자, 따라 외쳐보시죠. '건강'하고 '배려'하고 '사랑'하며 살자는

"건 · 배 · 사!!!"

2013. 12. 05

제발 당신도 모르는 난해한 말은 하지 마!

지난 토요일 밤 12시가 넘어 SBS-TV에서 방송된 세계적 로봇과학자 '데니스 홍'의 강연은 제 잠을 확 달아나게 한 아주 재밌고 유익한 명강 중 명강의이었습니다.

우선 외국에 오래 살면서 교수생활을 했던 사람이 한국어발음이 아주 명징했고, 최신의 한국어흐름을 전혀 놓치지 않는 자연스러운 전달력에, 명색 스피치전문가라는 저도 반해 '아, 나도 저렇게 강의를 잘하고 싶다!'라는 부러움이 마구 들더군요.

데니스 홍 박사의 강의가 무엇보다도 좋았던 것은 아주 쉬운 말들로 활달하게 했기에 이해하기가 흥미롭고, 무척 편했다는 것입니다.

강연주제가 로봇과학이어서 분명히 진지하고 어려울 줄만 알았는데, 처음부터 그 선입견을 보기 좋게 깨고 말았습니다.

강의 중간에 그는 식당의 흔한 티슈로 마술을 보여 청중들에게 집중력을 갖게 했으며, 특히 5명(?)의 로봇이 나와 크레용팝의 노래 '빠빠빠'에 맞춰 '직렬5기통'춤을 추는 것에는 제 배꼽이 빠져 인근 500미터 거리의 한강물에 튀어 들어가 못 찾게 됐습니다.

시詩 같은 글도 그렇습니다만, 강의나 무슨 연설 등이 '괜찮다'는 좋은 평가를 받으려면 첫째 쉬운 용어이어야 하고 거기에 유머가 곁들어지면 딱~ 이라는 것이 제가 내리고픈 결론입니다.

대학원 리포트가 아닌 다음에야 흔히 대할 수 있는 일상어로도 얼마든지 과학이나 철학을 이야기할 수 있고 그것이 오히려 멋진 말과 글이 된다~ 이 말입니다.

물론 어려운 책을 읽고 나서 다소 무리가 되더라도 전문적인 분야에 대해 대화해 보는 것 자체가 결코 나쁘지는 않겠죠.

그렇게 말하다가 다른 사람의 의견을 들은 뒤 자신의 의지나 관점을 확립해나갈 수 있고, 내 지식으로 굳어지는 공부가 될 것이니까요.

그러나 그런 말은 미리 좌중의 이해를 구해야 할 것입니다.

자! 문제는, 어느 정도 지위가 있거나 가진 것이 많은 사람 중에 간혹 본인은 과연 알고 있을까 하는 의심이 드는 말을, 그것도 자리를 가리지 않고 한다는 것입니다.

미디어매체에서 자주 나오는 새로운 용어를 아무 것에나 응용을 한다거나 외래어를 많이 섞어서 말하는 사람이 있습니다.

그런데 말하는 본인도 제대로 이해하지 못하는 난해한 말을 하거나 상대는 전혀 모르는 분야의 전문용어를 사용하는 것은, 글쎄요 똑똑해 보이기는커녕 역효과를 부를 수도 있습니다.

눈치 빠른 사람이라면 '또 어디서 들은 새로운 말로 잘난 척하는군' 하고 생각할 것이구요, '선수'라도 만나게 될 때 이런 말을 듣게 됩니다.

"미안한데요, 지금 그 말을 좀 쉽게 설명 좀 해 주세요. 만약 내가 알 수 있도록 설명해 준다면 그대도 그것을 제대로 이해하고 있다고 인정해 줄 것이지만, 만약 내게 설명할 수 없다면 그대도 이해 못한 거라 여기겠습니다."

요즘의 연말 모임이나 행사에서 자기소개나 이런저런 인사말을 하게 되는 경우가 많으시죠? 좀 색다른 이야기는 좋겠지만 그것은 분명히 쉬워야 한다는 것을 꼭 알았으면 하는 마음입니다.

2013. 12. 8

우리말 길라잡이

'지리하다'와 '지루하다'

"어젯밤부터 시작된 협상은 서로의 입장이 팽팽해 지리한 공방만 계속되고 있다."
'시간이 오래 걸리거나 같은 상태가 오래 계속되어 따분하고 싫증이 나다'란 의미로 '지리 하다'를 쓴 것입니다. 일상생활에서뿐만 아니라 방송과 신문에서 '지리하다'를 쓰는 경우를 종종 봅니다.
하지만 '지리하다'는 표준어가 아니고 '지루하다'를 잘못 쓴 것입니다.
'상치'가 '상추'로, '미싯가루'가 '미숫가루'로 바뀐 것도 같은 이유입니다.

연아, 고이 접어서 나빌레라~

여러분은 어떠신지요?

저는 김연아 선수가 스케이트를 타는 모습을 보면 제 몸도 깃털처럼 가벼워져서 공중을 휘휘 날 것 같은 기분이 듭니다.

김연아, 피겨에서 이미 세계 최고의 자리에 있습니다만, 2013년세계피겨선수권 갈라쇼'에서 아름다운 춤, '레미제라블'을 보면서 다시 한 번 그녀의 진면목을 확인했습니다.

김연아는 동작에 들어가기 전에 말했습니다.

"제 쇼를 보면서 많은 사람이 힘을 낼 수 있고 용기를 갖도록 빌겠어요."

뮤지컬 레미제라블 중에는 'Castle on a cloud(구름 위의 성)'이라는 노래도 나오는데, 그야말로 연아는 아무런 저항 없이 하늘에 떠있는 구름이 연상되더군요.

그런데 말이죠, 김연아 선수의 경기를 보면서 중계방송을 하는 아나운서나 해설자의 말이 우리 한국 사람과 서양인의 그것은 내용에서 큰 차이를 보인다 했습니다.

다소 우스개와 과장이 섞인 표현입니다만, 지금 소개하는 정도의 '자기관점'이 분명히 따로 있습니다.

한국 – "저 기술은 가산점을 받게 되어 있어요!"

서양 – "나비 같죠? 그렇습니다. 마치 꽃잎이 사뿐히 내려앉는 나비의 날개 짓이 느껴지네요!"

한국 – "코너에서 착지자세가 불안정하면 감점요인이 됩니다. 걱정입니다."

서양 – "은반 위를 쓰다듬으면서 코너로 날아오릅니다. 실크가 하늘거리며 잔물결을 흩뿌리네요!"

한국 – "저런 점프는 난이도가 높죠. 경쟁에서 유리합니다."

서양 – "아, 제가 잘못 보기라도 했나요? 저 점프! 투명한 날개로 마냥 날아오릅니다. 오늘 그녀는 하늘에서 내려와 이 경기장에서 잠시 길을 잃고 서성이고 있는 천사랑 똑 같습니다. 감사할 따름이네요!"

한국 – "경기를 완전히 지배했습니다. 정말 완벽합니다. 금메달이네요. 금메달! 금메달!"

서양 – "울어도 되나요? 정말이지 눈물이 나네요. 저는 오늘밤을 기억할 겁니다. 이 경기장에서 연아의 아름다운 몸짓을 바라본 저는 정말 행운아랍니다. 감사합니다!"

우리 한국식의 해설이 틀렸고, 나쁘다는 것은 아닙니다만, 운동경기가 이기고 지는 것에만 한정하면 허전하고 아니 살벌하기까지 한 경쟁 말고는 아무 의미도 없을 것입니다.

감성은 예술 아닌 다른 모든 것들도 다 가져야 하는 것 아닐까요?

어느덧 우리의 언어습관은 가슴에서 나오는 것이 아닌, 머리에서 나오는 건조한 것으로 자꾸 바뀌어가는 것만 같아 안타까운 마음이 듭니다.

각 나라별 '중산층의 기준'이라는 유머 비슷한 글도 보신 적이 있을 것입니다. 이런 내용이죠.

한국 중산층은 '30평 아파트에 살고, 2000cc 자동차를 타고, 연봉이 5000만이 되는…등등'의 수치로 계량되는 물질적 기준인데 반해서, 유럽 등 선진국 중산층은 '연간 가족여행 횟수, 남을 돕는 행위, 독서 종류, 가족과 함께 문화생활의 참여도 등'과 같이 정신적 활동을 위주로 하는 식으로, 기준의 차이가 큽니다.

머리를 지끈지끈하게 괴롭히는 감기가 열흘 가까이 나가지 않는 게 무슨 사채 수금 온 사람처럼 끈질긴데요, 아파서 일에 손해 본 것을 계산하지 않고, 잘 쉬게 해주어 좋다고 생각해 버릴려구요~!

2013. 12. 23

"설마 저의 이 편지가
'대박'이라 느껴지는 건 아니죠?"

여러분도 자주 쓰십니까? 요즘 남녀노소 누구나(아, 老층은 덜 쓴다) 즐겨 입 밖에 내는 유행어로 '대박'이 있습니다.

주로 '대박이 터지다'의 형식으로 쓰이니까 '흥행이 크게 성공하다', '큰돈을 벌다'는 뜻에 가까운 말일 것입니다.

새로 나온 노래가 히트하여 음반이 엄청나게 팔리거나 「변호인」처럼 개봉한 영화가 적중하여 많은 관객이 몰려들 때, 주식으로 크게 돈을 벌거나 복권에 당첨되어 횡재하였을 때 이런 표현을 쓰면 딱 맞을 것 같은데, 요즘은 이 대박이란 말의 쓰임새가 아주 다양해졌습니다.

지난 연말 저도 관계돼 참석한 무슨 행사가 있었는데, 회비가 상당히 많았던 특별한 행사이었습니다.

한 여성 참가자가 총무 격의 사람과 곁에서 일을 좀 도운 사람이 회비가 면제된 사실을 알고 그 부당함을 지적하는 말로 "대박!"이랬는데, 크게 비아냥대는 말이었고 사람들도 그걸 인정했습니다.

같은 날 같은 장소에서 같은 '그 사람'이 또 '대박'을 외쳤는데, 유명 연예인이 이 행사에 참가한 것을 두고 외친 감탄사이었습니다.

갑자기 물질적으로 큰 이익을 얻은 경우를 뜻했던 이 '대박'이 기분이 좋을 때나 신기한 것을 봤을 때에도 두루 쓰더니, 이젠 황당한 일이나 자기만 몰라서 놀랐거나 또는 이치에 맞지 않다는 뜻의 표현으로 어의가 많아진 것입니다.

상황에 따라 긍정적으로 부정적으로 쓰이는 희한한 말이 된 것이죠.

급기야는 이 '대박'이 대통령의 신년사에도 등장했습니다.

'통일은 대박이다'라고 한 말대로 남과 북이 힘을 합쳐 다함께 잘 살게 되는 것이 통일이라면 분명히 '대박'입니다. 오래 헤어진 가족이 만나는 큰 기쁨에 지하자원, 관광자원이 늘고, 산업인력이 풍부해지는 일이 대박 아니고 뭐이겠습니까?

그런데 뜻이 좀 모호하고 그다지 깔끔한 유행어가 아닌 이 말이 전 국민이 주시하는 공식 연설에서 나온 것에 좀 의아해 하는 사람도 있더군요.

한 공중파 방송사는 '박 대통령이 대박이라는 단어를 즐겨 쓰는 이유'에 대해 해설까지 했습니다.

"대통령과 대박과의 인연은 대선운동이 한창이던 2012년으로 거슬러 올라간다. 당시 당 대선캠프에서 가장 즐겨 쓰던 건배사가 대박이 었는데, 이때의 대박은 '대통령은 박근혜'라는 말의 줄임말"

이라고 했습니다.

이런 해설은 각자의 정치성향에 따라 위트 넘치는 재밌는 말이라 할 수도 있고, 특정인을 위하는 편향성이 있어 적절치 않다고 볼 수도 있을 것 같습니다.

'대박'의 의미정리를 다시 하자면 단기간에 금전적으로 큰 이득을 얻는 경우, 도박판에서 한판을 뜻하는 대박大博, 홍부가 큰 박(대박)을 터뜨려 횡재를 한 것, 많은 물건을 싣고 들어오는 큰 배大舶 등이 원래의 뜻이지만요. 정반대로 '그 친구가 사귀던 애인이랑 헤어지고 애인의 친구랑 사귄다네. 이런 대박이 어딨니?'하는 젊은이들의 대화에서 알 수 있듯 어이가 없고 황당한 경우에도 쓰는 중의어衆意語로 변했습니다.

성공해서 큰돈을 버는 대박이 난 것은 절대 나쁜 일이 아니고 당연히 권장할 일입니다. 다만 요행과 편법으로 얻은 부와 명예는 오래가지도 않을뿐더러 그렇게 가치가 있다고 볼 수 없습니다. 수단방법 가리지 않고 큰 걸 노리는 '한탕주의'때문에 유행하는 말이 '대박'이라면……. 아, 마음 쓸쓸해집니다.

조심스럽게 여쭤보는데, 제 이 편지글을 받으실 때 혹여 '대박'느낌이 나십니까?

2014. 1. 12

목숨을 죽이고 살리는 비난과 칭찬

최근에 대음악가 브람스의 전기를 읽다가 그의 독특한 성격에 얽힌 에피소드 하나를 알게 되었습니다.

잘 알려져 있다시피 브람스는 악성 베토벤을 지극히 흠모하여 간접 사사했고 슈만에게는 직접적으로 지도를 받고, 피 추천의 힘을 입어 음악계에 두각을 나타낼 수 있었던 인물입니다.

베토벤은 체르니라는 성실한 제자를 두어 자기의 악풍을 잇게 했는데, 브람스는 원숙한 나이에 들어서서도 그를 스승으로 삼겠다고 찾아오는 음악도들을 몹시 귀찮아했습니다.

또한 신참 작곡가들은 당대 최고로 인정받고 있는 브람스에게 긍정적인 논평을 기대했습니다.

그 가운에 '한스 로트'라는 작곡가도 브람스에게 자신이 쓴 교향곡을 브람스가 평가해 주기 바랐는데, 애석하게도 그는 엄청난 혹평을 들어야 했습니다.

"내가 너무 단호하다고 생각하지 말게. 그대의 음악은 가능성이 없어!"

브람스는 평소의 자신의 어법대로 '비평'을 한 것이었겠지만, 전도 양양한 젊은이가 듣기에는 상대에 대한 배려라고는 조금도 없는 잔인한 '비난'으로 들렸습니다.

한스 로트는 엄청난 좌절에 빠졌는데요, 급기야 자신이 탄 기차에 브람스가 다이너마이트를 설치했다느니 하는 얼토당토않은 이야기를 지껄이기도 해 정신병원에 보내졌을 정도가 되고 말았습니다.

결국 그는 26살의 아까운 나이에 숨지고 말았습니다.

브람스는 이후 달라졌습니다. 자신이 로베르토 슈만에 의해 세상에 나왔듯 체코 출신의 정육점 아들 '안토닌 드보르자크'를 격려하고 후원해 음악계에 널리 알려줬습니다.

드보르자크에게 사재를 털어 경제적으로 도와주고, 일일이 악보수정까지 해 주고 인맥을 총동원해 악보의 출판까지 알선해 준 사람이 혹독한 비난가에서 다정한 칭찬가로 변신한 브람스이었습니다.

사실 아인슈타인도 고등학교 시절, 선생님에게 날카롭다 못해 끔찍한 비난을 들었습니다.

그의 생활기록부가 집에 전달이 되었는데요, 담임선생님이 쓴 내용은 '이 학생은 무슨 공부를 해도 성공할 가능성이 전혀 없습니다.'라는 거였습니다.

다만 아인슈타인은 자포자기를 하는 대신 어머니에게 '당신이 본 나도 그러냐?'고 물었는데, 어머닌 달랐습니다.

"아들아, 너는 다른 아이와 다르단다. 다른 아이들과 같다면 네가 결코 천재가 될 수 없어!"

아인슈타인은 그저 묵묵히 공부했고 나중에 자기에게 숨은 재능을 찾아 유감없이 발휘했고 20세기의 가장 뛰어난 천재의 자리에 올랐습니다.

제가 지방의 시골에서 자라면서도 비교적 사투리를 쓰지 않고 빠르고 정확하게 말을 하는 작은 재주를 익힌 것은 서울에서 오신 멋진 음성의 국어선생님을 닮으려는 제 노력보다는 선생님이 '책을 잘 읽는다'고 해 주신 칭찬의 힘이 더 컸습니다.

자~ 설연휴 4일이 끝났는데요, 함께 한 가족들과 우애가 더욱 깊어지셨겠죠? 그러나 가족들끼리 대화를 할 시간이 많아지니까 오히려 다투게 되고, 틀어지는 경우도 있더군요. 아내에게 음식 맛이나 자녀교육을 타박한 남편, 남편에게 돈 잘 버는 다른 사람과 비교해 사실상 마음에 비수를 꽂은 아내. 양쪽이 다 지지 않으려는 성격이면 심각한 부부싸움이 됐을 것이고, 한쪽이 져주는 편이라도, 속으로는 크게 상심하였을 것입니다.

그렇습니다. 밑천도 들지 않으면서 효과는 큰 칭찬의 말은 자주 해야겠구요, 비난의 말은 누르고 눌렀다가 충분히 전후좌우를 살핀 다음 조심스럽게 할 일이라는 생각입니다.

이런 칭찬의 말도 있잖습니까?

한 여자가 무척 마음에 들지 않은 남자에게 프러포즈를 받았습니다.

"웃기지 마세요!"

여기까지 말하고 끝냈다면 엄청난 비난입니다.

그런데 이렇게 말을 이었습니다.

"그러나 당신이 사람 보는 안목이 뛰어남은 높이 살게요~!"

2014. 2. 3

우리말 길라잡이

지루하다의 바른 표현

예전에 개그맨 임하룡 씨가 하도 높아 올라가기가 '지리한' 산이 '지리산'이라고 웃긴 적이 있었습니다.

"어젯밤부터 시작된 협상은 서로의 입장이 팽팽해 지리한 공방만 계속되고 있다" 따위에서처럼 신문이나 방송에서도 '지리하다'라는 말을 많이 씁니다.

그런데 '시간이 오래 걸리거나 같은 상태가 계속되어 따분하고 싫증이 나다'란 의미로 '지리하다'가 맞을까요? '지리하다'는 표준어가 아닙니다. 그저 '지루하다'를 잘못 쓴 것이니 '지리하다'라는 말은 쓰지 않아야 할 것입니다.

'아이돌'에 대해 아시나요?

최근 TV 프로그램의 추세가 '리얼 체험'형식입니다.

대표적인 것이 '1박2일'이고, '진짜 사나이'도 인기가 상당히 높습니다. 위 병영체험 프로그램에서, 군대에 간 유명 스타들이 미군들과 합동군사훈련을 하느라 숙소를 함께 쓴 일이 있었습니다.

출연자들이 미군들에게 자기소개를 하거나 다른 동료에 대한 설명을 하는 순서였는데요, 한국말 쓰는 한국인들이 어디 영어를 유창하게 할 수 있겠습니까! 그래서 서투른 영어야 당연하지만, 다음의 이 말은 영 귀에 거슬리더군요.

한 젊은 가수가 자기소개를 확실히 못하니 옆 선배가 '그는 아이돌이다'라고 하고 그도 고개를 끄덕이더군요.

이 말이 그 가수를 단순히 의도적으로 띄워주고 추어주는 것이었으면 괜찮았을 텐데, 그의 어설픈 영어에서 느껴지는 것으론 '이 친구는 한국에서 엄청난 가수이다'라는 표현이었습니다.

그는 분명히 '그룹을 하는 젊고 예쁜 가수'는 모두 '아이돌'이라고 아는 듯 했습니다.

그 말에 미군들이 대스타를 만났다고, 눈이 휘둥그레졌는데, 뭘 좀 아는 다른 선배 한 사람이 얼른 '그는 한국의 가수이다'라는 말로 달리 설명을 해주더군요. '많은 가수 중 한 명이다'라는 뜻이었죠.

아예 적당한 우리말이 없거나 우리말이 있더라도 외국의 풍조를 설명할 때라면 '외래어'를 써도 무방하다고 봅니다.

그런데 요즘 너무나 많이 쓰는 이 '아이돌'이라는 말, 제발 정확한 뜻을 알아 남발을 막아야 한다는 생각입니다.

심지어는 방송에 출연한 '걸 그룹'들이 자신들을 지칭하면서

"저희 같은 아이돌은요…"

하는 말을 자주 씁니다.

사실 아이돌의 원 뜻은 우리가 아는 것과는 많이 다릅니다. 우린 예쁘고 젊은 그룹가수들을 무턱대고 아이돌이라 합니다만, 그건 아니죠.

아이돌idol은 결코 아이+인형(돌)의 합성어가 아닙니다. 우상偶像을 뜻하는 영어인데, 어원은 그리스어 'ιδειν'에서 나왔다고 합니다.

멀게는 우리나라에 와서 젊은 층에 엄청난 인기가 있었던 '크리프

리차드'나 '레이프 가렛', 최근에는 '뉴 키즈 온 더 블록'등과 '브리트니 스피어스', '레이디 가가' 등을 진정한 아이돌 스타로 꼽을 수 있겠죠.

한국의 경우 '전영록'이나 '서태지와 아이들', 'H.O.T', 지금의 '샤이니'나 '소녀시대'가 대표적인 아이돌일 거구요.

예전에 개그맨 이홍렬은 자기를 소개하면서

"안녕하세요? 개그맨 이홍렬씹니다."

하며 웃겼던 적이 있습니다. 자기가 자기를 높이는 말의 장난을 한 것이죠.

우리말은 여러 단계의 높임말이 있어서 상대를 얼마만큼 존대할 것인지 가늠해서 적용하기가 좋습니다. 그런데 자주 실수하는 것 중 하나가

"제가 잘 아시는 분 중에요…"

하는 말입니다. 자기 스스로 자기에게 존대를 하는 것은 참으로 잘못된 말이죠. '제가 아는'이지 '제가 아시는'은 될 수 없습니다.

그러나 진짜 아이돌 위치에 있는 연예인마저 '저는 아이돌입니다'라고 하는 것은 스스로 가치나 품격을 떨어뜨리는 것입니다.

겉으로 우락부락 하는 남자의 인상이면 '짐승돌'이라 하고, 나이가 좀 든 사람에게는 '어른돌'이라고 합성을 해서 마구 쓰던데, 도대체 '아이돌'이라는 말을 제대로 알고 하는지 모르겠습니다.

나는 남이 높여줘야 하지 스스로 높이면 안 됩니다.

그 끔찍한 독재자도 본인이 직접 '민족의 태양'어쩌구 하진 않았을 것입니다. 맹목적 충성꾼들이 알랑대느라 붙여준 이름 아니겠습니까?

2014. 2. 10

우리말 길라잡이

'있음'과 '있슴'

'있다'의 명사형 표기는 '있음'이 맞습니다. 그런데 문제는 '있다, 없다' 등과 같이 'ㅆ' 받침 뒤에서는 명사형 표기를 '-음'으로 적든, '-슴'으로 적든 발음상으로 전혀 구별이 되지 않습니다.

아직도 종결어미 '-읍니다'를 쓰기도 하는데, 오래 전에 '-습니다'로 통일했습니다.(표준어 규정 제17항)

'먹읍니다', '먹슴'은 아니고 '먹습니다'와 '먹음'으로 써야 합니다.

정리합니다. 종결 어미의 표기로는 '-습니다'의 명사형 표기로는 일관성 있게 '-음'으로 적어야 합니다.

물어볼 것과 묻지 않아야 할 것

큰 누님은 젊은 시절에 입은 수술후유증으로 가끔씩 한쪽 눈 근처 얼굴근육이 실룩거려지는 장애를 갖고 있습니다. 제가 보기엔 작은 흠이지만 누님은 당연히 큰 열등감으로 여기며 살고 있죠.

제게 누나가 세 사람 있는데, 한 친구가 큰 누님을 설명하면서 제게 묻기를

"그 누님은 어디 살지? 왜 말할 때 눈가가 좀 일그러지는 그 사람 말이야."

했습니다.

아, 그 친구는 말기술이 참 형편없습니다. 누님에게 얼마든지 다른 특징이 있는데, 그걸 묻지 왜 좋지 않은 걸 꼬집어 그걸 물을까 싶어서, 저부터 좋은 기분이 아니었습니다.

그 친구야 별 악의 없이 무심코 던진 말이겠지만, 그런 식의 대화법은 고쳐야 한다고 말해 주고 싶었는데, 자기 실수에 무안해 할까봐 참고 말았습니다.

다른 사람에 대해 궁금한 것이 사람 사는 이치인 모양입니다. 정보를 알아서 거기에 맞는 대처를 하려는 것이 아닌 단순 호기심일 뿐이죠.

그래서 처음 만난 사람에게도 나이는 물론 심지어 불우한 가정사나 감추고 싶은 신체비밀까지도 묻는 것이 우리의 말 습관입니다.

외국인들이 우리나라 사람들이 이상하다고 하는 것 중 하나가 처음 만나서 바로 결혼여부나 나이를 묻는 것이라고 합니다.

처음 본 사람이 이편의 나이나 결혼에 대해 묻는 것은 기관에서 취조를 받을 때나 무슨 수속을 하기 위한 특별한 경우가 아니고는 없는 것이 그들의 생활문화이기 때문이겠죠.

언젠가 30대 여성도 많은 사람이 보는 SNS인 페이스북에 이런 글을 올린 적이 있었습니다.

"이 나이쯤 되어서 혼자라고 하면, 사람들은 '무슨 문제가 있는 거아냐? 독신이야? 남자한테 무슨 트라우마가 있어? 결혼은 언제 하고 애는 언제 낳으려고 해?'하며 진심어린(?) 남 걱정을 해줍니다. 그러면 '맘에 맞는 사람이 없어서요'라고 적당히 대답합니다. 저는요, 어디 모자란 데 없고요. 남자한테 특별히 데인 적도 없어요. 나이에 밀려 남들이 적당하다고 밀어붙이는 사람 만나서 쓸데없는 감정 소모하며 사는 것보다 차라리 지금, 혼자가 좋기 때문에 이러고 있는 겁니다. 모두의 기분이 같을 순 없지요. 궁금하더라도 묻지 마세요. 이 답변이 참 싫답니다!"

미혼자만 보면 바로 '왜 결혼 안 하세요?'라는 질문부터 던지고 봅니다. 한 가지 확실한 것은 미혼자는 좀 나이든 미혼자에게 절대 이걸 묻지 않더군요. 내가 사정이 있는 것처럼 분명히 특별한 사정이 있을 거라고 생각하기 때문이겠죠.

그러나 따지고 보면 결혼 안 하는 이유는 극적인 것이 별로 없고 결혼 안 이유가 다양할 것입니다. '남이 하니까 결혼했다'는 사람만 제외한다면요.

그래서 기혼자들에게 '왜 결혼하셨어요?'라고 물어야 흥미진진한 대답이 많이 나오지 않을까 싶습니다.

또 '결혼적령기'가 있다면 '이혼적령기'도 있지 않을까요? 그렇담 이런 질문도 자연스러워야 할 겁니다. '넌 왜 여태 이혼 안 해?'

결혼한 사람들이지만 이혼하고 혼자 살거나 다른 사람하고 살면 더 행복할 것 같은 사람들이 있습니다.

그러나 어디 차마

"왜 그 사람이랑 (억지로)살아?"

라고 물을 수는 없는 거 아닙니까.

아마 농담으로라도 그렇게 의중을 떠보는 것 같은 말을 했다가는

"야, 우리 부부가 깨지길 바라는 거냐! 왜 그러는데?"

하고 불쾌하다는 반문을 해올 것입니다.

아참, 결혼을 앞두고 준비하는 사람은 '미혼자'라는 말이 맞지만 결혼에 큰 관심이 없거나 독신을 생각하고 있는 사람에게는 미혼이라는 말보다는 '비혼자'라는 말을 쓰는 게 맞다는 생각입니다. '장애인'의 반대가 '비장애인'인 것처럼 말입니다.

물을수록 좋은 질문도 생각해봅니다. 이런 것들 아닐까요?

"왜 그렇게 예쁘세요?",

"언제부터 마음씨가 그리 좋으셨나요?",

"어쩌면 그렇게 빨리 처리할 수 있습니까?"

아, 이 말은 남에게 마구 물으면 실례일까요, 아닐까요?

"사랑해도 될까요?"

2014. 3. 3

우리말 길라잡이

'로서'와 '로써'

'로서'는 지위나 신분 또는 자격을 나타내는 조사이고, '로써'는 '어떤 물건의 재료나 원료, 수단이나 도구를 나타내는 조사'입니다.

그러니 '그것은 교사로서 할 일이 아니다", '그는 친구로서는 좋으나, 남편감으로서는 부족한 점이 많다.'가 되구요,

'콩으로써 메주를 쑨다.', '말로써 천 냥 빚을 갚는'로 쓰는 게 맞습니다.

로서는 '…무엇이 되어서' 로써는 '…무엇을 이용하여'로 이해하면 됩니다.

"죄송합니다", "사랑합니다"

떠올리기만 해도 우울한 일이었지만, 그 일의 파장이 아주 길게 이어지고 있습니다. 다시 소개합니다.

〈주인아주머니께… 죄송합니다. 마지막 집세와 공과금입니다. 정말 죄송합니다〉라고 적힌 쪽지, 그리고 70만 원이 든 봉투가 그들 곁에 남겨져 있었습니다.

전국민 모두를 각자 사회 공동체 구성원으로 제대로 살았는지 돌아보게 하는 깊은 반성과 눈물을 쏟게 한 글귀이었습니다.

방송이나 SNS 등에 수도 없이 올라온 그 쪽지를 보면서, 저는 더욱 슬픔을 느꼈던 것이 글씨가 아주 또박또박 반듯하고 맞춤법이 정확하고 꾹꾹 힘줘서 눌러쓴 흔적이 역력해서였습니다.

병으로 인한 신체 고통과 지독히도 어려운 경제 상황에서 극단적 선택을 한 사람이 세상에 대고 마지막으로 한 말은 인간으로서 품위를 전혀 잃지 않았음은 물론 작은 예의까지 다 갖추고, 심지어 깔끔하기까지 했던 것입니다.

또 다른 비극적 글귀 하나를 소개해 드립니다.

글의 내용과 사건은 '세 가족 자살사건'과 다르지만 이 이야기에도 한 없이 가슴이 먹먹했습니다.

캐나다에서 실제 있었던 일이라고 합니다.

그는 어려서 불우한 가정에서 사랑은커녕 학대를 받고 자랐으나 비뚤어지지 않고 성실히 살며 열심히 노력한 끝에 자수성가했다고 합니다. 아들이 생겼고 돈도 어느 정도 벌었습니다. 선망의 대상이자 인생의 목표이기도 했던 최고급 스포츠카를 구입했습니다.

그러던 어느 날, 차고에서 차를 손질하러 들어오던 그는 이상한 소리가 들려 주변을 살펴보았습니다. 어린 아들이 천진난만한 표정으로 못을 들고 자신의 최고급 스포츠카 벽에 뭔가를 쓰는, 낙서를 하는 광경을 보았습니다.

이성을 잃은 그는 손에 잡히는 공구로 아들의 손을 가차 없이 내리쳐 짓뭉개버렸고 크게 다친 아들은 대수술을 받았지만 결국 손목을 절단해야 했습니다.

수술이 끝나고 깨어난 아들은 아버지에게 잘린 손을 들고 울며 빌었습니다.

"아빠 다신 안 그럴게요. 용서해 주세요!"

소년의 아버지는 절망적인 심정으로 집으로 돌아갔고, 그날 저녁⋯ 아, 차고에서 권총으로 자살했습니다. 그가 본 것은 그의 아들이 남긴 자동차에 긁힌 글이었습니다. 낙서의 내용은⋯

"아빠~사랑해요!"

듣자니 '주인아주머니께, 죄송합니다⋯'라는 글귀를 남긴 가족들은 10여 년 전 아버지가 병으로 먼저 세상을 뜨며 가세가 기울고, 식당일로 혼자 생계를 꾸리던 어머니마저 몸을 다치자 극단적 선택을 하게 된 것입니다.

큰딸은 고혈압·당뇨로 계속 앓고, 작은딸은 카드를 돌려막다 신용불량에 묶여 제대로 경제활동을 할 수 없었던 어려움에서 헤어 나오기가 힘들었을 것입니다.

결국 우리는 정말로 소중한 것이 무엇인지 잃어버리고서야 실감하는 것 같습니다. 늘 곁에 있어서 그 소중함을 잊고 살아가는 것이겠지요.

우리는 뒤늦게 복지정책이 어떻고 하는 것을 이야기하고 있습니다.

아들의 손을 자르고 만 아버지는 자신이 사랑을 받지 못한 것처럼 남을 사랑하지도 못했다는 것을 이미 늦어서야 깨달은 것입니다.

새삼 주변을 자주 둘러봐야겠다는 생각이 듭니다. 무엇이 진짜 소중한 것인지, 진짜 소중한 것을 찾았다면 절대 그 것을 놓치지 말아야겠다는 마음입니다.

또한 우리는 죄송한 일 참 많이 저지르며 삽니다. 사랑을 하거나 받는 일도 많습니다.

자주 자주 '죄송합니다.', '사랑합니다.'라고 말하면서 살아야겠습니다. 끔찍한 글로 남기지 말구요.

2014. 3. 10

우리말 길라잡이

'사글세'와 '삭월세'
'강남콩'은 중국 강남지방에서 들여온 콩이기 때문에 유래한 말이지만, '강낭콩'으로 쓰는 사람이 많아지자, 표준어를 아예 강낭콩으로 바꾸었습니다.
'남비'도 원래는 일본어 '나베'에서 온 말이라 해서 남비를 표준어로 썼지만 지금의 표준어는 '냄비'입니다.
이처럼 본적에서 멀어진 말들이 더러 있습니다. 그 중 대표적인 말이 월세의 딴 말인 '삭월세朔月貰'인데요, 사글세와 함께 써 오다가 '朔月貰'는 단순히 한자음을 빌려온 것일 뿐 뜻은 없는 것으로 보고, '사글세'만을 표준어로 삼고 있습니다.

명함 받고나서, 아무 말 않기, 있기? 없기?

가볍게 인사 한번 나눈 사람을 다시 봤을 때, '언제 어디서 만난, 뭐 하는 누구!'이렇게 기억하기란 쉽지 않습니다.

그래서 명함이 필요한 것이죠.

그 사람을 만날 일이 생기거나 안부를 전하려면 연락처를 알아야 하는데, 이때 복잡하게 이 사람 저 사람에게 수소문을 할 것이 아니라 받았던 명함을 꺼내면 되는 것입니다.

겨우 몇 자 남짓 인쇄된 작은 종이쪽지에 지나지 않는 게 명함이 지만 이게 사람과 사람을 이어주는 아주 중요한 역할을 하는 것 같습니다.

명함을 받고 강인한 인상을 받아 그 사람을 다시 떠올리는 일도 많기 때문입니다.

새삼 명함을 규정해보건대 이게 나라는 개인을 반영하는 것일 뿐만 아니라 내가 속한 조직의 이미지를 확장하는 수단이기도 합니다.

명함은 크기도 작고 비용도 별로 들지 않지만 가장 효과적인 광고 수단이자 장기적인 인간관계 면에서 잠재력이 가장 큰 자산이라고 할 수 있습니다.

정말이지 명함 한 장이 많은 것을 말해줍니다.

그 사람의 첫 인상과 함께 현재 하고 있는 일을 한눈에 보여줍니다. 남기고 온 명함 한 장으로 인해 인생이 변하는 일도 많습니다. 명함의 모습은 그래서 중요합니다.

그러나 아무리 디자인이 잘되고 그럴듯한 지위가 새겨진 명함보다 더 좋은 건 명함을 건네면서 상대에게 주는 밝은 표정과 다정한 눈빛이겠죠.

비즈니스 매너에서 명함의 존재는 아주 중요합니다. 그야말로 명함 한 장으로도 품격을 높이기도 하고 낮추기도 합니다.

미국 대통령 버락 오바마, 현재 명함은 어떤지 몰라도 그가 상원의원으로 있을 때는 이름을 명함의 비교적 아래쪽에 낮게 위치시켰는데, 그게 겸손의 표현이 된다고 합니다.

거기에 비해 세계적 기업 〈구글〉에서는 CEO 명함은 이름을 맨 위에 크게 써두고, 임원급 이상 이름은 회사명보다 더 위에 배치하고, 일반 직원은 회사명을 위로 올리고 이름은 중앙에 배치한다고 합니다.

명함에는 지켜야 하는 원칙이 있습니다.

꼭 앞에만 인쇄하고 뒷면은 비우는 것이 매너이라 하구요, 명함 전용 지갑을 갖춰야지 일반 지갑에 넣고 다녀서는 썩 좋지 않아 보입니다.

명함은 카드처럼 잔뜩 들고 그 중에서 내미는 것보단 소량으로 지니는 것이 좋겠고, 상대의 명함을 받았다면 반드시 살펴보면서 관심을 갖는 것이 필요하다고 봅니다. 명함에 적힌 이름과 회사명의 발음, 회사 유래, 로고의 의미, 사무실 위치 같은 것들을 물으면 자연히 친밀감이 높아질 거라 봐집니다.

극히 조심해야 할 것이 상대방에게 받은 명함에 메모를 하는 일입니다. 꼭 뭔가를 써야할 일이 있다면 반드시 상대의 허락을 구해야 할 것입니다.

또한 명함을 받고 바로 명함지갑이나 주머니에 넣지 말고 책상 왼쪽에 자신의 명함지갑을 깔고 상대방의 명함을 올려놓는 것도 중요한 매너 중 하나라는 생각입니다.

제가 사실 오늘 명함 이야기를 하는 다른 이유가 있습니다.

엊그제 하루에 두 번씩이나 명함 때문에 기분이 아주 언짢았던 일이 있었던 것입니다.

어느 기관에 가서 사람을 만났는데, 제가 명함을 내밀며 '누구입니다!'라고 인사를 했더니 저보다 연상으로 보이지도 않은 사람이 별 말 없이 그냥 앉은 채 명함을 받더군요.

거기서 끝나지 않았습니다. 저와 이야기를 하는 중에 제 명함을 꼬깃꼬깃 접고, 그걸로 책상 위의 서류를 이리저리 밀기도 하더군요.

그의 명함을 돌려주고 제 명함을 달라고 말하고 싶을 정도로 크게 화가 치솟았지만 차마 말은 않고 서둘러 나와 버렸습니다.

또 다른 별로 기분 좋지 않은 일도 같은 날 저녁에 있었습니다.

어떤 모임에서 누군가를 소개받고 명함을 내밀며 '글 쓰는 김재화입니다.'하고 인사를 했는데, 이 사람은 자기소개나 명함을 내밀지도 않고 제 명함을 잠시 보더니 묵묵부답이더군요.

상대가 무안해 하지 않을 만큼의 톤과 얼굴표정으로 (농담이라는 전제를 하고) 이렇게 말했습니다.

"얼굴이 명함이란 말씀인가요? 아님, 성함이 없으신 가요?"

그제야 그가 허겁지겁 말을 하더군요.

"오늘 명함이 없구요, 이런 자리서 인사를 해도 잘 기억을 못해서…"

오늘 명함이 없어서 못 준다고만 해도 될 것인데, 뒷말은 왜 그런 식으로 하는지, 참 듣기가 안 좋더군요.

지금, 늘 사용하는 명함을 한번 꺼내보시기 바랍니다.

내가 상대에게 바라는 이미지와 메시지가 들어 있는지도 살피구요, 건넬 때 의 공손한 손 자세를 연습도 해 보는 게 어떨까 싶네요!

2014. 3. 16

저는 '황제순두부'를 먹는 사람입니다, 에헴~!

여의도 국회의사당 정문 우측 건너편, 주유소 뒤쪽 건물에 있는 '김순복 순두부'집은 손님이 엄청나게 많았는데요, 바로 황제순두부 맛이 그야말로 끝내줬기 때문입니다.

저도 누구 얘기 듣고 먹으러 갔다가 무릎 딱 치면서 '히야~ 기막히다. 맛 하며 음식 이름하며!'했었습니다.

다른 일반 순두부는 6천 원인데, 큰 맘 먹고 3천 원을 더 얹어 9천 원짜리 특제순두부를 시키면 굵직한 전복이랑 다른 해산물도 더 들어있어 맛도 좋고 영양도 만점인 음식이죠.

황제가 누굽니까! 왕이나 제후를 거느리고 있는 지체가 가장 높은 사람으로 그런 권력을 가진 이는 지구상에 그리 많지 않았죠.

그런데 9천 원으로 잠시나마 황제반열에 오를 수 있었으니, 저 같은 사람이 황제순두부 먹는데 '그깟 돈'쯤 팍팍 썼던 것입니다.

이 황제라는 말이 나중에는 식이요법 용어에 붙어 '황제다이어트' 하면 고기만 먹고도 살을 빼는 그런 걸 말하더군요.

그러다가 이번에 제대로 황제로 불리는 말을 들었습니다.

이름 하여 '황제노역', 어떤 사람이, 어떤 일을 하기에 일당이 무려 5억 원이나 된단 말입니까?

웬만한 사람은 연봉으로도 어림없고, 그 액수의 돈을 벌어 모으고 세상 떠나기가 힘들 것입니다.

그런데 그 회장님의 하루 품삯은 무려 5억이라니, 며칠 전에 그 소식 들은 뒤 벌어진 입이 여태 닫히질 않습니다.

그가 구치소에 입소하여 그냥 잤는데도 하루, 다음 날 일요일이어서 아무 일 않고 쉬었는데도 하루, 봉투 몇 장 풀칠한 날도 하루 등 해서 금방 30억을 까더군요.

뭐 '향판'이니 '향검'이니 이런 말도 들었는데, 나중에 이해는 갔지만 처음에 생소하지 않던가요? 이 사건과 함께 나온 말입니다.

노역임금을 하루 5억씩 쳐 준 판사 나으리가 지방의 토호들과 계속 어울려서 결탁이 있지 않았겠느냐, 지방 검찰도 자기 연고지에 오래 있다 보면 그 지역 업자들과 짝짜꿍이 이뤄지고 만다는 것에서 나온 말이 향판, 향검이더군요.

일반 국민들 쏘아보는 눈빛이 하도 따가워서였을까요? 재판부가 이례적으로 '황제노역'을 철회하고 벌금추징으로 선회를 하자, 언론이나 일반인들의 입에서는 그가 있었던 곳과 나온 방식을 흥보느라 다시 '황제구치소', '황제출소' 등이 나오기 시작했습니다.

새로 만들어서 일반적으로 잘 받아들여지지 않는 단어나 표현법을 '신조어'라 부릅니다. 또 기존의 의미를 새롭게 이해하는 것도 속합니다.

얼핏 알기 힘든 은어나 상스런 말인 속어하고는 다르죠. 신조어新造語, 영어로는 neologism이라 합니다.

원래는 기술 진보 속도가 아주 빨라 지금의 용어로는 설명키 힘든 것이 많이 나타나는 하이테크 분야에서 신조어가 많이 나왔습니다만, 어찌된 일인지 최근에는 법조계와 정보기관에서 양산을 하는 것 같습니다.

그것도 좋은 제도를 만든 것이 아니라 집행을 하도 희한하게 하니까 다른 사람들이 심통스럽게 붙여주는 명예롭지 못한 말들입니다.

요즘 말 많은 어느 곳을 '걱정원'이라고 부르는 것도 그에 해당할 것입니다.

심리학에서는 단어를 요약하거나 철자를 바꾸어 만든 말로서 듣는 사람에게 무의미한 것처럼 들리는 말을 뜻하기도 하고, 어린이나 정신병환자 혹은 꿈속에서의 대화에 흔히 등장하는 말을 신조어라고 부른다고 합니다.

신조어의 심리학적 의미를 보면 이게 자꾸 생겨나는 게 긍정적인 것만은 아닐 것이라는 생각이 들기도 합니다.

나폴레옹이 다시 살아온 것도 아닐 것이고, 그 어떤 재벌이라도 돈 불리는 솜씨는 1일 5억 원은 안 될 테니 제발 황제 어쩌구 하는 말을 쓰지 않았음합니다.

'모르고 살아도 될 신조어와 사회용어'를 왜 배워야 합니까? 가뜩 이나 머릿속이 복잡한데 말이죠!

2014. 3. 27

우리말 길라잡이

'넘어'와 '너머'

'넘어'는 동사 '넘다'의 활용형이죠. 이것은 구체적으로 넘는다는 행위를 의미합니다.

'너머'는 동사의 활용형이 아니라 명사입니다. 가로막고 있거나 산, 건물 등 높은 어떤 것을 지난 저쪽 공간을 뜻합니다.

김상용의 시 「산 너머 남촌에는」의

"산 너머 남촌에는 / 누가 살길래 / 남촌서 남풍 불 제 / 나는 좋데나"와

박두진의 시 「해」의

"고운 해야 솟아라 / 산 넘어 산 넘어서 / 어둠을 살라 먹고…"

두 편을 보시면 구분이 되실 것입니다.

Chapter 5

생활의
발견

한 호흡 문태준

꽃이 피고 지는 그 사이를 한 호흡이라 부르자
제 몸을 울려 꽃을 피워내고 피어난 꽃을 한 번 더 울려
꽃잎을 떨어뜨려 버리려는 그 사이를
한 호흡이라 부르자
꽃나무에게도 뻘처럼 펼쳐진 허파가 있어
썰물이 왔다가 가버리는 한 호흡…
그 홍역 같은 삶을 한 호흡이라 부르자

'우물쭈물 하다가 이럴 줄 알았다'

저 김재화가 웃기는 코미디 글을 씁니다만, 기인은 아닌데, 좋아하는 작가는 괴짜라 불린 아일랜드의 버나드 쇼George Bernard Shaw입니다. 쇼는 극작가이자 소설가에 노벨문학상 수상자이기도 한 걸출한 인물임에도 그는 독설을 많이 퍼부었고 기인에 가까운 행동을 했기에 이상하게 보는 사람이 많습니다.

걸레스님 중광을 기억하시죠? 그는 자기 묘에 '괜히 왔다가 간다'라고 써 달라고 했다는데, 조지 버나드 쇼를 흉내 냈을 거라는 생각이 듭니다. 버나드 쇼는 '우물쭈물 하다가 내 이럴 줄 알았다'라는 묘비명을 생전에 남기고 갔던 사람이거든요. 암튼, 두 사람이 인생을 시니컬하게 본 것은 사실이지만 아름답기 그지없는 세상에서 하고 싶은 것이 참 많았지만 미처 다 하지 못했다는 것을 말하고 싶었을 것이라

봅니다. 특히 쇼는 '우물쭈물 하면 아무 것도 못하고 인생 끝나~'라한 거 아닙니까?

사람들 중에 후회 없이 인생을 산 사람은 거의 없을 것입니다. 그럼에도 특히 쇼는 유독 아쉬움이 가득 남은 생을 살았을까요? 그러나 우리는 쇼의 레토릭(수사)에서 다른 것을 느껴야 한다고 생각합니다.

조지 버나드 쇼의 눈에 비친 행복과 가장 거리가 멀다고 느낀 사람들은, 자신의 선택에 우물쭈물 대는 사람이 아니었겠는가 하는 점에서 말입니다. 자신을 먼저 탓하면서 많은 이들이 능동적인 삶을 살길 바랐던 것이 아니었을까요?

쇼의 어록 중에는 'A life spent making mistakes is not only more honorable, but more useful than a life spent doing nothing.'라는 말이 있습니다. '실수하며 보낸 인생은 아무것도 하지 않고 보낸 인생보다 훨씬 존경스러울 뿐 아니라 훨씬 더 유용하다'로 풀이하면 맞겠죠.

실수를 한다는 건 도전을 했다는 증거가 될 수 있으며, 도전은 그 자체로 의미가 깊은 것이라 했습니다. 아무 것도 하지 않는다면 실수조차 할 수 있는 기회가 없다는 것이 되고 맙니다. 우리 인생은 뭐가 그리 급한지 하루하루가 바쁘기만 합니다. 그러면서도 많은 사람들은 머뭇거리는 생각만을 하다가 시간을 날려 보내고 마는 걸 봅니다.

오늘은 책이라도 한 페이지 읽고 글이라도 한 줄 쓰며 보내봅시다.

한강이 그대로 보이는 합정동 제 작업실 창문에 강물 묻힌 봄바람이 노크하고 있습니다. '알았어 곧 나갈게~!'

2013. 2. 26

우리말 길라잡이

'작다'와 '적다'

이 두말의 구분은 아주 쉽습니다. '작다'는 '크다'의 반대말이고, '적다'는 양을 말하는 '많다'의 반대말입니다.

그런데 더러 유념하지 않고 "키가 적다", "도량이 적다" 또는 "밥이 작다"와 같이 잘못된 표현을 합니다. 이 '작다'는 부피 · 길이 · 넓이 · 키 · 소리 · 인물 · 규모 등이 보통에 미치지 못할 때 쓰는 말이니,

작은 키, 작은 연필, 작은형, 구두가 작다로 쓰면 되지요

이와 달리 '적다'는 '많지 아니하다'는 뜻이니 '재미가 적다', '사람의 수효가 너무 적다'라 쓰면 됩니다.

아직도 혼동된다면 이거 참~ 더 이상 설명할 수가 없겠는데요 ㅠ

"양해 말씀 드립니다."

행사 같은 곳에서, 가끔 '양해 드립니다.', '양해 말씀 드립니다.' 라는 말을 들을 수 있습니다. 시작 시간이 늦었다든가, 주차 공간이 부족하다는 것을 이해해 달랄 때 씁니다.

그러나 이때의 '양해 말씀'이란 표현은 적당치 않습니다.

양해는 남의 사정을 잘 헤아려 주는 것이기 때문에, 이런 경우에 이해해 주어야 할 사람은 행사장 참석자들이죠.

행사를 치르는 쪽에서는 참석자들이 양해해 주기를 바라는 것이니까 '양해 말씀'을 드린다고 할 수는 없습니다.

이때에는 '여러분의 양해를 구합니다.'라든지, '양해해 주시기 바랍니다.'로 해야 맞습니다.

'악마의 사전'도 읽으세요

제가 지금 하고 있는 일인, 글쓰기와 말하기를 꽤 오래했나 봅니다. 돌아보니, 그동안 3천여회의 강의를 했고, 책은 40권을 썼습니다.

제 책을 읽고 난 독자나 강의를 듣고 나신 분들이 제게 이런 질문을 수시로 해옵니다.

"어떻게 하면 유머감각을 익혀 말을 재밌게 잘 할 수 있나요?"

그러면 저는 대답합니다.

"네, 몇 가지 해야 할 일이 있습니다. 첫째, 교회든 절이든 나가며 한 가지 종교를 지니고, 매월 책을 3권 이상 읽구요, 월간지는 1권 이상, 매주 주간지도 2편 이상, 신문은 매일 3가지 이상은 읽어야 합니다.

개그콘서트 등의 TV 코미디를 주 1편씩 정기적으로 꼭 시청하구요, 1달에 2편 이상의 영화를 보고, 서른 살이 넘었거든 서둘러 결혼을 해야 하며, 뭐든 좋으니 취미생활을 꼭 하고, 필요한 물건은 직접 사고, 이른 아침 혼자 산책을 해 보고, 별이 총총한 밤길도 혼자 걸어보고, 외국여행을 자주 해 보고, 스키나 골프, 스노보드를 하고, 자주 이성친구와 어울리면 됩니다."

그러면 대부분 설레설레 고개를 내저으며 평생 썰렁한 사람으로 말을 더듬거리며 살다가 죽겠다고 합니다. 유머를 익히고 말 잘하는 것이 그런 고행이냐, 성직자가 할 일 아니냐고 합니다.

특히 뭘 많이 읽으라는 것에 진저리를 치는 것 같습니다. 그러면서 자기 주위의 유머센스가 짱인 어떤 사람은 별 노력 않고도 좔좔 말을 쏟고 잘 웃기더라고 합니다.

맞습니다. 모든 것에 '특별 습득 비법'이 있습니다. 유머스피치를 쉽고도 짧은 시간에 체득하는 방법이 없는 것은 아닙니다.

지금부터 제가 제시한 책 중, 적어도 한 권은 꼭 읽으세요. 한 권이니까 부담 없이 읽으실 수 있겠죠?

- 앰브러즈 비어즈 著 – 「악마의 사전」
- 서정태 著 – 「가가 가가가」
- 장승욱 著 – 「경마장에 없는 말들」
- 방송작가 최성호 著 – 「유머사전」
- 소설가 이외수 著 – 「감성사전」

● 김재화 著 – 「내 연봉을 높이는 유머스피치」

말을 맛깔나게 요리하는 비법이 담긴 책들로 사전 식입니다. 두 번
세 번 읽기엔 사전같이 꾸며진 책이 좋습니다.

「악마의 사전」 중 내용 하나만 소개해 드리겠습니다.

* 아는 사람 : 상대에게 돈을 빌릴 수는 있어도 이쪽서 빌려 줄 정도
까지는 되지 않는 사람.

상대가 가난하거나 무식할 경우 그저 안면이 있는 정도라 하고, 부
자나 유명할 경우는 '친밀한 사이'라고 말하는 관계.

만일, 저 김재화의 책을 읽어주신다면 아주 큰 영광으로 알겠습니
다. 하하~!

2013. 3. 10

우리말 길라잡이

'돌' 과 '돐', 이젠 틀리지 맙시다.

주위 지인의 대소사를 그냥 넘어갈 수 없지요. 하얀 봉투에 '축 첫돌' 등을 써서
건네야 할 때가 더러 있습니다. 그런데 아직 '축 창립 10돐' 등으로 쓰는 것을 종
종 보게 됩니다. 종전에는 '돌'과 '돐'을 구별하여 둘 다 사용했습니다. '돌'은 "
생일, '돐'은 주기를 나타내는 말이었죠. 그러나 새 표준어 규정에서는 모두 '돌'
로 쓰게 했습니다. 그러니 '돐잔치', '축 창설 쉰돐'이라는 말은 없습니다.

성공을 하려면

자찬으로 들리면 저를 나무라 주세요.

한때 제가 유력 일간지 「스포츠조선」에 일일칼럼 '에로비안나이트'라는 것을 썼었는데요, 14년간을 쓰는 동안 인기가 제법 있었습니다.

신문사는 제 글이 판매부수에 지대한 영향을 준다고 사장이 특별보너스를 주고 그러더군요. 전국에서 많은 사람들이 '팬레터'라는 것을 보내 주셨구요. 그때 사람들이 제 글을 오려서 지갑에 넣고 다니다가 회의 때나 골프장에서 또는 술자리에서 많이 쓴다고 했고, 저도 여러 차례 목격했습니다.

제 글이 그렇게 여러 사람에게 읽히는 것이 참 행복하더군요. 요즘엔 전철에서 스포츠신문 대신 스마트폰을 보느라 제 글이 아니라 셰익스피어가 한국 신문에 글을 연재한다 해도 보지 않을 겁니다.

그때 저를 처음 만난 사람이 이 글의 주인공이냐며 꺼내든 신문스크랩이 있습니다.

제가 이리저리 가공한 것인데, 다시 한 번 읽어보시기 바랍니다.

〈21C 성공자의 조건 20가지〉

① 실망을 주는 사람보다는 신망을 주는 사람.

② 박사보다 밥 사는 사람.

③ 공짜보다는 공자를 더 밝히는 사람.

④ 명예를 탐하기보다는 멍에를 지는 사람.

⑤ 거짓으로 사느니 거지로 사는 사람.

⑥ 안주하는 사람보다는 완주하는 사람.

⑦ 잔머리 굴리기보다는 우두머리가 되려는 사람.

⑧ 여자를 사냥하기보다는 사랑하는 사람.

⑨ 포옹력 있는 사람보다는 표용력 있는 사람.

⑩ 정력을 내세우기보다는 정열을 내세우는 사람.

⑪ 나체보다 니체 감상을 즐기는 사람.

⑫ 누운 사람보다는 눈사람을 보며 더 즐거워하는 사람.

⑬ 밝히는 사람보다는 밝은 사람.

⑭ 푼수보다는 준수한 사람.

⑮ 벗기보다는 벗을 좋아하는 사람.

⑯ 때가 있는 사람보다는 때를 아는 사람.

⑰ 색기 있는 사람보다 색깔 있는 사람.

⑱ 여우같기보다는 여유를 보이는 사람.

⑲ 발랑 까지기보다는 발랄한 사람.

⑳ 끔찍한 사람보다는 깜찍한 사람.

말이 좀 되는지 모르겠습니다.

2013. 3. 8

우리말 길라잡이

어미 '-오'와 '-요'

어미 '-오'와 '-요'의 3가지 원칙.

그 중 첫째는 종결형에서는 '-오'로 연결형에서는 '-요'로 적는 것입니다. '이것은 책이오.' '그쪽으로 가시오.'처럼 종결형에서는 '-오'를, '이것은 웃는 것이요, 이것은 우는 것입니다' 처럼 연결형에서는 '-요'를 씁니다.

두 번째, '-십시오' 형태에서는 항상 '-오'로 씁니다. '어서 오십시요'가 아닙니다.

마지막으로 존대의 뜻을 나타내는 보조사의 경우입니다. 문장 끝에서 '-요'로 써야 합니다. '자리에 앉아주세요'에서 '-요'는 존대의 뜻을 나타내는 보조사입니다.

또 서술어 '아니오'와 감탄사 '아니요'도 잘 구별해서 써야 합니다.

"숙제 다했니?"

"아니요, 조금 남았어요"에서 '아니요'는 부정의 뜻을 나타내는 감탄사로 쓰인 경우입니다. 이와 달리 "그것은 내 잘못이 아니오"에서 '아니오'는 서술어로 쓰인 경우입니다.

소통은 나누는 것

저는 대학에서 '소통학(커뮤니케이션)'을 공부했고, 지금은 가르치고 있습니다.

그런데 이 말이 요즘 아주 중요하게 사람들 입에 오르내리고 있습니다. 제 전공이어서 반갑습니다만, '소통'에 문제가 있어서 자주 언급된다니 유감스럽습니다.

소통이 뭘까요? 원래 이 단어는 라틴어입니다. '나누다'communicare에서 나온 것으로 본래는 하늘의 신이 인간들에게 덕성을 나누어 준다는 의미였습니다. 예수교는 로마에 들어가면서 전도하는 것을 소통이라 했습니다. 그러다가 이 말의 쓰임이 넓게 확대, 지식전달이 되었다가, 지금은 '의사전달'을 가리킵니다.

의사를 주고받는 것이 커뮤니케이션이니 이는 아주 중요합니다. 갓

난아이가 울음으로 기본 욕구를 표현하는 것처럼 문자와 언어를 아는 현대인들은 화려한 도구로 자신의 뜻을 나타내고 있습니다. 그중에서도 출발점은 언어입니다.

인간은 대략 20만 년 전부터 말을 하게 되었다고 하니 우리가 말을 한 것은 어제 오늘의 일이 아니었죠. 그런데 소통을 쉽게 하는 말은 왜 그렇게 어렵습니까? 암튼 인간이 '언어'라는 무기를 손에 쥔 뒤부터 지구상에서 모든 생명체를 누르고 최강의 위치를 점하고 있습니다.

그러다가 약 7천 년 전에 문자가 만들어졌습니다. 글이 고안되고 인간의 지식은 시공의 장벽을 무너뜨렸습니다. 근대에는 제가 여러분에게 이렇게 편지를 쓰고 있는 인터넷까지 발명됨으로써 소통의 기술은 한층 세련되고 있습니다.

소통의 수단과 도구는 이렇게 발전을 했고 누구나 사용하기 쉬운데 왜 제대로 된 소통은 여전히 미해결일까요? 소통을 잘하면 세상 갈등을 극복할 수 있는데, 그게 잘 안된단 말이죠.

제가 이 편지를 계속 보내드릴 텐데요, 우리가 이런 식으로 소통하려는 노력을 기울이면 언젠가는 우리네 삶이 아주 나아질 것이라는 생각을 하기 때문입니다.

2013. 3. 17

에 저 또

글을 쓰고 강의를 하는 게 직업인 저로서는 만나는 사람, 가는 곳도 다양하고 특별하달 수 있는 경험도 꽤 있습니다.

얼마 전에는 영등포구 노인복지관 요청으로 강의를 갔는데요, 연세 드신 분들이 많다는 이야기를 미리 듣긴 했지만, 교육생들의 연령대에 놀라지 않을 수 없었습니다. '노인학대 예방프로그램'을 강의하시는 강사들께 강의기법을 강의하는 거였는데, 강사들 자체가 모두 70대 이상 노인들이시더군요. 이분들은 컴퓨터를 어느 정도는 다룰 줄 알아서 인터넷으로 강사모집에 지원해 뽑히신 프로강사님들입니다.

그래도 강의 전엔 이런 마음이 들었습니다. '노인들께 스피치교육을 어떻게 시켜드리지? 하는 수 없이 어려운 외래어를 써야하는 경우도 생길 텐데…'그러나 그건 저의 알량한 기우에 지나지 않았습니다.

모든 이야기를 아주 잘 알아들으시고 날카로운 질문도 많았습니다. 그분들은 대부분 교육자, 대기업가, 고위공직자, 방송인, 군인…등의 화려한 전직을 가진 분들이었습니다.

제가 에, 저, 또… 류의 노인들에게서 많이 나타나는 군더더기 말, 췌언贅言 을 가급적 쓰지 말 것을 강조했습니다. 말마다 그런 늘어지는 말을 달면 상대가 듣기에 답답해지고, 내용도 신뢰가 가지 않기 때문입니다. 왜 사투리까지 섞어서 '그러니끼니', '그래가지고 설라무네'같은 말을 노인들이 많이 쓰시잖습니까?

이윽고 강의가 끝났습니다. 한 노인 강사께서 손을 들고 제게 추궁하듯 질문을 하시더군요.

"선생님은 췌언을 쓰지 말라고 강조하시던데, 선생님은 오늘 2시간 강의 중 에…하는 말을 9번이나 썼어요. 이거 어떻게 된 겁니까?"

강의장은 폭소가 터졌고 저는 그만 할 말이 없었습니다. 제가 뭐라 변명을 했고 그분은 웃으시는 걸로 질문과 답변이 마무리 되었습니다.

말 나온 김에 하는 이야긴데요, 우린 상투적인 군말(췌언)을 많이 쓰는 언어습관을 지니고 있습니다. 그런 말을 줄여야 말이 산뜻해집니다.

충분히 설명을 해두고 마뜩치 않거나 상대가 맘에 놓이지 않는다는 식으로 뒤에 안 해도 될 말을 다시금 중얼거리는, '니가 잘 할지 모르겠지만…'따위도 췌언이니 삼갈 일입니다.

2013. 4. 11

잔소리

KBS-TV의 유명 프로 〈아침마당〉에서 '남편의 잔소리'가 이야기 주제일 때 패널로 나간 적이 있습니다. 독신인 여자 진행자 이금희 아나운서에게 '남편의 잔소리를 듣고 싶지 않느냐?'고 슬쩍 떠봤더니요, '결혼은 하고 싶지만, 잔소리 잘하는 남자라면 싫다'라고 하더군요.

잔소리는 다 싫은 법인데, 그중의 최고 잔소리는 아마 '어머니의 잔소리'가 아닐까 싶습니다. 아무리 좋은 말도 어머니가 하면 잔소리가 되고 마니 어머니들은 좀 억울할 거란 생각입니다.

최근 어떤 TV 강연에서 자식을 망치는 부모의 잔소리 베스트3을 꼽은 적이 있는데요, 1위는 '다 너 잘되라고 그러는 거야', 2위는 '한 입만 더 먹자', 3위는 '엄마는 너밖에 없다'였다고 합니다. 그런데 이 정도는 약과죠. 산업화 시대에 핵가족화가 진행되면서 엄마의 잔소리도 진화를 하고 있습니다. '자식을 망치는 지름길은 자식이 원하는 대로 무조건 해 주는 것'이라고 믿기에 어머니들은 '무조건' 대신 '잔소리'를 택하는 것 같습니다.

그런데 기가 막힌 어머니의 잔소리가 있었습니다. 프로골퍼 배상문이 미국무대에 나선지 2년 만에 PGA우승을 한 위업을 달성했는데, 우승소감에서 어머니의 잔소리 덕에 이만큼 성장할 수 있었다고 했습니다.

경기 도중 아들을 큰소리로 혼내거나, 경기운영에 이의를 제기했다가 1년 동안 대회장 출입을 저지당하기도 했고 심지어 계모라는 소문이 날 만큼 날카로운 잔소리로 아들을 다그친 사람이 배상문 선수의 어머니였다고 하는군요.

배상문 프로는 어머니의 잔소리가 짜증날 만도 했을 텐데

"어머니의 잔소리는 보약이고, 억척스러움에 가슴이 찡해 더욱 잘해야겠다고 다짐했다"

고 합니다. 그는 일본에서 상금왕에 올라서도 '어렸을 때는 잔소리가 듣기 싫을 때도 있었지만 이제는 어머니 잔소리가 좋게 들린다'고 했습니다.

배상문이 세상에 없는 효자일까요, 원래 어머니 잔소리는 모두 귀에는 쓰지만 몸에는 아주 좋은 명약일까요?

오늘 문득, 오래 전에 돌아가신 어머니의 잔소리가 그리워지네요.

2013. 5. 23

저는 '사장님'이 아닙니다.

많은 사람이 희망을 가졌던 남북 당국회담이 '격格'문제로 성사 문턱에서 무산되고 말아 애가 탑니다.

이 비극은 남과 북이 뿌리는 같은 민족이되 이미 같은 말을 쓰지 않은 별개의 나라로 변해버린 결과인 것 같아 몹시 씁쓸합니다.

왜, 우리랑 같은 한자어권인 일본이나 중국에서 느끼지 않으셨는지요? 그들은 우리로 말하면 중간간부 밖에 되지 않은 '부장'을 최고로 높은 사람으로 치고 그러잖습니까. 또한 중국에서 자기 부인을 '애인愛人', 우리로 말하면 뭔가 야릇한 느낌이 나는 호칭으로 표시하는 것에 당황하기도 하셨을 것입니다.

하여튼 남과 북은 서로에게 예의를 차리지 않았다고 상호 비난을 하고 있습니다.

떼를 부리는 북이 원칙적으로 나쁘고 무척 미운 건 사실입니다만, 저는 답답하고 줏대 없단 소릴 들으면서라도 양비론을 펴고 싶습니다. 의제도 아닌 참석할 대표의 '직급문제'로 회담이 열리지 못한 것은 남과 북 모두가 대내외적으로 외교력이 매우 빈곤하단 생각 때문입니다.

여기서, 좀 다른 제 이야기입니다.

자주 있는 일입니다만, 얼마 전에도 누구를 만나는데 전화 통화에서, 무엇을 하는 사람이라고 누누이 설명을 해도 그는 계속 '사장님'이라고 절 부르더군요. 직접 제가 쓴 책을 주면서 다시 한 번 글 쓰는 사람임을 부각시켰는데도 여전히 '사장'이었습니다.

골프장 같은 데서는 캐디 아가씨가 일반적으로 '사장님'이라 호칭하는데, 그때는 농담을 합니다.

"왜 내 직급을 깎지요, 난 회장인데…"

라구요.

예우로 사장이라 불러준다는 거 압니다. 그러나 '사장社長'이면 회사 업무의 최고 집행자로서 대표의 권한을 지니는 사람일진대 적어도 일정규모의 법인업체의 장에나 붙여줘야 하는 것 아닌가요?

그러니까 작가인 제가 '개인사업자'일지는 몰라도 '사장'은 분에 넘칩니다. 그리고 무엇보다도 그 용어가 제 귀에는 스물스물 뭔가가 기어 다니는 듯한 느낌이 나서 듣기가 영 거북합니다. 그러니 바라건대

절 '작가'로 불러주면 고맙겠습니다. 작가 앞에 제 등급을 뜻하는 '3류'를 붙여도 상관없습니다.

그리고 이건 속으로 하는 소리인데요, 제가 진짜로 듣고 호칭은 '선생'입니다. 대학교 1학년 때부터 과외알바를 하면서 어린 학생들에게 들었고, 나중에 대학에서 수년간 강의를 하면서 많이 들었던 호칭이기에 듣기가 익숙하고 기분이 참 좋습니다. 우선 제가 제대로 '선생님'이 될 수 있도록 많은 노력을 하겠습니다.

남북회담도 '격'에 앞서 서로의 직급 호칭에 오해가 없었는지 살펴봐서 다시 추진했음 합니다.

2013. 6. 13

우리말 길라잡이

표준어는 어떤 것일까요?

- 가까와 → 가까워
- 가정난 → 가정란
- 간 → 칸
- 강남콩 → 강낭콩
- 개수물 → 개숫물
- 객적다 → 객쩍다
- 거시키 → 거시기
- 갯펄 → 개펄

- 겸연적다 → 겸연쩍다
- 경귀 → 경구
- 곰곰히 → 곰곰이
- 구렛나루 → 구레나루
- 괴팍하다 → 괴곽하다
- 구료 → 구려
- 광우리 → 광주리
- 고기국 → 고깃국

- 귀엣고리 → 귀고리
- 귀절 → 구절
- 귓대기 → 귀때기
- 깍정이 → 깍쟁이
- 깡총깡총 → 깡충깡충
- 꼭둑각시 → 꼭두각시
- 끄나불 → 끄나풀

앗, 절반이!

원래 극작가 조지 버나드 쇼가 했던 말이라죠.

'반쯤 남은 술잔을 두고 이제 반밖에 남지 않았다고 말하는 사람은 부정적 경향이 있지만, 긍정적인 사람은 아직 반이나 남았다고 한다'

그러고 보니 2013년 6월을 마치고, 7월을 시작했으니 올해가 정확히 절반이 지났네요. 여러분의 느낌은 어떻습니까? 절반밖에 지나지 않아서 여유가 있는가요, 절반이나 지나서 초조하신가요?

세상 오래 사신 분들 말씀이 시간 흐름이 20대 때는 시속 20km 50대는 50km, 60대는 60km로 느껴질 거라고 하던데, 정말 맞는 것 같습니다.

예전에는 분명히 안 그런 것 같았고 몰랐는데, 세월 흘러가는 게 강물 속에서 모래 움켜쥐는 것처럼 마구 마구 설설 빠져나가는 기분입니다.

　시간이 쏜 화살이나 빛보다 더 빠르다는 것을 모르는 것도 아니지만, 저도 나이가 들어가는지 요즘엔 '세월'에 대한 감흥이 확실히 달라지네요.

　이를테면 문태준 시인의 「한 호흡」이라는 시가 있는데요, 글이 가슴에 절절히 와 닿습니다.

　　꽃이 피고 지는 그 사이를 한 호흡이라 부르자
　　제 몸을 울려 꽃을 피워내고 피어난 꽃을 한 번 더 울려/
　　꽃잎을 떨어뜨려 버리려는 그 사이를
　　한 호흡이라 부르자
　　꽃나무에게도 뻘처럼 펼쳐진 허파가 있어
　　썰물이 왔다가 가버리는 한 호흡…
　　그 홍역 같은 삶을 한 호흡이라 부르자

　그렇습니다. 이런 시를 읽어 깊은 걸 깨닫지 않더라도 시간이 언제나 나를 기다릴 것이라고 생각하면 큰 오산이겠죠. 천천히 걸어도 언젠가 목적지에 도달할 것이라는 생각은 너무 안이하다 할 수 있겠구요.

　매 순간 최선을 다하지 않고는 세월을 보낸 보람이 없을 것이며, 마지막 목표에는 결코 도달할 수도 없을 것이라는 생각이 듭니다.

제게 1년 열두 달 중 여섯 달을 마악 보낸 소감을 묻는다면, 본능에서 나오는 1차 반응은 '앗, 어느새 절반이!'가 분명합니다.

그러나 애써 '아직 절반이나 남았는데…뭐~!'하는 생각을 동시에 가지면서 희망의 끈도 놓지 않으려 합니다.

2013. 7. 1

우리말 길라잡이

외래어 표기법

제가 많이 쓰는 '유머'에 대해, '유모어', '유우머' 등으로 표기하는 사람들이 있습니다.

이미 개정된 외래어 표기법에서는 영어 'humor'를 '유머'로만 씁니다. 다른 것들도 이렇게 써야 맞습니다. 앞은 틀립니다.

- 고호 → 고흐
- 베에토벤 → 베토벤
- 그리이스 → 그리스
- 뉴요크 → 뉴욕
- 아인시타인 → 아인슈타인
- 뉴우지일랜드 → 뉴질랜드
- 에스파니아 → 에스파냐
- 뉴우튼 → 뉴튼
- 처어칠 → 처칠
- 디이젤 → 디젤

- 콜룸부스 → 콜롬버스
- 루우스벨트 → 루스벨트
- 토오쿄오 → 도쿄
- 페스탈로찌 → 페스탈로치
- 마오쩌뚱 → 마오쩌둥
- 모짜르트 → 모차르트
- 헷세 → 헤세
- 말레이지아 → 말레이시아
- 뭇솔리니 → 무솔리니
- 바하 → 바흐

'쟤는 참 착해!'

미국에 사는 친구가 모처럼 한국을 방문해서, 만났습니다.

우리가 최근에 쓰는 신조어랄까, 은어 같은 말인 '깔맞춤', '품절남' 같은 말을 알아듣고 쓰기에, 동대문 시장엘 함께 가면서 '거기 옷들은 값이 대부분 착하다'고 말해봤습니다.

거기 옷이 착해 보이는지, 착한 점원이 파는지, 착한 사람들이 사러 가는 건지, 그런 걸 알려들지 '싼 가격'에는 생각이 미치지 못한 듯 했습니다.

저렴한 가격이어서 부담감을 덜 느낄 때 '착한 가격'이라는 말을 쓴다니까 무척 생경스러워했습니다. 그러면서 영어에 사람 아닌 다른 사물을 지칭할 때 여성, 남성 대명사를 쓰는데 그런 맥락이냐고 '말과 글 전문가'인 제게 묻더군요.

하긴 요즘 젊은 층은 거의 다 쓰고 나이 든 사람들도 이해를 하는 말이 있는데, 생명이 없는 물건을 지칭할 때 '얘는 무슨 제품이고', '쟤는 무슨 성질이 있고'등으로 쓰는 무생물을 의인화시켜 주는 것도 있죠.

강아지나 고양이라면 '이 녀석', '저 녀석'으로 부르고 사람 성격에 빗대 표현해도 무방하지만 '착한 양말'이니 '착한 점심'식의 표현은 적절치 못하다며 거부감을 갖는 사람들도 많은 것 같습니다.

말들이 기존 표현방식의 언어에서 크게 비틀어지고 파괴적이기까지 한 이런 변화가 옳을까요? 쓰면 안 되니 당장 호되게 비판을 받아야 할까요?

여러분의 각자의 생각이 따로 있으시겠지만 저는 일정한 조건부로 찬성을 합니다.

그동안 집에서 기르는 애완동물에게도 '좋아 한다'정도로 말했고, '냉면을 좋아 한다'고 하지 '돼지나 짜장면을 사랑하지'는 않았습니다.

그러나 다른 사물에도 인격을 부여해주는 것은 만물을 아끼고 귀히 여겨야 한다는 점에서 호혜평등 원칙을 갖는 것이 아닐까요?

오래 사용하지 않는 근육이 쇠퇴하듯 잘 쓰지 않는 언어도 사어死語가 되고 맙니다. 반대로 어법에는 정확하게 맞지 않는 말도 많은 사람이 자주 쓰면 약간 인정을 해주는 경우가 생기고요. 예를 들어 부정적 의미가 있는 부사 '너무'를 최근에는 '너무 기분 나쁘다'가 아닌 '너무 기분 좋다'와 같이 긍정적 표현에도 쓰는 경우 심지어 틀린 맞춤법이었던 '짜장면'이 복수 표준어로 바뀌지 않았습니까?

시인들은 오래전부터 '강이 흐느낀다', '기차가 달리고 싶어 한다'와 같은 의인화 표현을 많이 써왔습니다.

우리 일상어에 들어와 안 될 것도 없을 것 같습니다.

이 글을 쓰는 지금은 일요일 오후, 모처럼 서울 지방 날씨가 비도 오지 않고 너무 뜨겁지도 않고, 참 착하네요! 근데 또 언제 사나워질지 모르죠.

2013. 7. 22

우리말 길라잡이

'한구석'을 쓰세요

"마당 한켠에는 원두막이 갖춰져 있어 눈길을 끌었다.",

"행복한 미소를 지으면서도 마음속 한켠이 뜨거워진다."

위 글처럼 '어느 하나의 방향'이란 뜻으로 '한켠'이란 말과 글을 많이 씁니다.

어떤 사람은 '글맛', '말맛' 때문에 이 말을 즐겨 쓴다고 합니다.

그런데, 이 '켠'은 국어사전에 올라 있지 않은 비표준어입니다. 원래 '비탈의 방언'이고 '편의 잘못'입니다.

맞는 우리말로 '한편' '한쪽' '한구석'이 있습니다.

'마음속 한켠'은 '마음속 한구석' 정도로 바꿔써야하겠죠.

'귀열입닫'으로 살면 된다지요

여러분도 이메일이나 카톡이나 페이스북 등 SNS를 통해 지인들이 보내주시는 삶의 지침, 금언 등 주옥같은 같은 글들을 많이 접 하시죠?

최초로 글을 쓴 생산자가 누군지 모르지만 내용이 참으로 좋아 감탄하게 되는 글들을 자주 만납니다.

엊그제 받은 글 중 하나입니다.

사실 제가 말하는 이런 아포리즘들은 자칫 담고 있는 뜻은 좋지만, 어떻게 실천할까가 계산이 잘 안 되는 두루뭉술한 추상적인 것들이 많은데, 이건 쉽고도 재미있었습니다. 소개를 하고 제 나름의 해석도 붙여보겠습니다.

1. 노점상의 물건- 더러 좋은 것도 있다.

→ 이런 물건을 살 때에는 절대 값을 깎지 말일입니다. 그 물건을 다 팔아도 수익금이 너무 적기 때문에 가능하면 부르는 그대로 주는 게 좋을 것입니다.

2. 책- 돈이 생기면 우선 책을 사라.

→ 맞습니다. 옷은 금방 유행이 달라지고, 가구는 부서지지만, 책은 시간이 지나도 여전히 위대한 것들을 품고 있지 않습니까!

3. 대머리- 대머리가 되는 것을 너무 두려워하지 마라.

→ 머리카락이 없는 사람들은 우리가 생각하는 것 이상으로 부끄럽게 여기더군요. 사람들은 머리카락이 얼마나 많고 적은가에 관심이 있기보다는 그 머리 안에 무엇이 들어 있는가에 더 관심이 있다고 봅니다.

4. 광고- 광고를 다 믿지 마라.

→ 정말입니다. 울적하고 무기력한 사람이 광고하는 맥주 한 잔에 그렇게 변할 수 있다면 이미 세상은 천국이 되고도 남았을 것이니까요.

5. 허허허- 웃는 것 이상의 보약은 없다.

→ 잘 웃는 것을 연습해야 합니다. 세상에는 정답을 말하기에도, 답

을 몰라서도 난처한 일이 많습니다. 그때는 대답 대신 허허~ 웃어 보면 뜻밖에 문제가 풀리는 것을 보게 됩니다.

6. TV- 바보상자가 틀림없다.
 → 저도 텔레비전은 많이 봅니다만, 너무 많은 시간을 빼앗기지 않으려 노력합니다. 이게 켜기는 쉬운데 끌 때는 대단한 용기가 필요하더군요.

7. 화- 내는 사람만 손해 본다.
 → 급하게 열을 내고 목소리를 높인 사람이 싸움에서 먼저 지며, 스스로 좌절에 빠지기 쉽습니다.

8. 주먹- 불끈 쥐기보다 모아서 기도를 하라.
 → 손에 힘을 준 주먹은 상대방을 상처주고 자신도 아픔을 겪지만, 가볍게 모으는 기도는 모든 사람을 살릴 수 있기 때문입니다.

9. 말- 말이 많아 좋을 것이 없다.
 → 제가 가장 감명을 받았다고나 할까요? 바로 이 항목입니다.
 사실 말을 많이 하면 반드시 필요 없는 말이 섞여 나오기 마련이죠. 원래 귀는 닫도록 만들어지지 않았지만 입은 언제나 닫을 수 있게 되어 있는데, 이건 조물주가 신중하게 계산한 것이라 봅니다.

흔히 나이 들어 갖출 생활자세가 잔소리는 줄이고 돈은 좀 쓰라는 '입은 닫고 지갑은 열라'는 것인데, 그게 어렵다면 '입은 닫고 귀라도 열면'될 것이라는 생각이 들었습니다.

당신은 지금 말씀을 하고 계십니까, 듣고 계십니까?

2013. 11. 11

우리말 길라잡이

'하므로'와 '함으로'

먼저 문법적 설명입니다. '하므로'는 동사 어간 '하-'에 까닭을 나타내는 연결어미 '므로'가 붙은 형태이며, '함으로'는 '하다'의 명사형 '함'에 조사 '으로'가 붙은 형태입니다.

이때 '하므로'는 '하기 때문에'란 뜻을 나타내고, '함으로'는 '하는 것으로(써)'란 뜻을 나타냅니다.

이러한 기능의 차이는 다음 예에서 잘 드러납니다.

1) 하므로
　'그는 훌륭한 학자이므로 많은 사람들에게 존경을 받는다.'
2) 함으로(써)
　'그는 열심히 공부함으로(써) 부모님의 은혜에 보답한다.'
이해 되셨죠?

으악! 한국인은 '할머니 뼈다귀탕'을 먹는다!

예전에 제가 방송작가로 일할 때, 지금의 '샘 해밍턴'못지않게 한국
말을 잘하며 웃기는 외국인이 있었습니다.

88서울올림픽을 앞두고 그 친구 '웨인 켈리'와 함께 (제가 쓴 대본으
로) 영어 반 한국말 반의 라디오방송 〈비바 영〉이라는 프로그램을 진
행한 적이 있었습니다.

당시로서는 서양인을 사석에서 대하기도 힘든 시절이었는데, 한국
말을 능글맞게 잘하는 웨인이 식당 같은 곳에서 우리말을 유창하게
잘하는 것을 보면 사람들은 기절초풍할 듯 놀라며 신기해했습니다.

한국말을 다 배웠다고 생각하는 외국인들이 도저히 이해 못하는 부
분이 있습니다. 똑같은 말로 긍·부정을 동시에 표현하는 '잘한다, 잘
해~!'라는 같은 말이 있구요, 그런 발음상 문제도 어렵지만, 이상한

쓰임법은 의아하다는 것입니다.

우리는 무심코 쓰는 말인데, 외국인들이 깜~짝 놀라는 한국어가 여럿 있습니다. 그냥 웃어넘기기에는 조금은 찝찝한 구석이, 분명히 있습니다.

"얘야~ 손님 받아라!"

손님을 받는다? 음식점에서 손님이 들어서면 입구에 있던 주인이 종업원에게 하는 말입니다.

'손님을 던지기라도 한단 말인가? 받긴 뭘 받지?'한국말 잘 아는 외국인들이 궁금해 하는 대목입니다. 그 뜻을 완전히 파악하고 나면 농담을 합니다.

"입구에서 안아다가 음식점 안으로 던져버리나 보다. 무섭다. 조심해야지."

"엄청 애먹었다"

'어라? 뭘 먹는다고? 애를 먹어?'이런 예는 물론 웃자는 겁니다만, '정말 엽기적인 민족이 아닐 수 없다'고 흉을 본다면 한참 어렵게 설명해서 오해 않도록 해줘야 할 우리말입니다.

"이 콩나물 국 참 시원하다~!"

앞서 말한 웨인 켈리가 아주 재밌어 하며 본인 스스로 자주 썼던 말입니다. 뜨거운 욕탕 안에서 '으~ 시원하다~!'라고 하는 말도 사실 이상해도 한참 이상한 말입니다.

한국인들은 한턱 낼 때 항상 일발을 장전합니다.

"오늘은 내가 한 번 쏠게"

먹을 것을 사면서 보통 쓰잖습니까! 식당에 가서 음식값을 낼 때 '황금종'을 치는 것이 아닌 '총을 쏘는 것'으로 이해할까 걱정이 듭니다.

"때려, 때리자구!"

이 말도 당연히 폭행을 뜻하는 것은 아닙니다만, 일상생활에 아주 자연스럽게 씁니다.

"밥 때릴래?"

"잠깐만 전화 먼저 때리고…"

"난, 밥보다 영화나 때렸음 좋겠다."

도둑이 칭찬받는 한국? 역시 웃자고 하는 말입니다.

"여보, 내가 (식탁) 깨끗이 잘 훔쳤지?"

"집안이 다 깔끔하네. 그러니까 자주 좀 훔치라구!"

네, 완전히 흔적 없이 잘 닦는 걸 훔친다고 말합니다.

야구에서 도루는 훔친 거니까 그 말은 전혀 틀리지 않습니다. 이 말과는 쓰임새가 다른 것이죠.

'할머니 뼈다귀 해장국'도 풀어서 '할머니가 만든 뼈해장국'으로 쓰면 좋겠습니다. 우선 뼈다귀는 뼈를 얕잡아 부르는 낮춤말이기도 하니까요.

하하하! 제가 지나치게 예민한 걸까요?

요즘은 좀 더 자극적이고 줄임말, 새로운 말을 쓰지 않으면 고리타분하게 말하는 것이 되고, 심지어 따돌림을 당합니다.

글과 말은 스스로의 생각을 이루고, 그 생각이 행동으로, 행동이 운명으로 이어지는 것을 생각한다면 얼마나 중요한 것입니까?

가능하면 우리 한글(말)이 예쁘고 멋지게 진화했으면 하는 바람입니다.

2014. 1. 20

우리말 길라잡이

'왠지' 와 '웬지'

헷갈릴 필요가 없는 것이 '왠지'란 말은 있어도 '웬지'란 말은 없답니다.

'웬'은 어떠한, 어찌된 이란 뜻을 나타내는 말로, '웬만큼', '웬일', '웬걸' 등에 쓰입니다.

'왠지'는 '왜인지의 준말로 무슨 이유인지, 무슨 까닭인지 라는 뜻을 나타내는 말입니다.

"이게 웬 일입니까?",

"왠지 그가 안 올 것 같단 생각이 드네요.",

"가을에는 왠지 쓸쓸해집니다."

등에 그 뜻을 집어넣어 읽어 보면 금방 그 의미를 알 수 있을 것입니다.

어려워야 폼 나는 말과 글이 되는 건 아니다

제가 보내는 〈말글레터〉는 빈약하여 볼품이 없겠지만, 정기적으로 읽을 수 있는 흥미진진한 무료레터가 참 많습니다.

유명한 고도원 씨의 〈아침편지〉를 필두로 제 친구 박시호가 보내는 〈행복편지〉등등이 있는데요, 읽기도 쉽고 내용도 아주 좋습니다.

그 중 하나가 〈자유칼럼〉이라는 건데, 필진 면면이 그야말로 아주 빵빵한 분들입니다. 물론 글발 좋은 건 말할 필요도 없습니다.

이번 주에 받은 고영회 기술사님의 '설 제사를 모시고 나서'라는 글은 저에게 큰 공감을 주었습니다.

내용 일부를 고치지 않고 그대로 소개해 보자면요,

"…제사상 뒤에는 병풍을 세웠습니다. 병풍에 한자는, 정자체가 아니라 읽을 수 있는 글자가 거의 없습니다. 정자로 썼어도 뜻을 이해하지 못했겠죠. 병풍에 분명히 글이 적혔는데 무슨 뜻인지 알 수 없고, 이런 병풍을 왜 세우는지 이해하기 어렵습니다.

설날 제사에는 지방紙榜을 붙이지 않기에 다른 제사 때 얘기입니다. 아버지 제사를 모실 때 지방에 '현고학생부군신위顯考學生府君神位'라 적습니다. 이것은 벼슬을 살지 않은 보통 사람일 때 이렇게 쓴다고 들었습니다만, 이것 참 무슨 뜻인지 모르겠습니다. 제사를 주관하는 형님께 '이게 무슨 뜻인지 모르겠으니 다음부터는 쉬운 우리말로 바꾸는 게 어떻겠느냐'고 묻고 앞으로 부모님 제사에는 '아버님께 올립니다. 어머님께 올립니다.'이렇게 쓰자고 제안하려 합니다. 지금까지 써온 지방은 지금도 무슨 뜻인지 모르고, 제 아래 세대는 더욱더 모를 테니 알 수 있게 바꾸는 게 좋겠습니다..."

어디 제사상만 그러겠습니까? 조상 묘석, 주요 공문서, 관공서 안내 글, 법정에서 쓰이는 말...들은 어려운 한자나 한문 투이어서 빨리 읽고, 알아듣기가 참 힘듭니다.

오래 전 일입니다. 예전에 제가 KBS에서 방송작가로 일할 때, 작가실까지 연결된 구내방송에서 이런 '알림 말'이 나왔습니다.

"지금 본관 지상 주차장에 있는 차량은 속히 타지로 소개해 주시기 바랍니다."

한자말이나 기타 외래어는 마땅한 우리말이 없을 때 쓰는 것 아닙니까?

엄연히 쉬운 우리말이 있는데도 멋을 부린다는 뜻이었는지 몰라도 잘 쓰지 않는 한자말을 쓰더군요.

옆자리의 젊은 여성작가가 제게 물었습니다.

"자동차끼리 미팅을 시킵니까? 어떤 차를 서로 소개하는 건가요?"

크게 웃다가 저희는 참지 못하고 총무부서의 담당자에게 전화를 했습니다.

"우리말 쓰자는 공영방송에서 '차를 다른 곳으로 옮기라고 하면 될 것을 소개가 뭡니까 소개가?!"

그는 보이스피싱 전화를 받은 사람처럼 무척 '당황'했던 걸 기억합니다.

난해한 말은 학술대회장에 가면 가히 쓰나미 이상입니다.

하지만 거기서 언급되는 어려운 한자어나 영어, 독일어 등은 특정 장소이고 제한된 사람들만이 하고 듣는 곳이니 이해합니다.

그런데 '이곳'출신 학자들이 간혹 글을 쓸 때나 방송에 나와서 말을 할 때 도무지 알아듣기가 힘들고 젠체하는 그 사람이 싫어 눈을 돌려버리기 쉽습니다.

폼 나는 아니 화려하고 고상한 말로 연설을 하고 프러포즈를 했는데, 상대가 못 알아듣는다면 무슨 소용이 있겠습니까?

대통령께서 하신 '비정상화의 정상화', '창조경제'같은 말도 대부분 속뜻은 아주 좋다고 이해는 하지만 용어가 추상적이어서 구체적 실천

방법이 떠오르지 않는다는 지적도 있더군요.

쉬운 말일수록 소통이 용이합니다.

그럼에도 어찌된 세상인지 쉬운 말 놔두고 어려운 말을 너무 많이 합니다. 어려운 말을 많이 할수록 유식한 사람이라는 평을 듣는다는 생각 때문일까요? 명 코미디언, 걸작 많이 쓴 시인, 유명 강사, 신망 받는 정치인치고 절대 어려운 말 많이 늘어놓는 사람은 없습니다.

말과 글은 뜻을 전하는 수단이고 일부러라도 아주 쉬운 말을 찾아 써야 분명하게 전달되고, 그게 바로 좋은 말과 글입니다.

2014. 2. 6

우리말 길라잡이

'며칠'과 '몇일'
'오늘이 며칠이냐?' 라고 날짜를 물을 때, '며칠'이라고 써야 할지, 아니면 '몇일'이라고 써야 하는지 몰라서 망설이는 때가 있습니다.
이때의 바른 표기는 '며칠'입니다. '몇 일'은 의문의 뜻을 지닌 몇 날을 의미하는 말로 몇 명, 몇 알, 몇 사람 등과 그 쓰임새가 같습니다.
열흘에서 닷새를 빼면 '며칠', '몇 일'이죠? 에서는 '몇 일'로 해야 맞죠.
'오늘이 며월 며칠?' 때는 '몇 월 몇 일'로 쓰는 경우도 많으나 바른 표기는 '몇 월 며칠'로 써야 합니다.

별에서 온 그대

제가 이 TV드라마는 기어이 두 번을 봤습니다. 특히 여성들이 '별에서 온 그대'에 열광을 하기에 그동안 드라마를 전혀 안 보던 것을 깨고 기다렸다가 본 것입니다.

가만히 있기만 해도 휘황찬란하게 빛이 나는 훈남훈녀 배우들이 재미있는 스토리 속에서 연기를 기가 막히게 잘 하니, 시청률이 당연히 높겠다 싶었습니다.

처음부터 드라마 내용과 관계없이 제목이 참 마음에 들긴 했습니다.

'별에서 온 그대'는 저뿐 아니라 다른 사람들도 무척 좋은지 '별 그대'로 줄여서 많이 부르고 있고, 심지어 사전에 등재될 정도가 되었다고 하더군요.

'별 그대'는 '내가 사모하는 매력 넘치는 그 사람'의 뜻으로 쓰인답니다.

그러고 보니까 최근 들어 통 듣지 못해 아예 좀 생경스럽게 된 것이 '그대'라는 이인칭 대명사입니다.

예전에는 대중가요나 시, 편지 글에 무시로 등장하는 것이 '그대'이었습니다.

그러던 것이 어느 날부터 고색창연하긴 하지만 고리타분함도 동시에 갖는 옛말이 되고 말았습니다.

'그대'가 듣는 이가 친구나 아랫사람인 경우, 그 사람을 높여 이르는 이인칭 대명사이니 '자네'와도 거의 같은 말입니다. '하오'할 자리에 쓰죠.

"그대를 보러 내 거기로 갈까 하오."

와 같은 말을 듣기가 힘들어졌습니다.

상대편을 친근하게 이르는 이 이인칭 대명사가 최근에는 거의 사극에서나 등장할 뿐 젊은 사람들이 쓰는 말에서는 제외돼버린 경향입니다.

'그대'나 '자네'를 대신하는 중간높임말이 따로 있느냐 하면 그건 또 아닙니다. 그냥 '너'입니다. 구태여 비슷한 말을 찾는다면 '그쪽', '자기'정도가 되지 않을까요?

친한 교수들이 있어서 잘 아는 학교, 공주의 한국영상대학에서 신입생을 맞는 오리엔테이션장에 크게 걸어둔 현수막이 참 정감이 가더군요. '그대, 어느 별에서 왔니?'였는데, 새내기들을 사랑한다는 의미가 듬뿍 담겼다는 생각이 들었습니다.

한 나라의 언어라는 것이 있던 것이 없어지고, 없던 것이 새로 생기는 발전을 하기 마련인데요, 새 시대상을 반영하는 새로운 말을 만들어 신조어로 써야겠지만, 발음과 뜻 좋은 우리말을 아무 이유 없이 버려서야 되겠습니까!

지켜야 할 말 중 하나가 '그대'가 아닌가 싶습니다.

생각 난 김에 「그대 있음에」라는 김남조 선생의 시를 소개해드리죠.

김순애 작곡의 가곡으로, 송창식이 부른 가요로 많이 알려졌었습니다.

그대의 근심 있는 곳에 나를 불러 손잡게 하라
큰 기쁨과 조용한 갈망이 그대 그대 있음에
그대 있음에 내 맘에 자라거늘
오, 그리움이여 그리움이여 그리움이여
그대 있음에 내가 있네 나를 불러 손잡게 해…

그리움에 찬 시혼이 응집되어 어떤 한 사람을 뜨겁고 섬세하게 사랑하는 마음이 시종일관 넘치고 있습니다.

헤아릴 수 없는 열정과 넘쳐서 주체 못하는 그리움이 몰려올 땐 오직 '그대'라는 말만 소리 높여 외치게 되나 봅니다.

참, '그대'라는 말이 어떤 곳에서는 잘 쓰이고 있더군요.

임광건설의 아파트 이름이 '그대家'입니다.

지금, 제가 사랑하는 그대는 어디서 무슨 생각을 하고 계신가요?

2014. 2. 20

우리말 길라잡이

'돼-'와 '되-'

'되-'는 '되다'의 어간입니다. 그리고 '돼-'는 '되어'의 준말이며, '되어'는 '되+어' 형태입니다. 그러므로 '되어'로 바꿀 수 있는 자리에는 '돼'를 쓰고, '되어'로 바꾸었을 때 어색하게 느껴지면 '되'를 쓰는 자리입니다. 예문을 통해 살펴보겠습니다.

1) 춤도 되지! (여기서 '되지'는 '되+지'의 구성) 춤도 되어지! → '되어'가 어색합니다. 그러므로 '돼'가 아니라 '되'를 써야 합니다.

2) 나는 새 됐다. (여기서 '됐다'는 '되+어+ㅆ+다'의 구성) 나는 새 되었다. → '되어'가 어색하지 않습니다. 그러므로 '돼'를 써야 합니다.

3) 모든 것이 물거품이 되고 말았다. (여기서 '되고'는 '되+고'의 구성) 물거품이 되어고 말았다. → '되어'가 어색합니다. 그러므로 '되'를 써야 합니다.

4) 의사가 돼서 널 고치겠다. (여기서 '돼서'는 '되+어서'의 구성) → '되어'가 어색하지 않습니다. 그러므로 '돼'를 써야 합니다.

Chapter 6

우리가
꿈꾸는 세상

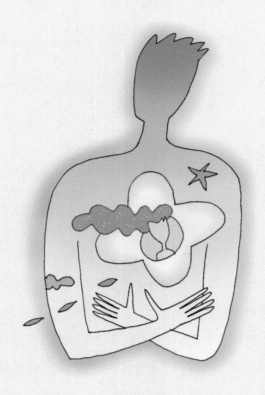

그립다 보면

그대 생각 하다보면
꽃대에도 얼굴이 있고
나무줄기에도 얼굴이 있고
그리워하다 보면, 신기하게도
모든 것이 얼굴로 보이나 봅니다.

소통이 단절된 삶처럼 비극도 없다

저희 할머니는 초야를 치른 다음날 아침에 비로소 할아버지 얼굴을 보실 수 있었답니다.

어머니 또한 아버지와 결혼 이후에야 조금씩 이야기를 나눴다고 하셨습니다. 그것도 최소한의 의사표현이 제 부모님들 두 사람의 대화의 전부였겠죠. 조부모님이나 부모님, 모두 그럭저럭 사시다가 천수를 한 뒤에 돌아가셨습니다.

얼마 전 KAIST에서 교수와 학생들이 잇따라 자살한 사건이 있어서 충격을 준 일이 있었습니다. 남들보다 훨씬 많은 것을 가진 것 같은 사람들의 그 불행을 우린 쉽게 이해하지 못했습니다.

그런데 과학적인 연구에 따르면 미국에서도 살기 좋다는 곳에서 오히려 자살하는 사람이 많은 것으로 나타났다고 합니다. 경제적 풍요

가 아니라면 도대체 무엇이 우리를 행복하게 해주는 것일지 어리둥절
해졌습니다. 하와이 주는 삶의 만족도에서 미국 2위였는데 자살률도
5위로 매우 높았습니다. 반대로 뉴저지 주는 삶의 만족도가 바닥에 가
까운 47위였지만 자살률은 47위로 낮았습니다.

소통의 전문가인 앤드루 오스왈드Oswald 교수는 "살기 좋은 곳에서
다른 사람과의 관계가 단절된 사람은 삶이 더 가혹하다고 느낄 것이
고, 이처럼 극단적인 대조가 자살을 부추길 수 있다"고 설명했습니다.

반대로 살기 힘들다는 사람이 많은 환경에서는 그런 대조가 덜하고
이런 저런 사람들과 끊임없이 대화를 하며 그런대로 견딜 만하다고
느끼는 모양입니다. 우리나라도 그 끔찍한 IMF 경제위기 때보다 극복
된 이후에 자살률이 계속 증가했다는데요, 행복이 경제적 요인으로만
규정되는 것이 아님을 보여주고 있습니다.

여러분 행복해지고 싶으시죠? 물질 쌓는 것 물론 중요합니다만, 잠
시 멈추시고 저랑 이야기 좀 나눠보세요!

저는 조부모님이나 부모님들보다 좀 더 행복해지기 위해 아내나 친
구들과 가급적 많은 대화를 나누려 애쓰고 있습니다.

2013. 3. 3

5월의 노래

소설가 김동리 선생은 '5월에는 죽고 싶지 않다'라고 말한 적이 있습니다.

이토록 아름다운 5월이 깊어가고 있습니다. 5월은 갖가지 기념일 가장 많은 달이며 역사적으로 '5월 사건'으로 기록된 큰일도 여럿 있습니다.

아시다시피 5월 16일인 오늘과 이틀을 사이에 둔 5월 18일에는 각기 성격은 다르지만 하늘과 땅이 동시에 크게 놀란 일들이 있었습니다.

저는 골프를 아주 즐기는데요, 저희 골퍼들은, 한국에서 1년 중 푸르른 색이 가장 짙게 배어있어 야외운동하기에 최고로 좋은 시기를 5.16→ 10.26까지로 삼고 있습니다. 날짜가 우연히 그리 맞아떨어진 것이지 무슨 정치적 은유를 감춘 것은 아니니 오해마시기 바랍니다.

5월에는 아름다운 노래들도 많습니다.

어느 계절인들 음악과 어울리지 않는 때가 있을까만, 5월에 부르는 노래는 영혼이 더욱 풍성해지고 요즘 많이 회자되는 말대로 힐링에 아주 좋을 거라는 생각이 듭니다.

"아름다운 오월에 꽃봉오리 피어나고/ 내 마음속에도 사랑이 싹 트네~"

이 사랑 찬가인 '아름다운 오월'은 하이네의 시에 곡을 붙인 슈만의 '시인의 사랑Dichterliebe'노래입니다. 봄의 청신함 속에서 사랑이 움트는 것을 노래했죠. 그룹 비지스의 '5월 첫날'도 아주 멋지구요.

이선희 씨가 불렀던 이 노래 기억하시는지요?

"한바탕 웃음으로 모른 체 하기엔/ 이 세상 젊은 한숨이 너무나 깊어/ 한바탕 눈물로 잊어버리기엔/ 이 세상 젊은 상처가 너무나 커~"

모르는 사람이 많더군요, 이 노래 '한바탕 웃음으로'가 사실은 '광주민주화운동'을 기리는 노래라는 것을요.

역시 5월에 태어난

"사랑도 명예도 이름도 남김없이 한평생 나가자던 뜨거운 맹세…"

로 시작되는 '임을 위한 행진곡'은 부르네 못 부르네 말이 많은데요, 거기에 제 생각이 있긴 하지만 저마저 그 논쟁을 하고 싶지는 않습니다.

어쨌건 이제 그만 '아픈 오월'은 떠나보내고 '신나는 오월'을 누려야겠는데, 누구에겐가 빚으로 얻은 5월 같아 부끄러움이 앙금처럼 남아 있습니다.

2013. 5. 16

우리말 길라잡이

'꾀다' 와 '꼬이다' '꼬시다'

현대인들은 어감이 분명하고 강한 말을 좋아하는 경향이 있습니다.
예를 들면 '꼬시다'는 어감이 좋지 않아 점잖은 사람들은 쓰기를 꺼리던 말이었으나 이제는 사회 전계층에 퍼져 별 거부감 없이 많이 쓰이고 있습니다.
그러나 '꼬시다'는 표준어로 인정받지 못한 틀린 말입니다. '꾀다'와 '꼬이다'가 복수표준어입니다. 그런데도 이 표준어의 사용 빈도가 '꼬시다'에 훨씬 못 미치니 이것도 문제라 할 수 있습니다.

엔터를 쉽게 치지 말아요

이런 심리를 적당히 표현할 전문용어가 없어서 '캬악 근성'이라 쓰기도 하는 모양입니다.

무슨 말인가 하면요, 이 일의 나중의 악영향을 따지지 않고 즉석에서 거칠게 결행해 버리는 성미를 말하는 겁니다.

이른바 열 받는 말을 듣고 참지 못해 전후좌우를 따지지 않고 그 자리서 더 심한 말을 해버리는 경우라든가,

좀 더 끔찍한 예를 들자면, 예전 공중전화를 쓰던 시절에 급한 일이 있는 사람이 앞 사람의 긴 통화에 불같이 반응하여 그 자리서 흉기를 휘둘렀던, 아주 불미스런 사고 같은 것들입니다.

앞의 공중전화 사용 때문에 사람이 숨져야 했던 사건은 딱 지금 같은 불쾌지수 엄청나게 높은 한 여름에 일어났습니다.

치솟는 화를 억누르지 못하여 즉석에서 반응하는 것은 나중에 후회하게 되는 경우가 많습니다.

못 참겠다 싶어 바로 전화로 항의를 하거나 문자 또는 이메일을 보내는 것, 일순간은 후련하다 싶을지 몰라도 두고두고 자신의 처신에 대해 후회막급의 생각을 갖게 합니다.

'그래, 헤어지자!', '하지 않을 거야!', '여기있어요, 사표!', '그래 다 말해 버릴게!'등의 결정을 신중하게 생각지 않고 내렸다가 오히려 뒷감당이 되지 않았을 때가 얼마나 많습디까?

좋은 쪽으로 짐작했고, 긍정적으로 여겼던 생각, 궁금해서 가졌던 신비감 같은 것도 바로 물 건너 가버립니다.

'이걸 그냥~!'이란 말이 전부이고, 그 다음 쉴 틈 없이 폭언이나 폭행이 나오고 난 뒤의 결과란 백이면 백 다 '안 했어야 할 짓'이 되고 맙니다.

오기로 '그래 다 까자!'라고 성급하게 시작했던 NLL발언의 진상도 여야, 국민 모두에게 혼란과 의구심만 더하고 있지 뭐 하나 속 시원하게 밝혀진 것도 없이 모두가 갈팡질팡 하고 있지 않습니까?!

지혜로운 사람은 금방 '캬악~'하고 반응하지 않습니다. 나름의 냉각기를 가지죠. 적어도 차를 한 잔 마시며 마음을 진정시키거나 일단 잠을 자고 그 다음날 차분한 답신을 보내지요.

하고 싶은 말을 하지 못했을 때 후회 하는 것보다 하지 않아야 할 말을 했을 때 더 후회하는 것이 틀림없습니다.

2013. 7. 25

우리말 길라잡이

'으시대다'와 '으스대다'

"그 사람, 요즘 돈 좀 벌더니 되게 으시대고 다니더군!"

하는 말이 있습니다.

그런데 '으시대다'가 아니라 '으스대다'가 맞는 말입니다. 그러니까 "무척 으스대는군~!"해야 맞습니다. 또 약간 쌀쌀할 때 쓰는 '으시시하다'도 '으스스하다'가 맞구요, '부시시 일어나다'가 아니라 '부스스 일어나다'가 바른 말입니다.

대부분 틀리게 많이 쓰고 있는 말들입니다.

365일이 독서의 계절

장사하는 사람이 자기가 취급하는 물건의 쓰임새나 소중함을 자주 강조하잖습니까? 그래서 '글장수'인 저는 책(글)의 가치를 말할 때 아예 열을 내곤 합니다.

샤르트르가 계약 결혼했던 보브와르에게 반해서 했던 말이 있습니다.

"그녀의 책 몇 백 권 분량의 교양이 소화된 표정이 좋았습니다."

조선시대 학자 김수온은 사람을 추천하면서 썼던 표현이

"언행을 보니, 사서 뿐 아니라 삼경까지 읽은 사람으로 여겨집니다.",

"소학만 겨우 읽은 사람이니 아니 될 듯싶습니다."

식이었답니다.

링컨의 선거참모 기용 일화도 유명합니다.

천거한 사람을 바로 딱지를 놓기에 참모가

"얼굴 한 번 보고 그렇게 결정을 하다니, 외모는 부모의 책임 아닙니까?"

라고 따졌습니다. 그러자 링컨은

"그의 얼굴 어디에도 성경을 한 줄이라도 읽은 흔적이 보이지 않는다."

라고 했습니다.

책이 그 사람의 속은 물론 겉까지 만든다는 이야기 아니겠습니까?

명색 작가의 서가니까 당연합니다만, 제 방에는, 대략 1만 여 권 정도의 책이 있습니다. 사람들이 제 방에 오면 공통적으로 묻는 것이 있어서 '이방에서 자주 하는 질문과 답'이라는 글을 아예 벽에 써뒀습니다.

문) 이 책들을 다 읽었나요?

답) 아뇨 5분의 1도 채 읽지 못했습니다.

문) 책을 빌려줄 수 있나요?

답) 절대 안 됩니다. 돌아오지 않습니다.

문) 김 작가는 몇 권을 썼나요?

답) 현재 44권을 썼는데, '에이지북킹'라는 말이 있는지 모르겠지만 제 나이 수만큼의 책을 남기고 싶습니다.

어렸을 때 제게 늘 소리 내서 국어책 읽기를 시켜주신 부모님의 독서교육 방식이 새삼 고맙구요, 그걸 비교적 잘 따라 해서 말을 하고 글을 쓰는 일로 밥벌이를 하게 된 제 작은 '재능'에도 자찬을 좀 해봅니다.

유난히 비도 많고 더위도 지독했던 올 여름, 뉴스에서는 엄청난 강수량과 수년 만의 폭염 소식도 쏟았습니다만, 열대야까지 이어지는 무더위가 사람을 꼼짝 못하게 하는 대신 책을 읽게 한다고 전했습니다.

평소에 회사 업무로 지친 사람들이 휴가여행지에서 책을 읽으면서 마음의 힐링을 얻는 것 같다,

객실의 텔레비전을 없애고, 눈 닿는 곳마다 책을 진열해 놓은 호텔은 독서 여행을 즐기려는 사람들에게 큰 인기이다, 그런 소식입니다.

예전에는 가을을 '독서의 계절'운운했는데, 지금은 여름에 책을 가장 많이 읽는다는군요.

저도 남은 이 여름 피서법으로 책 읽기를 적극 권합니다.

어쨌건 누구나 죽자 살자 다섯 수레의 책을 읽읍시다!!

왜냐구요? 성공과 행복은 그토록 갈구하면서, 이 세상의 성공한 모든 사람들이 공통적으로 사용한 방법인 독서는 왜 안 하시려합니까?!

2013. 8. 14

몸뿐 아니라 마음도 쉬게 해야~!

이번 주가 올여름 휴가의 피크일 거라 합니다.

지금 바다나 강, 깊은 산, 계곡, 시골 정자, 도심지 호텔방 같은 곳에서 쉬고 계시는 분 많으리란 생각입니다.

막상 휴가는 냈지만 갈 곳, 비용 등이 마땅찮아 그냥 집에서 시간을 보내시는 분들도 적잖을 거구요.

암튼 현악기가 때때로 줄을 풀고 팽팽한 긴장에서 벗어나고, 질주하는 자동차의 브레이크를 밟아 엔진출력을 낮추듯 일상의 활동을 하다가 어느 일정 기간에 쉬는 시간을 갖는 것은 몸에 아주 중요하겠죠. 대나무가 중간에 마디가 있어서 잘 부러지지 않는 것도 같은 이치입니다.

그런데 우리네 휴식 방식은 자칫 원래의 목적에서 벗어나기도 하더군요.

지나치게 몸을 많이 움직여 휴가 후에 더욱 피곤해지거나 너무 고급스럽게 쉬다가 끝난 뒤에 가계에 영향을 받는 일들이 그렇습니다.

또 하나, 몸은 충분히 쉬게 하는데 마음은 여전히 일을 시키는 것도 잘못된 휴식이 아닌가 싶습니다.

'심신일체'라고 하면서도 몸 따로 마음 따로인 경우가 많습니다.

마음이 뭔가요?

사람의 '정신'이기도 하고 심리학에서는 '의식'이라 하고, 철학 상으로는 '이념'이라고도 하는 아주 중요한 것 아니겠습니까?

'마음이 지쳤다', '마음이 산란하다', '마음이 아프다'라는 말을 많이 쓰는데, 이때 몸이 큰 영향을 받는 건 아주 당연합니다.

몸이 아프면 마음이 참아주는데, 마음의 고통은 몸이 받아들여주지 않는다는 것입니다.

예전에 '시장사람들'이라는 시트콤이 있었는데, 상인들이 야유회를 간 것입니다. 이들이 편케 하루를 쉬었을까요?

속으론 모두들 내일의 장사를 걱정하니, 음식도 맛이 없고 다른 사람들과 다투게 되고 결국은 제대로 휴식을 취하지 못하고 오더군요.

이번 휴가 때는 곁에 있는 사람에게 이런 생각을 갖거나 말을 하면서 서로의 마음을 쉬게 해줘봅시다.

'잘 하겠다'는 충분한 정성이니 '더 잘 하겠다'는 욕심을 부리지 말구요.

‘사랑한다’는 엄청나게 아름다우니 ‘영원히 사랑한다.’로 허전하게 해선 안 되겠구요,

‘감사합니다’는 아주 편안한 것이니, ‘너무 감사합니다’라는 말로 두렵고 부담되게 하지 말자는 것입니다.

마음도 쉬어야 부드럽고 넓어진다고 합니다.

2013. 8. 17

우리말 길라잡이

올바른 존대말

흔히 웃어른에게 음식을 권할 때에 ‘드셔 보세요.’라고 하는데, 이 말은 잘못된 표현입니다. 고기를 잡으라는 말을 높여 말할 때에는 “고기를 잡아 보세요.”라고 하면 되죠. “고기를 잡으셔 보세요.”라고 하지는 않습니다. 마찬가지로, “노래 부르셔 보세요.”, “한말씀 하셔 주세요.”들은 말이 안 되죠.

서술어가 둘 이상 이어질 경우, 맨 마지막 말만 높임말을 쓰는 것이 올바른 존대법이다. 따라서 웃어른에게 음식을 권할 때에는 “드셔 보세요.”가 아니라, “들어 보세요.”가 옳은데요, 음식을 소개하는 방송 프로그램들에서 손님이나 제작진에게 음식을 권할 때에 “드셔 보세요.”라고 하는데, 틀린 부자연스러운 말입니다.

너무 많은 말 했다

활발하게 방송출연과 강연활동을 하는 스타강사들이 있는데요, 그들의 이야기는 유익하고 흥미로워 인기가 대단합니다. 그런 사람이 갑자기 잠잠해지면 무척 궁금합니다.

실제로 그렇게 활동하다가 소식이 없는 사람은 중병에 걸렸거나 사회적으로 지탄을 받아야 할 과거의 일이 드러났거나 심지어 목숨을 잃은 경우가 대부분입니다.

그런데 '그동안 말을 많이 해서 그냥 조용히 있기로 했다'며 사람들 관심 밖으로 스스로 나간 사람이 있습니다.

아무리 많이 해도 부족한 것이 말인 것 같고, 한 마디라도 더 하려고 갖은 노력을 다하는 세상에 이 사람의 태도는 의아해지기까지 합니다.

짧은 몇 마디라도 하면 많은 사람들이 열광을 하고 돈이 생기는데도 강의나 방송출연 의뢰에도 고개를 젓고 사양한 사람입니다.

강의 기회를 한 번이라도 더 가져야 하고 한 줄 글이라도 더 써야 하는 직업을 가진 저로서는 이 사람이 한없이 부러울 따름입니다.

깔끔하게 잘 생기기까지 한 '혜민 스님' 이야기입니다.

그가 지난 7월 초 들어 그동안 '말을 많이 한 게' 과연 다른 사람에게 위로가 됐는지 모르겠고, 더러 오해를 하는 사람도 있더라 하며 일체의 활동을 중지한 채 미국으로 떠나버렸습니다.

미국 대학의 2학기 강의도 하지 않겠다고 했다는군요.

심지어 기자들의 전화인터뷰 마저도 묵묵부답으로 정중히 거절하고 있다고 하구요.

또한 58만 명의 팔로워를 가진 유명 트위터리안이었는데, 그 SNS도 끊어버렸습니다.

혜민 스님이 마지막으로 한 말이 '여러 가지로 부족한 제가 트위터를 하게 되면서 너무 많은 말을 했던 것이 아닌가 하는 반성을 하게 되었습니다. 당분간 묵언수행을 하면서 부족한 스스로를 성찰하고 마음을 밝히는 시간을 가지도록 하겠습니다.' 이었습니다.

그의 해맑은 모습이나 깨끗한 말과 글을 대할 수 없게 돼 참 아쉽습니다.

제 느낌으로 혜민 스님은, 지금 시끄러운 세상을 향하여 '웅변보다 더 값진 침묵'으로 '함부로 말하면 안 된다'라는 귀중한 메시지를 전하고 있는 것 같습니다.

그저 이토록 신선한 침묵이 또 있을까 싶습니다.

또 다른 위대한 침묵 이야기가 있습니다.

지난 2011년 1월 초에 미국 애리조나 주에서 총기난사 사건이 일어났는데, 나흘 뒤에 가진 추모식에서 추모연설을 하던 오바마 미국 대통령이 51초간 말을 않고 마냥 서있기만 했습니다.

사실은 슬픔에 복받쳐 말을 잇지 못한 것이죠. 그런데, 세계 언론은 이 침묵의 51초를 가장 감동적인 시간이었다고 칭송했습니다.

그렇습니다. 때로는 침묵이 그 어떤 명연설 이상의 값진 가치를 갖습니다.

요즘, 말이 아름다운 마음을 전달하는 수단이 아니라 상대의 인격을 다치게 하는 무기가 되고 있지는 않나싶어 흠칫 놀라게 됩니다.

말 않고 오래 버티기를 한 번씩 해 볼 필요도 있다는 생각입니다.

쉬잇~!!

2013. 8. 22

귀흥입망 - 10가지 의사전달 법칙

TV를 아주 좋아하지 않는 저도 이 프로그램만큼은 꼭 보는 편입니다.

KBS-1TV 목요일 〈아침마당〉의 '목요특강'.

여러 분야의 전문가(잘 알려진 유명인)들이 나와서 1시간 강의를 하는 건데, 주부들뿐 아니라 누가 들어도 흥미롭고 유익한 강의가 많습니다.

오늘 아침엔 평창 〈성필립보 생태마을〉 관장인 황창연 신부께서 '아직도 화가 나십니까?'라는 주제 강의를 하셨는데, 그야말로 명강이더군요.

사제복을 입은 성직자 입에서 결국 근엄하고 진지하며 추상적인 말이 많아, 뜻은 좋지만 이해는 잘 못하겠고 실천사항은 뭐?-그런 강의 아닐까 하는 것이 시청자들의 일반적인 선입견이었을 것입니다.

그러나 황 신부는 재미있는 사례를 쉽고 최근 유행하는 말로 소개를 해서 그 내용이 알차고도 마구 흥겨워 누구나 쉽게 이해를 했으리라 봅니다.

돌아보니 저도 왕년(ㅋㅋ!)에는 주요 공중파 방송에서 1시간짜리 강의도 제법 여러 차례 했고 일반 기업체나 특수단체의 강의를 많이도 다녔습니다.

이런 저런 연수원 강의까지 전부 합쳐보니 지금까지 약 3천 여회 정도는 했던 것 같습니다.

그런데 중요한 것은 제가 강의를 그리도 많이 다녔던 것이 40대와 50대 초반 나이 때이었습니다.

제 강의를 듣는 청중들 중엔 물론 고등학생 등의 젊은 층도 있었지만 대개는 저보다 나이도 많고 인생경험도 풍부하고 학식도 높은 사람들이었습니다.

지금 TV특강을 들으며 흠칫 놀라게 되는 것이, 그때 세상 속에서 이것저것을 더 보고 책도 더 많이 읽고 공부도 더 하다가 지금이나, 지금 이후에 강의를 했어야 하지 않았나 하는 것입니다. 거꾸로 된 게 분명합니다.

아 글쎄, 제가 기고만장하여 때로는 목소리를 높이고, 연단을 쳐가며 '그렇게 살면 안 된다느니, 인생은 이런 것이라느니'감히 그런 이야기들을 마구 쏟아냈으니 말입니다.

그러다가 강의가 좀 줄어든 그 이후에 박사학위도 받았고, 글을 쓰고 책을 읽는 것은 오히려 지금이 예전보다 더 훨씬 많은 편입니다.

그때 나이 들어서 한 학교공부가 어렵고 더뎠는데, 왜 더 빨리 하지 않았을까 하는 '한탄'도 자주 했었습니다.

두 분 부모님을 저 세상에 보내드리고, 자식이 성장하는 것을 보고, 30개국 이상을 직접 나가봤고, 나만의 신념도 생긴 지금은 누구에게든 어떤 말이든 잘할 수 있을 것 같은 자신감이 드는데, 그건 어디까지나 제 생각이겠죠. 세상은 이전처럼 절 눈여겨보지 않는지, 많은 사람을 모아두고 대중강의를 할 기회는 자꾸 줄고 있습니다.

암튼 제가 지금 확실히 깨닫고 있는 것은 충분히 알고 난 뒤에 말하고, 입이 나서려 해도 귀에게 먼저 양보해도 늦지 않다는 것입니다.

주변을 보면 단순한 기백만 넘쳐 저처럼 먼저 말하려 드는 시행착오를 하고 있는 사람들이 꽤 있더군요.

많이 듣고 적게 말하는 것이 최고의 스피치라는 것을 이제야 알게 된 것입니다. 모르고 죽지 않게 돼 다행이라는 생각이 들어 좋습니다, 하하~!

우리 몸에서 심장이나 뇌와 똑같이 중요한 기관이 귀라는 생각입니다. 귀는 몸 밖에 있으며 두 개씩이나 되고 심지어 태어난 시時도 어머니 몸에서 귀가 빠지는 순간으로 정합니다. 생일이 귀빠진 날인 것도 이 이치이어서 귀가 생명의 상징이기도 합니다.

오늘 이야기가 좀 길어지고 있는데요,

사람들은 '귀'때문에 흥한 사람은 많아도 자칫 '입'때문에 망한 사람이 많다는 사실을 알자고, 역설하고 있는 것입니다!

말 나온 김에 의사전달법칙 10가지를 마저 한 번 정해봅시다.

1. '앞'에서 할 수 없는 말은 '뒤'에서도 하지 말자 → 궁시렁대는 게 나쁘다.

2. '말'을 독점하면 '적'이 많아진다 → 들을수록 내편이 많아진다.

3. 목소리의 '톤'이 높아질수록 '뜻'은 왜곡된다 → 낮은 목소리가 힘이 있다.

4. '귀'를 훔치지 말고 '가슴'을 흔드는 말을 하자 → 듣기 좋은 소리는 금물.

5. 내가 '하고 싶은 말'보다는 상대가 '듣고 싶은 말'을 하자.

6. 칭찬에 '발'이 달려있고 험담에는 '날개'가 달려있다.

7. '뻔'한 얘기 보다 '펀fun'한 이야기를 하자.

8. '혀'로만 말하지 말고 '눈과 표정'으로도 하자 → 비언어적인 요소.

9. 입술의 '30초'가 가슴의 '30초년'이 된다→ 좋은 말은 명약.

10. '혀'는 내가 다스리지만 뱉은 말은 '나'를 다스린다 → 설화舌禍.

2013. 12. 26

우리말 길라잡이

외래어 표기법

외래어를 표기할 때 받침으로는 'ㄱ, ㄴ, ㄹ, ㅁ, ㅂ, ㅅ, ㅇ'만 쓴다.

북(book) → 북 / 샾(shop) → 숍

된소리(ㄲ, ㄸ, ㅃ, ㅆ, ㅉ)를 적지 않는다.

꽁트(conte) → 콩트 / 쓰리(three) → 스리 / 돈까스 → 돈가스

단, 다음 사항은 예외로 한다.

1) 일본어에서 '쓰' −쓰시마對馬島

2) 중국어에서 'ㅆ' 'ㅉ' −쓰촨성四川省, 쯔진청紫禁城

'당거뻔'하세요!

제가 기업체나 단체에서 하는 강의주제 몇 가지 중 가운데 하나가 '당거뻔'입니다.

짐작하실 분도 계시겠지만 당거뻔이 무슨 중국어라도 되나... 좀 의아하시죠?

당거뻔은 '당당하게', '거침없이', '뻔뻔하게'중 앞글자만 뗀 것입니다. 일상생활의 자세를 이런 식으로 가지면 안 될 것이 없다는 내용의 강의 제목입니다.

근데 사실 맨 뒤 뻔뻔하게는 과히 장려할 말이 아니라는 것을 압니다. 이게 부끄러운 짓을 하고도 염치없이 태연한 것이니, 어디 양식 있는 사람이 가질 태도이겠습니까.

그래서 뻔뻔하다는 '펀펀FunFun하게'로 슬쩍 바꿔서 말하기도 합니다. 재미있게 하면 된다는 그런 뜻으로요.

이 '당거뻔 정신'은 제가 처음 주창한 이론도 아니고 제가 만든 신조어도 아닙니다.

미국 실리콘밸리 협상왕으로 명성이 자자했고 지금은 美 메이저 스포츠 역사상 최초의 아시아인 구단주로 변신해 미식축구 샌프란시스코 '49ers'를 이끌고 있는 유기돈 씨의 유명한 협상전략에서 따온 것입니다.

저는 유기돈 씨의 관련 기사를 맨 처음 접하면서 온몸에 전율을 느꼈습니다.

2006년 10월 어느 날 새벽 3시, 미국 캘리포니아의 한 레스토랑 야외주차장. 칠흑의 어둠 속에서 모종의 대화를 나누는 흑인과 동양인에게 한 경찰관이 달려왔습니다. 수상했겠죠. 다그칩니다.

"당신들 지금, 뭐 하는 중이오?"

동양인이 나지막하나 신뢰가 가는 목소리로

"인수·합병을 진행 중인데요"

하며 종이 계약서를 내밀어 보였습니다. 아, 그 계약서에는 세계 최대 동영상사이트 유튜브가 구글에 16억5000만 달러(당시 2조원)에 판다는 내용이 담겨 있었습니다. 황당하지만 멋쩍어진 경찰관은

"계속하세요!"

라고 할뿐 달리 할 말이 없어 주차장을 나갔습니다.

야구 모자 차림의 동양인이 바로 유튜브의 최고재무책임자인, 40대 초반의 재미교포 유기돈 씨이고, 점퍼 차림 흑인은 구글의 최고전략 책임자 데이비드 드러몬드 씨였습니다.

유기돈 씨는 이미 야후와 페이스북의 CFO(최고재무책임자)를 차례로 역임했던 인물입니다.

두 유색 인종이 후줄근한 옷차림으로 어둠 속에서 속닥거리니 마약이나 무기를 거래하는 범죄자들로 보였을 것이고, 경찰이 당연히 의심할 법도 했을 거란 생각입니다.

유기돈 씨는 가히 실리콘밸리의 '협상왕'중 한 사람인데요, 그가 회사를 사고파느라 손에서 쥐락펴락한 자금이, 단 기간에 무려 100억 달러에 이른다고 합니다. 우리 돈 10조원이 훨씬 넘는 어마어마한 돈입니다. 그가 유튜브를 구글에 매각했더니 인터넷이 바뀌었고, 페이스북에 자금을 댔더니 세상이 변했습니다.

지금부터가 재밌습니다.

유튜브 매각 협상이 종료되고 나서 에릭 슈미트 구글 회장이 유기돈 씨에게 귓속말로 약을 올리듯 말합니다.

"우리가 유튜브를 더 비싸게 살 수 있었다는 사실을 알았으면 좋겠네. 껄껄~!"

유기돈 씨가 땅을 치며 한탄을 했을까요?

그는 최고로 '당거뺀'한 아니, '당거편'한 사람입니다. 유 씨는 이렇게 맞받아쳤습니다. "회장님, 저희가 유튜브를 더 싸게 팔 수 있었다는 사실을 아셨으면 좋겠는데요, 하하하!"

절체절명의 순간을 이처럼 여유 넘치고 당당하게 대처하기란 쉽지 않을 것입니다. 그런 사람이 많지 않구요.

그래서 우린 말이죠, 그 사람은 특별한 우성인자를 갖고 태어났고 나랑은 다른 세계 이야기라고 여겨버리지 않는가요?!

그러나 그가 나와 똑같은 사람인지라 나라고 안 될 것이 없는 법이죠.

차이는 딱~ 당당하고 거침없이 그리고 다소 뻔뻔하게 또는 웃어가며(펀펀) 하느냐, 그러지 않느냐에 있다고 봅니다.

자, 지금 잘 안 되시는 일이 뭔가요?

한 번 더 부딪쳐보시죠! 단, 당거뻔하게요!!!

2014. 2. 27

우리말 길라잡이

'꾀다' 와 '꼬이다' '꼬시다'

현대인들은 어감이 분명하고 강한 말을 좋아하는 경향이 있습니다.
예를 들면 '꼬시다'는 어감이 좋지 않아 점잖은 사람들은 쓰기를 꺼리던 말이었으나 이제는 사회 전계층에 퍼져 별 거부감 없이 많이 쓰이고 있습니다.
그러나 '꼬시다'는 표준어로 인정받지 못한 틀린 말입니다. '꾀다'와 '꼬이다'가 복수표준어입니다. 그런데도 이 표준어의 사용 빈도가 '꼬시다'에 훨씬 못 미치니 이것도 문제라 할 수 있습니다.

국민의 5대 의무, 책 읽기

　제게 억지를 부릴 권리를 국가(사회)가 부여해 주고 그걸 채택해 준다면, 국민 4대 의무에 플러스 '책 읽기'를 넣어 5대 의무로 만들고 싶습니다.

　1년에 몇 권 이상 책을 사지 않고 읽지 않으면 벌금 등으로 처벌 받고 '독서교육'강제이수를 해야 하는 것입니다.

　전입신고를 할 때 도서 몇 권 보유, 이래야 이사가 허락되구요, 책 몇 권 이상 읽지 않은 사람은 해외여행, 결혼권리, 연금수혜도 제한을 하고 제 직업이 글을 쓰는 것이다 보니, 사람들이 제가 하는 분야에 관심을 많이 가져주었으면 하는 염원에서 사뭇 뚱딴지같은 생각을 해 본 것인데, 뭐 '얼척'없으신가요, 하하!

　사실 이 생각은 호주의 사회제도를 보고 하게 된 것이지 제 머리가 생뚱맞게 부리는 수작은 아닙니다.

호주는 다른 나라에서 하지 않는 두 가지 특별한 것을 의무화하고 있더군요.

우선 선거의 투표율을 높이기 위해 법으로 강제력을 동원합니다. 투표하지 않은 유권자는 사유서를 제출해야 하고, 사유가 정당하지 않을 때는 벌금을 물어야 합니다. 벌금도 벌금이지만, 사유서 제출이 힘든 일 아니겠습니까. 자연 투표율은 높게 나타납니다. 당연히 온 국민이 객관적으로 지지한 지도자가 선출되겠죠.

더욱 매력적인 호주의 모습, 짠~~ 이것입니다. 놀랐습니다! 국민들에게 책을 많이 읽게 하기 위해 TV방송 시간을 의무적으로 조정해야 하고, 드라마는 아예 그 수를 제한하고 있습니다.

아~ 그들은 맘대로 '별에서 온 그대'같은 드라마도 못 보겠군요!

암튼, 국민들의 독서를 유도하기 위해 그런 식의 권유를 할 수는 있겠지만 이게 발상으로 끝나지 않고 법제화하고 있다니, 우리로서는 상상도 할 수 없는 일입니다.

우리나라에선 있었던 책 읽기 프로그램도 시청률이 낮다고 없어지는 판국인데요 뭐.

호주를 꽤나 문명국으로 여기고 있는 저로서는, 무지몽매하지도 않은 국민들에게 독서를 위해 굳이 그런 '강제정책'까지 펼 필요가 있을까 하고 의아했습니다만, 결국 그것은 문화, 문명국이기에 통하는 일이기도 했습니다.

사람들이 '똑똑해지고', '생각을 많이 하게'되려면 책을 읽는 것 이상은 없을 것이고, 호주 정부는 '스마트한 국민'들을 양성하고자 하는 의도가 확실한 것입니다.

좀 더 나아가 생각한다면 '시민의식'의 굳건한 토대를 구축하여 모두가 사고력과 균형, 비판 감각 등을 겸비해 1급인간이 되어보자는 것이겠죠.

신세타령 같지만 용서하신다면, 제 얘기 좀 하죠.

생업이 글 쓰고 강의하는 것인 제게 책은 밥벌이의 밑천 중 밑천입니다. 졸문 일색이어서 그 분량이 오히려 부끄럽습니다만 지금까지 44권의 책을 썼습니다.

이 고백은 겸손 아닌 사실인데, 둔필의 제 책이 조정래, 신경숙 씨의 글처럼 잘 팔 리가 만무합니다.

때로 1,2년 기간을 구상하고 자료를 모아 낸 책이 초판본 소진에도 허덕이면, 난 하필 이런 직업을 가졌을까 한탄을 해보기도 하지만, 이내 마음을 고쳐 잡고 다시 읽기와 쓰기를 합니다. '이것이 운명이라면 난 참 고상한 팔자를 타고 났다'라고 자위를 하면서 말입니다.

오늘의 '말글레터'가 이제 2년 째 보내드리고 있는 거지만, 어느덧 100회를 맞았네요.

스포츠조선에 14년을 연재한 '에로비안나이트'가 그것만으로 10여

권의 단행본을 묶게 해줬듯 이 글도 조그만 책으로 엮고 싶습니다.

(* 여기서 공개 프러포즈를 합니다. 이 글, 100여 편을 단행본으로 내실 의향 가지신 분 안 계신지요? 출판사나 도서기획을 하시는 분들도 여기 5천명 가족 중에 더러 계셔서 드리는 말씀입니다.)

책 읽기 의무화 어쩌구 하는 제 억지가 사회정책으로 받아들여진다면, 아~ 식당하시는 분들은 '전국민 1일 6회 매식 의무화'같은 걸 국회에 입원청원할 것이고 6.25때 난리는 난리도 아닌 난리가 날 것 같네요 ㅋㅋ~!

2014. 3. 6

우리말 길라잡이

'빛' 과 '볕'이 혼동되지 않습니까?
'빛'은 광光이나 색色을 나타내는 말입니다. '볕'은 볕 양陽, 즉 햇빛으로 말미암아 생기는 따뜻하고 밝은 기운을 이르는 말입니다.
"볕이 좋아야 곡식이 잘 익는다."
등의 예처럼요. 그런데 햇빛과 햇볕을 의미할 때는 많은 분들이 혼동하여 사용하고 있습니다. '햇빛이 따뜻하다', '햇빛에 옷을 말린다' 등은 바른 말이 아니죠. 둘 다 햇볕을 써야 합니다. 그리고 발음문제인데요, '볕' 또는 '햇볕'의 뒤에 '~을'이 오면 '벼츨', '해뼈츨'이라고 발음하면 안 되고, 반드시 '벼틀', '해벼틀'이라고 발음해야 맞습니다.

유머는 '영혼의 방귀'라고 합니다

나이 들어가면서 깨닫게 되는 것이 남의 모습이 눈에 들어오더라는 겁니다.

그래서 알게 된 것이 사람들 대부분은 빠르면 40대, 늦어도 50대에 이르면 이후에는 몇 가지 것을 서서히 잃거나 포기를 해버리며 살더 군요.

중년초입의 나이가 들게 되면 '칭찬', '인사', '웃음'이 대폭 줄구요, '유머'를 잘하지 않거나, 이전에 능숙했던 사람들도 감각이 떨어지는 것을 알게 됩니다.

농담이었으면 좋겠는데, 주위 사람들이 평생 유머작가와 유머 관련 강의를 하는 제게도 '예전의 개그감이 아니다'라는 말을 더러 합니다.

이를테면 제 입에서 이런 말이 나올 때가 '개그감 쇠퇴현상'이 아닌

가 싶습니다. 강의 서두에 저를 소개하면서

"저는 초등학교도 못 나왔으면서 그래도 열심히 공부해 박사가 되고 대학에서 학생들을 가르칩니다."

라 합니다.

사람들이 의아해 하면

"아, 초등학교 대신 국민학교는 나왔습니다~ 후후!!"

하면 제법 박수를 받는 대박유머가 되는데요, 최근 저보다 훨씬 젊은 층에서는 호응이 적더라는 겁니다.

또한 자주 하는 개그 중에 추운 겨울철엔

"올해 겨울은 작년 여름보다 훨씬 춥네요."하고, 더운 여름엔

"올 여름은 작년 겨울보다 허벌나게 덥네요!"

하는 식이 있는데, 듣는 사람들 웃음이 적어진 것이, 이것도 선도가 상당히 떨어진 유머가 돼버린 모양입니다.

호주에서 현지 교민신문의 기자 일을 하는 '신아연'이라는 작가의 글에서 자신도 '살아가면서 걱정이 시나브로 유머감각을 잃어가는 것'이라 한 것을 읽고 아주 공감을 했던 적이 있습니다.

오늘 이 편지글 제목으로 삼은 '유머는 영혼의 방귀'라는 말도 신아연 님의 표현에서 차용한 것입니다.

저나 신아연 님이 하는 '살면서 유머감각 주는 걱정'을 뭐 그리 심각한 일이냐고 대수롭지 않게 여길 사람들이 많으시겠지만 그렇지 않

습니다.

유머를 지니고 구사할 줄 안다는 것은 예술적 경지에 버금가는 고도의 정신의 역동이라고 생각하기 때문입니다.

제 친구 중에 늘 거침없이 유머를 하려고 노력하는 K라는 친구가 있는데, 직장 생활할 때는 영업실적이 꽤나 높았고 나중에 경험 없는 분야의 장사를 하는데도 매출을 아주 잘 올리는 것을 봤습니다.

유머라는 것이 얼마나 고급스럽고 지적인 감정표현이고 유쾌한 언어유희인가는 새삼 설명이 필요치 않을 것입니다.

제 자랑 스스로 한다고 너무 크게 흉보진 마시기 바랍니다만, 저는 유머관련 주제로 박사학위를 받은 국내서 몇 안 되는 사람입니다.

그렇습니다!

하는 사람은 재기 발랄하며, 듣는 사람 또한 반짝 반짝 기분이 고양되고 의욕이 항진되는 것이 유머가 가진 기가 막힌 특성입니다. 좀 더 깊은 설명을 해보자면, 뇌에서 분비되는 도파민이라는 호르몬이 이른바 약간의 조증躁症 상태를 외줄 타듯 유지하면서 활짝 열린 오감으로 주변 상황을 열정으로 활활 타게 해주는 것이 유머입니다.

아, 도파민은 쾌락과 행복감에 관련된 감정을 느끼게 해주는, 신경전달물질과 호르몬입니다.

저질 말장난이 아닌 깔끔한 유머는 실로 감수성의 벼린 날 위에서 튕기듯 우쭐우쭐 언어의 춤사위가 경쾌하게 펼쳐지는 것입니다.

건전한 유머는 내면의 기운이 생동하고 몸과 마음이 활기 있게 어울리면서 영혼의 시원스런 배설이라고 생각하는데, 배설 이전의 후련한 방귀와도 같은 것이 아닌가 싶습니다.

진정한 유머란 생의 '애드립'으로 마음속에서 좌절, 모욕, 수치, 상실, 자책, 절망 같은 것이 뭉쳐있다가 변비가 되려고 할 때 방귀라는 형식으로 밖으로 밀어내어주는 것입니다.

감성이 더욱 빛을 발하고 무엇보다도 인생이 폭 넓고 즐거워지려면 머리와 마음에 유머정신을 갖춰야 합니다.

유머를 어떻게 익히느냐구요?

정히 방법을 모르겠다 싶으면 〈국회유머아카데미〉에서 저랑 한 3개 월 가량 공부를 해 봅시다.

생동감이 없어 죽은 듯한 말이나 재치가 많이 부족해 아무도 관심 가져주지 않는 생각을 심폐소생술이라도 시켜드릴게요!!

2014. 3. 13

우리말 길라잡이

'으시대다'와 '으스대다'
"그 사람, 요즘 돈 좀 벌더니 되게 으시대고 다니더군!"하는 말이 있습니다. 그런데 '으시대다'가 아니라 '으스대다'가 맞는 말입니다. 그러니까 "무척 으스대는군~!"해야 맞습니다. 또 약간 쌀쌀할 때 쓰는 '으시시하다'도 '으스스하다'가 맞구요, '부시시 일어나다'가 아니라 '부스스 일어나다'가 바른 말입니다. 대부분 틀리게 많이 쓰고 있는 말들입니다.

전 알아요, 당신의 이름을!

내가 그의 이름을 불러주기 전에는

그는 다만 하나의 몸짓에 지나지 않았다

내가 그의 이름을 불러 주었을 때

그는 나에게로 와서 꽃이 되었다

내가 그의 이름을 불러준 것처럼

나의 이 빛깔과 향기에 알맞은

누가 나의 이름을 불러다오.

그에게로 가서 나도 그의 꽃이 되고 싶다

우리들은 모두 무엇이 되고 싶다

너는 나에게 나는 너에게

잊혀지지 않는 하나의 눈짓이 되고 싶다

유명한 이 시, 다들 아시죠? 네~ 김춘수 선생의 「꽃」입니다.

하물며 말 못하는 식물인 꽃도 제발 자기 이름 좀 불러달라고 이토록 애원을 하는데, 사람은 이미 정해져있는 이름을 꼭 불러줘야 하지 않을까요?

사람들이 이 세상에서 관심이 있는 이름은 바로 자신의 이름이고, 가장 듣기 좋아하는 것은 누군가가 자신의 이름을 불러주는 것임을 알아야할 것입니다.

제가 대학에서 학생들을 가르칠 때 제법 '인기교수'반열에 오를 수 있었던 것은 신입생 이름 몇 십 명도 한 주 뒤이면 다 외워서 일일이 불러줬기 때문입니다. 하하~!

제가 아이들을 만나자마자 오래 전부터 알고 있었던 것처럼, 그것도 일부러 성을 떼고 '시내야', '영진아!'하면 더욱 더 친근하고 다정다감하게 들렸던 모양입니다. 또 그들은 누군가에게 인정을 받아서 아주 신나해하는 것이 역력했습니다.

카네기 처세술에서도 가장 중요하게 생각하는 것 중의 하나는 상대방의 이름을 그 무엇보다도 중요하게 여기고 잘 기억해 주라는 것입니다.

카네기 철강의 설립자인 '앤드루 카네기'의 성공 비결 중 하나는 사람을 잘 다루는 것이었습니다. 그는 어려서부터 이름 기억의 중요성을 그 누구보다도 잘 알고 있었고 새로운 고객이 생길 때마다 그

사람의 이름을 꼭 기억해두었다가 만날 때마다 잊지 않고 불렀다고
합니다.

카네기의 어린 시절의 재밌는 일화가 있습니다.

스코틀랜드에서 어린 시절을 보낸 소년 카네기는 토끼 한 마리를
기르게 되었습니다. 얼마 지나지 않아 점점 새끼가 많아지자 먹이를
대는 것이 힘들어졌습니다.

이때 어린 카네기에게 멋진 아이디어가 떠올랐습니다. 동네 아이들
을 불러 모아 한 가지 제의를 한 것입니다.

"얘들아, 이 토끼들에게 줄 풀을 뜯어 오면 니들 이름을 그 토끼한
테 붙여줄게!"

계획은 대박으로 이어졌습니다. 자기의 이름을 붙인 토끼가 생긴다
는 생각에 아이들은 열심히 풀을 뜯어온 것이죠.

소년 카네기는 상대방의 이름을 중요하게 여겨지도록 함으로써 어
려움을 슬기롭게 넘긴 것입니다.

또 다른 일화도 무릎을 치게 하는 절묘함이 있습니다.

카네기와 폴먼이 침대열차 사업으로 경쟁을 벌이게 되었을 때 상대
가 입찰가격을 깎아내려 이익을 볼 수 없는 상황에 처했습니다.

호텔에서 폴먼을 만난 카네기는 정중히 인사를 건넸습니다.

"안녕하십니까? 폴먼 씨, 우리가 서로 바보 같은 짓을 하고 있습니
다. 우리가 싸우면, 어느 쪽도 이익을 볼 수 없습니다. 우리가 서로 협

력을 하여 공동회사를 세우면 어떻겠습니까?”

상대 폴먼도 관심을 보였습니다.

“회사 이름은 무엇으로 하시겠습니까?”

“당연히 폴먼 회사죠!”

폴먼은 아주 만족해하며 구체적인 계획을 짜자고 카네기의 옷소매를 끌었습니다.

민주당과 새정치연합이 합쳐진 신당명이 ‘새정치민주연합’으로 정해지는 걸 보면서 양측을 이해하면서도 서로 양보를 하진 않았구나 싶더군요.

새삼 이름의 소중함을 생각하면서 누구랑 공동으로 책을 쓸 때에도 꼭 그 사람을 이름을 먼저 넣어야지 하는 맘을 갖게 됐습니다.(작년에 공동 저작을 한 책에는 제가 더 많이 썼다는 이유로 제 이름을 앞에 내걸었거든요! 다른 작가와 진지한 토의가 부족했다고 여겨집니다)

이 3월에 새 학년, 새 학교, 새 직장, 새로 이사 간 곳에서 새로 알게 된 사람의 이름을 부지런히 외우시라 말씀 드리고 싶습니다.

2014. 3. 20

Chapter 7

당신이 있어
행복합니다

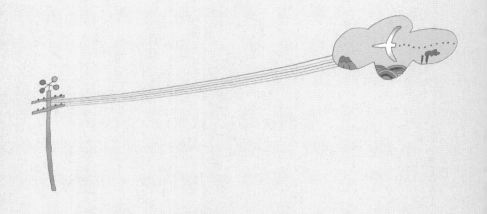

고백 고정희

너에게로 가는 그리움의 전깃줄에
나는
감
전
되
었
다

KISS하듯 말하세요

어제 저녁 제가 최근에 장만한 강연장인 〈말글스튜디오〉에서 개관 기념 공개특강을 했습니다. 고맙게도 많은 분들이 오셔서 제 강의를 열심히 들어주셨습니다. 말을 주제로 한 강의였거든요. 말에 대한 말 이었습니다. 말 나온 김에~!

간단한 말이나 글로 기선을 제압할 때 촌철살인의 재주가 있다고 합니다.

촌철살인寸鐵殺人, 간단한 말로써 상대방을 감동시키거나 약점을 찌르는 말을 뜻하고, 입담이 아주 좋은 사람이 순간적인 짧은 유머로 상대방을 넘어가게 하거나 적재적소에 속을 시원하게 하는 글들을 일컫 잖습니까?!

짧은 말로 다른 사람을 감동을 시키거나 기운을 불어넣어주는 것은 촌철생인寸鐵生人이라 해야 할까요?

어뢰, 핵무기 아니더라도 한 마디 말로 사람을 죽일 수 있고, 보약 아니더라도 말로 사람을 살릴 수 있는 것입니다.

Keep It Short & Simple!

감동을 주는 말이란 달변이냐 눌변이냐가 아니구요, 그 말 속에 함축적으로 어떤 말을 담았느냐일 것입니다.

스피드시대이라서가 아니라 긴 말은 청중의 주목을 끌기 힘들고 자칫 논리에 허우적대다가 정리를 못하고 마는 것을 봅니다. 안 하느니만 못하죠.

'황정민'이라는 유명 배우가 있습니다. 그의 출연작을 기억 못하는 사람이 있을지는 몰라도, 그의 수상소감은 전 국민이 다 압니다.

"저는 다른 사람이 차려 준 화려한 밥상에 그저 숟가락만 들고 앉은 사람에 불과해요."

'장미희의 인사'도 오래도록 잊혀 지지 않을 것입니다.

"아름다운 밤입니다!"

누구나 할 수 있는 말임에도 누구나 할 수 없는 이 말을 장미희는 한 것입니다. 그래서 장미희인 것입니다.

말은 곧 돈입니다. 말이라는 것이 그렇습니다. 아무리 억지분장을 하고 분량을 늘려도 더욱 초라해지는 경우가 있는가 하면 그저 작은 점 하나 찍은 것에 불과한데도, 보석처럼 빛나기도 합니다.

제가 사는 합정동에도 드디어 봄이 왔나봅니다. 잘못 받은 전화의 상대편과 함께 낄낄대면서 수다를 떨었거든요.

어쨌건, 짧게 말합시다!

2013. 3. 13

우리말 길라잡이

'~던' 과 '~든'

간단하게 설명해드리죠. '~던'은 지난 일을 나타낼 때 쓰는 말이고, '~든'은 조건이나 선택을 뜻하는 말입니다. 그러니까 예를 들면 '꿈을 그리던 어린 시절', '그 책은 얼마나 재미가 있었던지'의 예문은 둘 다 과거를 회상하는 말이므로 '~던'을 사용하는 게 맞고, '오든 말든 네 마음대로 해라', '눈이 오거든 가급적 차를 두고 와라'의 경우는 조건·선택을 나타내므로 '~든'을 써야 하죠.

말글레터

'도둑님 감사해요!'

저는 그의 칼럼이 신문에 자주 나왔으며 서강대 영문학과에 재직했던 고 장영희 교수의 글과 삶을 유난히 좋아합니다. 기억하시는 대로 그는 신체가 불편한데다 사회의 편견 같은 2중고를 겪으면서도 한탄하지 않고, 오히려 즐겼던 사람입니다.

요즘 그의 글을 새삼 보면서 아주 중요한 것을 깨닫고 있습니다. 똑같은 일을 어떤 관점으로 보느냐에 따라서는 본질까지도 확 바뀐다는 것입니다. 그러니까 보는 관점을 달리하면 실망도 희망으로, 불유쾌한 경험도 흥미로운 경험이 될 수 있다는 것입니다.

장 교수는 뉴욕주립대학에서 박사과정을 어렵게 마치고 2년간의 더욱 피눈물 나는 노력으로 논문을 완성했습니다. 그런데 마지막 논문 최종 본을 여행 트렁크에 넣은 채로 친구 집에 잠깐 커피를 마시러 갔다가 그 논문이 들어있는 트렁크를 도둑맞는 사고를 당합니다. 물론 도둑이 박사학위 소지자였다면 그 가방을 돌려줬겠지만 끝내 찾지 못했습니다.

장 교수는 '내 논문, 내 논문!!'을 외치며 기절했다더군요. 그는 닷새를 어둠속에서 지내다 겨우 일어나 논문을 처음부터 다시 쓰기로 결심했죠. 2년의 시간 말고 다시 1년의 시간을 더 연장한 결과 마침내 논문을 완성하여 통과를 받았습니다.

장 교수 박사논문의 헌사에는 이런 기록이 남아있습니다.

"내게 생명을 주신 사랑하는 나의 부모님께 이 논문을 바칩니다. 그리고 내 논문원고를 훔쳐가서 내게 삶에서 가장 중요한 교훈, 다시 시작하는 법을 가르쳐준 도둑에게 감사합니다."

제가 늦은 나이에 박사논문을 쓰면서 장영희 교수의 이 이야기를 듣고 눈물을 꽤나 흘렸구요, 논문헌사에 저는 이렇게 적었습니다. '이 작은 열매는 저에게 글을 쓸 수 있는 영감을 주신 저 세상의 부모님과 사랑하는 아내 정선아의 도움으로 맺게 됐습니다.' 저는 '효자에 애처가'는 확실한데, 장 교수만한 인류애를 가지진 못했나 봅니다.

글은 이런 마음을 표현하고 싶을 때, 사용하는 것이겠죠. 그래서 다시금 다짐합니다. 누군가에게 도움을 얻었을 때, 감사하는 마음을 꼭 표하되, 가급적 글로 꼭 남길 거라는!

2013. 4. 1

일곱 송이 수선화

지난 회 편지에 인생을 참으로 아름답게 살았던 여인 고 장영희 교수의 이야기를 했습니다. 편지를 읽은 아시아기자협회 이상기 회장이 장 교수의 휴대폰 컬러링이 '세븐 데포딜스'(7송이 수선화)였었노라고 알려왔습니다.

장 교수 이야길 한 가지 더 하겠습니다.

그가 한국에서 온 여동생, 조카들과 함께 미국 보스턴미술관을 방문했답니다. 일행은 미술관 방문 기념의 흔적을 남기려 한국인으로 보이는 한 중년 남자에게 사진을 찍어달라고 부탁했습니다.

그런데, 아~ 나중에 그때의 필름을 현상해 보니, 그 신사(?) 일부러 그랬는지 수전증이 있어서 그랬는지 가족들의 머리만 잘라 놓은 컷, 발만 확대해 놓은 컷, 앵글 안에 여자들의 가슴만 담은 컷들만 있더라는 겁니다.

장 교수는 당연히 사진 찍은 사람의 인간성 자체에 대한 회의가 들어 슬퍼했는데, 함께 사진을 보던 초등학교 1학년 조카는 말했다죠

"와, 이모! 이 사진들 짱 멋있다. 그 미술관에서 본 추상화 같다! 그 아저씨가 일부러 이렇게 찍었나봐."

그래서 장 교수도 이후 그 사진을 예술품이라고 여겼다는 것입니다. 이런 것을 〈관점의 전환〉이라고 할 수 있을 것입니다.

말 나온 김에 장교수가 생전에 아주 좋아했을 '7송이 수선화'

이 노래는 예전에 양희은씨가 부른 것으로도 더러 들었지만 '브라더스 포'의 노래로 다시 들어보니, 곡도 물론 좋지만 가사가 그야말로 예술이어서 소개합니다.

가만히 읊조려 보세요, 그 느낌이 제대로 살아날 겁니다. 영어 원문은 '각운脚韻'도 기막힙니다.

I may not have mansion. i havn't any land.
나에겐 좋은 집도 없어요. 땅도 한 조각 없구요.
no even a paper dollars to crinkle in my hands.
손으로 구겨버릴 종이 돈 한 장조차 없답니다.
but i can show you morning on a thousand hills
그러나 나는 당신께 산과 들을 깨우는 아침을 보여드리고

and kiss you and give you seven daffodils.

입맞춤과 함께 일곱 송이 수선화를 드릴 수 있답니다.

I do not have a fortune to buy you pretty things.

당신에게 예쁜 것들을 사 줄 재물이 내겐 없어요

but i can weave you moon beams for necklaces and rings.

그러나 나는 달빛을 엮어 목걸이와 반지를 만들어 드릴 수 있고요

but i can show you morning on a thousand hills.

그러나 나는 당신께 산과 들을 깨우는 아침을 보여드리고

and kiss you and give you seven daffodils.

입맞춤과 함께 일곱 송이 수선화를 드릴 수 있답니다.

Oh seven golden daffodils all shining in the sun.

햇살에 아름답게 빛나는 일곱 송이 금빛 수선화가

to light our ways to evening when our day is done.

하루를 마무리하는 저녁까지 우리의 길을 비춰줄 거에요

and i will give you music and a crust of bread.

난 당신께 음악과 함께 한 조각 빵을 드릴 거고요,

and a pillow of piny boughs to rest your head.

당신의 머리를 쉬게 할 작은 리본 장식 베개도 드릴 거예요.

무엇보다도 오면서 바로 가버리는 봄을 수선화가 아니, 이 노래가

잠시라도 더 잡아줄 거라는 생각입니다.

2013. 4. 2

용필이 형은 늙지도 않아

한때 그리도 많이 말하던 '웰빙'이란 말 대신 요즘은 힐링이 대세인가 봅니다. 눈을 떠도 감아도 힐링이군요. 힐링은 건강을 위한 신체치유가 맞는 말일 텐데, '마음의 위안'이란 뜻으로 더 쓰이는 것 같습니다.

신 라이프스타일로 자리잡아가고 있는 '힐링', 과거 우리는 어떻게 힐링을 했을까 생각해보니 대번에 가수 조용필이 먼저 생각납니다. 확실히 우린 조용필의 노래에 많은 마음의 상처를 달랬던 것 같습니다.

실연을 했을 때, 사랑은 별 거 아니다. 아쉬운 이별을 했을 때, 이 마음 또한 지나갈 것이다. 나만 한 없이 고독하다 싶을 때, 우리 모두는 외롭다 이런 식의 힐링을 조용필의 노래에서 위안을 얻은 뒤 다시 힘을 냈던 것 같습니다.

그런 음악계 아니 힐링계의 허준 조용필이 언젠가부터 우리 곁에서 별 모습을 보기 힘들었습니다. 세월이 그를 밀어냈던 것이겠죠.

그런데, 이게 무슨 일입니까! 최근 조용필의 노래가 들려왔습니다. 어리고 예쁜 여자애들인 걸그룹에만 빠져있을 것 같은 젊은 친구들까지 이 60대 중반 아저씨의 노래를 듣는 것입니다. 그들이 뭔가에 쇼크를 받은 것 같습니다. 물론 예전의 연주기법이 아니기도 하지만 분명히 같은 사람이 같은 창법으로 부르는 노래인데, 조용필의 노래에 젊은 아이들이 심취하고 있는데, 이유가 뭘까요?

그가 확실히 돌아온 것입니다. 64세의 조용필이 '바운스Bounce'라는 제목의 트렌디 팝으로 각종 음원 차트를 점령하고 있습니다. 그를 가왕歌王이라 불렀었는데요, 황제의 귀환보다는 그의 음악 스타일에 평가가 많습니다. 어느 대중음악칼럼니스트는 조용필과 그의 노래가 상식과 고정관념을 파괴했다고 말합니다. 다양한 세대가 공감할 수 있는 그의 노래가 세대 갈등을 치유해 준다고도 말하더군요. 따라 불러보니 통통 튄다는 뜻의 '바운스'에서 삶의 질곡을 걸러낸 절제의 깊이가 느껴집니다.

제 이 편지도 많은 사람들에게 힐링이 될 수 있다면 참 좋겠는데… 과분한 바람일까요?!

2013. 5. 6

그녀가 매일 시를 읽는 이유

그녀가 말을 하면 그 안에서 어떤 에너지가 팍팍 분출되는 것 같습니다. 좀 빠르긴 하지만 큰 목소리로 또렷또렷 말을 하기에 알아듣기에도 좋습니다. 전 그녀가 방송에 나와서 이야기할 때면 귀와 눈을 떼질 못하고 몰입합니다. 단문으로 경쾌하게 끊어서 말하는 스피치기술이 뛰어난 것도 있지만요, 내용이 세계 오지를 가서 본 그 쪽의 특이한 문화를 설명하고, 무엇보다도 배를 굶주리고 정에 목말라 하는 가난한 나라의 불쌍한 사람들을 돕고 온 이야기이어서 뭉클하기 때문입니다.

그녀는 자신의 말이 빠른 게 싫어서 고치려 무진 애를 썼다고 합니다.

말하기 전에 심호흡을 하고 손등과 손바닥에 매직펜으로 '천천히!'라고 쓰는 등 용하다는(!) 방법을 다 쓰고 있지만 효과를 보지 못해 말빠른 유전자를 타고 나지 않았나 생각한답니다. 그래서 고치기 힘든 빠르기 교정보다는 원활한 의사소통을 위해서는 발음을 정확하게 하는 방법을 써 왔다고 합니다.

그 훈련으로 고등학교 때부터 지금까지 매일 아침, 시 한 편을 소리 내어 읽고 있다니 놀랍습니다. 아마도 입을 크게 벌려서 한 자 한 자 또박또박 읽다보면 발음이 정확해지기 때문이겠죠.

대부분의 시들은 얼마나 아름다운 말들로 묶여 있는 글 꾸러미인가요?!

그녀는 수십 번 반복해서 읽은 시들을 절로 외우게 되었고, 그 외운 시 구절들은 글을 쓸 때나 일상생활 중 요긴하게 쓰기도 한다니, 1석 몇 조가 되는가요? 바로 얼마 전에는 힘들어 하는 친구에게 이런 시를 들려줬다고 하더군요.

천길 벼랑 끝 10미터 전,
하느님이 벼랑 끝으로 나를 밀어내신다.
1미터 전, 계속 밀어내신다.
벼랑 끝. 아니야. 하느님이 날 벼랑 아래로 떨어뜨릴 리가 없어.
내가 어떤 노력을 해 왔는지 잘 아실 테니까.
그러나 하느님은 벼랑 끝자락에 간신히 서 있는 나를 확, 밀어버렸다.
… 그때야 알았다.

나에게 날개가 있다는 것을

요즘은 이런 멋지고 고마운 시들을 사실 도처에서 만날 수 있습니다.

마음만 먹으면 신문을 보다가 지하철을 기다리다가 유리문에 있는 것을, 인터넷 시 사이트에서, 빌딩 벽을 보고 얼마든지 낭송할 수 있습니다. 저는 지하철역에서 발견하는 시들을 꼭 찍어서 SNS에 올리곤 합니다.

여러분도 말을 너무 빠르거나 혹 아주 느리거나, 발음이 부정확하다 싶을 땐 시를 읽으며 교정을 해보세요. 효과가 있을 것입니다.

참, 30년 이상 매일 아침 시를 읽는 사람은요.

제가 가장 아름다운 여인으로 알고 있는 국제구호기구 활동가, 오지여행가로 활약이 대단한 한비야 씨입니다.

2013. 7. 15

우리말 길라잡이

'수다장이'와 '수다쟁이'

우리말의 표준어 규정에서는 ~장이와 ~쟁이를 가려 쓰도록 하고 있습니다. 그 말이 기술자를 뜻하는 말이면 ~장이를, 그렇지 않으면 ~쟁이를 붙여야 합니다. 예를 몇 개 들어보면 가려 쓰는 원칙을 바로 알 수 있을 것입니다.

땜장이, 유기장이, 석수장이, 대장장이들은 기술자이니까 '장이'가 맞구요 '~쟁이'를 붙여야 할 말은 관상쟁이, 수다쟁이, 멋쟁이, 오입쟁이들입니다.

자넬 만난 뒤로 좋은 일이 많이 생겨!

학교 시절, 국어시간에 읽기는 언제나 제 몫이었습니다. '틀리지 않고 또랑또랑하게 읽는'절 시키면 선생님들은 안심이 되셨던 모양이지만, 사실 서투른 다른 친구들도 시켰어야 골고루 낭독공부가 됐을 일입니다.

어쨌건 전 읽기와 말하기에 제법 소질이 있었는데요, 이게 저절로 생긴 게 아닙니다. 초등학교 때 어느 날 김석수 선생님(그리운 은사님!)께서 '넌 장래에 말로 크게 출세할거야'라고 해 주신 칭찬의 힘이었습니다.

누군가에게 들은 좋은 말 한마디는 평생 보약이 되나 봅니다.

여러분 중에도 더러 아시는 분이 계실, 제 친구 '스티브'를 소개하겠습니다. 스티브는 SNS전문가에 웃음강사로 활동이 아주 왕성한 친구입니다.

서로 알게 된 것은 그리 오래되지 않았지만, 누구보다도 자주 만나는데요, 전화 통화 시나 직접 대면할 때면 그는 꼭 먼저 이런 말을 해 옵니다.

"자넬 만난 뒤로 좋은 일이 많이 생겨!"

제게 해 오는 스티브의 그 칭찬을 들을 때, 도움 준 게 없는 저는 민망하면서도 얼마나 고마운지 모릅니다. 그런데 이 말이 참 좋은 말이면서 쉬운 말임에도 많은 사람들은 잘 안하거나 못하는 '어려운 말'이라는 것입니다.

따지고 보면 간단하면서도 무척 좋은 말이 많습니다.

상대의 걷잡을 수 없는 화를 가라앉히는 말은 '미안해'한 마디 아니겠습니까?

겸손한 인격의 탑을 쌓는 말은 '고마워'이구요,

상대의 어깨를 으쓱하게 하는 말 '잘했어'

'내가 잘못 했어'는 화해와 평화를 부르기에 충분하다고 봅니다.

존재감을 쑥쑥 키워주는 말로 '당신이 최고야'가 있구요,

상대의 기분을 '업'시켜줄 말로는 '오늘 아주 멋져 보여',

더 나은 결과를 이끌어 내는 말 '네 생각은 어때?',

든든한 위로의 말 '내가 뭐 도울 일 없어?',

상대의 자신감을 하늘로 치솟게 하는 말 '어떻게 그런 생각을 다

했어?',

열정을 샘솟게 하는 말 '나이는 숫자에 불과해',

'당신을 믿어'는 상대의 능력을 200%이끌어 내는 말이구요,

점처럼 작아지는 용기를 원처럼 크게 키우는 말 '넌 할 수 있어',

부적보다 큰 힘이 되는 말 '널 위해 기도할게',

충고보다 효과적인 공감의 말 '잘되지 않을 때도 있어',

돈 한 푼 들이지 않고 호감을 사는 말 '당신과 함께 있으면 기분이 좋아져',

후배나 자식의 앞날을 빛나게 하는 말 '네가 참 자랑스러워',

반복되는 일상에 새로운 희망을 선사하는 말 '첫 마음으로 살아가자',

환상의 짝꿍을 얻을 수 있는 말 '우리는 천생연분이야',

다시 일어설 수 있는 힘을 주는 말 '괜찮아 잘 될 거야',

'보고 싶었어'한 마디에 상대의 가슴이 몹시 설레게 될 것입니다.

배우자나 연인에게 보람을 주는 말로 '난 당신밖에 없어'가 있구요,

상대를 특별한 사람으로 만들어 주는 말 '역시 넌 달라',

지친 마음을 어루만져주는 말 '그동안 고생 많았어',

인생의 새로운 즐거움에 눈뜨게 해주는 말 '한 번 해볼까',

그리고 백 번, 천 번, 만 번을 들어도 기분 좋은 말이 있습니다. 뭘까요?

네, 맞습니다. '사 랑 해!'입니다.

가을비 오는 오늘, 저녁에 스티브랑, 인물화를 기가 막히게 그리는 조현종 화백이랑 합정동서 막걸리 한 잔 하기로 했거든요.

스티브 그 친구는 분명히 우리보다 먼저 '자네들을 만난 뒤로 좋은 일이 많이 생겨!'라고 해올 것입니다.

2013. 8. 29

우리말 길라잡이

'봉숭아'와 '봉숭화'

엊그제 올 겨울 첫눈이 내렸는데요, 첫눈 올 때까지, 여름에 들인 손톱의 고운 봉숭아물이 빠지지 않으면 첫사랑에 성공한다든가요?

그런데 '봉숭아'와 '봉숭화' 중 어떤 게 맞다 생각하십니까?

이전에 여름 한 철 여자들로부터 사랑을 듬뿍 받던 꽃, 이게 봉숭아, 봉숭화, 봉선화, 봉송아 등의 이름을 가지고 있었는데, 꽃이니까 '화'를 붙여 '봉숭화'일 거라 생각하기 쉽습니다.

그러나 봉숭아의 본래 말은 봉선화鳳仙花입니다.

현행 규정에서는 본래의 형태인 '봉선화'와 제일 널리 쓰이고 있는 '봉숭아'만을 표준어로 삼고 있습니다.

천국에서 쓰는 말을 미리 배우세요

골프 즐기시는 분들은 이 사람을 잘 아실 겁니다. 양찬국 프로.

외국서 골프를 익혀 그 라이센스로 국내서 활동하셨던 분인데, 기어이 국내 프로자격증을 따기 위해 2,30대 젊은 친구들과 몇 차례 테스트를 치러 나이 예순 넘어서 자격을 취득한 강단 있는 분입니다.

골프전문 방송에서 자신의 프로그램 '노장불패'를 진행하기도 했고, 현재는 인천 영종도 〈스카이72드림레인지〉에서 후진 양성에 온 힘을 쏟고 계신 최고의 골프교습가입니다.

양 프로는 그 연배보다도 훨씬 더 아래 나이의 친구들이 잘 따르고, 골프 교습을 할 때 무척 쉽고 재미있는 말로 해줘서, 제자들도 아주 많습니다.

이를테면 남자 초보자에게 골프채 그립을 하는 방법을 설명을 할 때 '소변 볼 때의 손 동작과 악력으로…'하는 식입니다. 엉겁결에 '19 금 이야기'를 하고 말았는데, 부드럽고 가볍게 손잡이를 잡아야 한다 는 것의 표현으로 기가 막히지 않습니까?!

이분과 교분이 깊은 저는 자주 통화를 하는데요, 저를 호칭하는 말 에서 단 한 번도 '가장 존경하는 김 작가…'를 빠트린 적이 없습니다. 저는 답례로 '영화배우이시기도 한 양 프로…'라 해드립니다. 그래놓 고 서로 계면쩍어 껄껄 웃긴 합니다만.

옛사람들은 누굴 부를 때 원래의 이름 말고 호를 칭했는데, '아호' 라는 것이 당사자의 좋은 특징과 추구하는 인간상 아니겠습니까?

요즘에는 호나 나쁜 별명을 부르기 뭐하니 저와 양 프로처럼 '영화 배우'등의 수식어를 하나씩 만들어 붙이면 어떨까 싶습니다.

어떤 여자한테 '볼매 아무개 씨…'(볼매=볼수록 매력)라고 문자, 이메 일에 계속 썼더니 황홀해할 정도로 좋아하더군요.

앞서의 양 프로는 골프뿐 아니라 IT기기를 잘 다루고, 글도 잘 써서 SNS도 활발히 하는데, 아침마다 카카오톡으로 뭔가 흥미 넘치는 글귀 나 생활단상 그리고 가끔은 좀 센 ㅋㅋ '19금 콘텐츠'도 보내옵니다.

오늘 아침엔 '천국에서 사용하는 7가지 말'을 보내왔는데, 아주 좋 아서 여기에 옮겨봅니다.

행복이나 불행을 만드는 것은 물질이 아니라 말입니다.

말하는 사람은 같더라도 하는 말에 따라 새로운 파동을 일으킵니다.

천국의 말을 입에 담고 천국의 생각을 하면 내게서 나오는 파동이 달라져 인상과 생각이 즐겁고 행복한 방향으로 가게 됩니다.

천국의 말이요? 우리 주위에 있는 무지 흔하지만, 잘 쓰지 않는 말들입니다.

- 미안해요. (I AM SORRY)
- 괜찮아요. (THAT'S OKAY)
- 좋아요. (GOOD)
- 잘 했어요. (WELL DONE)
- 훌륭해요. (GREAT)
- 고마워요. (THANK YOU)
- 사랑해요. (I LOVE YOU)

천국에 있는 사람들은 이런 말을 잘 써서 천국에 왔고, 천국에 있으면서도 계속 쓰나 봅니다.

제가 '존경하고 영화배우로 여기는' 양찬국 프로께서 보내준 글이었습니다.

2013. 9. 11

3일과 8일은 전라남도 구례의 5일장입니다!

다시 맞는 추석의 바로 앞에 있습니다.

맛있는 음식과 추석빔이 생겨서 어렸던 우리에게는 이때가 최고로 즐거웠지만, 지금 생각하니 어머니는 무척 고통스러우셨을 것입니다.

농촌에 살면서도 제대로 된 땅뙈기가 없었던 우리 집은 제사상 음식으로 차릴 농산물을 전부 사야했지만, 면사무소 말단 서기이셨던 아버지에게 추석보너스가 나왔을 리 만무여서, 어머니는 장 볼 돈이 무척 쪼들렸습니다.

올해 추석은 19일이니, 구례는 그 전날 18일이 장날이어서 큰 명절 대목장이 설 겁니다.

추석에 맞닿아 있는 추석장을 보러 가시는 어머니를 따라 집에서 5키로 쯤이나 떨어진 장에 갔던 어린시절 이야기입니다.

어머니는 시장 상인들에게서 숫제 뺏고, 싸우다시피 하며 물건을 더 집어 담고 값을 깎아 시장광주리를 채우셨으나 아직도 더 사야할 것이 많은 상태서 돈은 다 떨어지고 말았습니다. '큰 일 났네. 그건 꼭 사야하는데…'라는 어머니가 혼자 하신 중얼거림을 어쩌다 귀를 열고 있었던 제게 크게 들렸습니다.

순간, 분명히 짐작컨대 허리춤의 돈은 다 나왔는데도 어머니는 보무당당한 걸음걸이로 어느 가게를 들어가셨습니다. 절대 아는 집이 아니었습니다.

좋은 물건을 값도 제대로 확인하지 않고 챙기더니

"다음 장에 드릴텐께 외상으로 주씨요."

하시는 거였습니다. 외상! 돈을 나중에 주기로 하고 물건을 가져오는 신용거래.

가게 주인, 눈을 추석 달만큼 크게 뜨고 짓는 표정은 '나는 아주머니를 꿈에도 본 적이 없다. 결코 안 된다'가 역력했습니다.

그러나 어머니의 놀라운 외상구매 실력을 익히 봤던 저로서는 이번에도 어머니 자력으로 틀림없이 이 거래를 성공시킬 거라 예상하고 그저 담담히 관전모드에 있을 뿐이었습니다.

어머니가 당신을 '믿을 만한 사람이니 걱정마라.'고 하시면서 잇는 설명은 '얘들 아부지가 면사무소에 댕기는 높은 사람이다(아닙니다!), 나는 이전에 당신헌티 물건을 자주 사쳤다, 글고 난 남의 돈을 한 번도 떼 묵은 적이 없다'등이었습니다.

그 중, 전에도 요 가게가 단골이었다는 건 완전히 거짓말이었던 것 같습니다.

제 어머니가 무사히 외상으로 물건을 사셨을까요? 그렇습니다! 우리 팀 아니어도 후속 손님들이 현금 들고 몰려오는 판이지만 그 쥔은 어머니에게 물건을 내주셨습니다.

대학원에서 '설득커뮤니케이션'을 강의하면서 '이건 내가 아니라 돌아가신 울 어머니를 깨워서 강의를 부탁해야겠다'는 생각을 한 적이 있습니다.

온갖 미디어의 멘트나 광고 예술가들이 만든 작품, 일반인들의 대화에는 설득의 기법들이 탄탄하게 깔려 있습니다.

그러나 인위적 설득노력이나 과학적 설득Persuasive Message보다 더 힘이 센 것은 인간적 정에 호소하는 것이 아닌가 하는 생각을 해 봅니다.

어머니는 오래 전에 이미 힘든 추석장을 보시지 않아도 되는 나라로 가셨는데요, 이번 추석연휴 때는 지리산 아래의 제 고향 구례에 가서 어머니 손을 잡고 갔던 그 5일장을 기어이 다시 보고 오려 합니다.

묘소 앞이 아닌데도 벌써 어머니에 대한 그리움에 목이 멥니다.

2013. 9. 16

'별들의 고향'으로 간 사람

저를 포함한 우리 젊은 대학생들에게 그는 뛰어난 글쟁이를 넘어서 가히 영웅이었습니다.

그가 20대 나이에 유명 일간지에 연재한 소설 「별들의 고향」은 젊은이들이 필독하는 연애의 경전이었고, 청춘들의 아픔을 어루만져주고, 희망을 일으켜주는 힐링 멘토이기도 했습니다.

우리는 대부분 영화화된 그의 작품들, 예컨대 「고래사냥」, 「바보들의 행진」, 「겨울 나그네」등의 명대사를 읊조리는 것을 술자리 최고의 안주요, 멋으로 여기느라 그의 보석 같은 글귀를 메모해 다니며 시도 때도 없이 자주 외우곤 했습니다.

그가 나중에 「상도」같은 시대소설이나 「길 없는 길」같은 종교소설을 써도 그에게는 '청년문학의 대표자'라는 수식어가 따라다녔습니다.

그분, 최인호 작가는 부인과의 결혼도 극적이었다고 했습니다. 대학의 나뭇가지에 '나 최인호는 ○○○와 연애 중이다!'라는 현수막을 내거는 일방적 구애로 둘 사이가 연인임을 기정사실화해버렸다는 것입니다.

천주교 서울교구청에서 발행하는 주보에는 최인호 작가의 글이 자주 실렸습니다. 미사 전에 그의 글을 꼭 읽곤 했습니다.

암 투병 중에 쓴 「낯익은 타인의 도시」에는 이런 내용이 있었습니다.

'나는 암에게 고마움을 느낀다. 암은 지금껏 내가 알고 있던 모든 지식과 내가 보는 모든 사물과 내가 듣는 모든 소리와 내가 느끼는 모든 감각과 내가 지금까지 믿어왔던 하느님과 진리라고 생각해왔던 모든 학문이 실은 거짓이며, 겉으로 꾸미는 의상이며, 우상이며, 성 바오로의 말처럼 사라져가는 환상이며, 존재하지도 않는 헛꽃임을 깨우쳐주었다.'

아, 저주를 해도 시원치 않을 나쁜 병을 축복의 대상으로 생각했다니, 얼마나 비범해야 이만한 수양을 쌓을 수가 있을까 감탄만 나옵니다.

어제 저녁 술자리에서 그의 부음을 듣고 우린 다른 주제의 대화는 모두 걷어버리고 '최인호와 아름다운 글' 얘기로만 밤늦도록 진지하면서도 낭만에 가득 찬 시간을 가졌습니다.

그의 작품 중에 명문으로 생각되는 글들을 좀 더 옮겨보겠습니다.

'적당히 채워라. 어떤 그릇에 물을 채우려 할 때 지나치게 채우고자 하면 곧 넘치고 말 것이다. 모든 불행은 스스로 만족함을 모르는 데서 비롯된다.'

                                                    —「상도」

'따지고 보면 우리들의 인생이란 신이 내려준 정원에 심은 찬란한 꽃들이 아니겠는가!'

                                                    —「꽃밭」

'여행은 느릿느릿 숨겨진 보물을 찾아가는 일이다. 설령 보물을 찾지 못했을지라도 슬퍼하거나 우울할 필요는 없다. 보물을 찾아 헤맨 시간들이 바로 내 여행의 가장 큰 보물이기 때문이다.'

                                            —「나는 바람처럼 자유롭다」

'나는 부처의 다음과 같은 경구를 좋아한다.
무소의 뿔처럼 혼자서 가라.
소리에 놀라지 않는 사자와 같이/ 그물에 걸리지 않는 바람과 같이
흙탕물에 더럽히지 않은 연꽃과 같이'

                                                    —「산중일기」

지금 하늘의 별들은 이 천재의 귀환을 맞아 가장 뜨거운 환영잔치를 준비하고 있겠죠?!

                                                    2013. 9. 26

Now or Never!(지금 아니면 영원히 못한다!)

    개그맨 전유성 씨, 모두 잘 아시죠? 늘 시집을 끼고 다니고, 지적 언어유희에 아주 능한데요, 그러한 '익살'자체를 'GAG'라고 맨 처음 불렀던 그야말로 원조개그맨입니다.

    제가 대학생 때 방송작가가 되었는데, 전유성 그는 대학을 졸업하고 방송활동을 하고 있는 '개그맨'이었습니다. 그와 금방 친해져 지금까지도 자주 어울리는데, 우리말에 아주 민감할뿐더러 함부로 말하는 것을 아주 싫어하더군요.

    왜 우리가 '빈말'이라고 하는 말 있잖습니까? 이 '그냥 해보는 말'이 전유성에게는 통하지 않더란 말입니다.

    어떤 후배가 전유성을 만나기만 하면 자주 '지나가는 말'로 자주 생색을 내더랍니다.

"형 덕에 제가 인기도 얻고 그랬는데, 언제 소주 한 잔 살게요!"

이 말을 수도 없이 했던 것이죠.

어느 날 전유성이 그 후배가 하는 예의 그 말에 참지 못하고 수첩을 꺼내서

"언제가 언젠데? 빨리 날짜를 대!"

하고, 기어이 약속을 잡은 것입니다.

그야말로 맘에 없던 말을 했다가 제대로 걸린 그 후배, 엉겁결에 날짜를 정했고, 마침내 그날이 왔고 여기서 부터 더욱 사람을 당황케 했습니다.

전유성은 그 마뜩치 않은 후배와 자리를 하자마자 달랑 '소주 1잔'을 털어 넣더니 밖으로 나가버렸습니다.

"형, 그냥 가면 어떡해요?!",

"뭘 그냥 가? 소주 한 잔 산다며? 한 잔 마셨잖아!"

사실 우리가 습관처럼 하는 말이 있습니다.

언제 한번 저녁이나 함께 합시다 / 언제 한번 술이나 한 잔 합시다.

언제 한번 차나 한 잔 합시다 / 언제 한번 만납시다.

언제 한번 모시겠습니다 / 언제 한번 찾아뵙겠습니다.

언제 한번 다시 오겠습니다 / 언제 한번 연락드리겠습니다.

언제 부터인가 우리들의 입에 붙어버린 말이 바로 '언제 한번'입니다.

잘 생각해 보세요. 오늘도 몇 번씩 그런 맹맹한 인사를 하셨을 것입니다.

만나면서, 헤어지면서, 전화를 끊으면서, 이메일을 끝에, 친구나 가족에게, 부모님께, 선생님께, 선후배에게, 동료에게, 거래처 파트너에게. 돌이켜 보면 그간 너무 많은 사람들에게 '언제 한번'이란 불확실한 약속을 남발하며 살았다는 생각이 듭니다.

'언제 한번'은 영원히 오지 않는다고 봅니다.

이제는

"오늘 저녁약속 있어?",

"이번 주말 어때?"

라고 물어보셨으면 합니다. 아니,

"지금 만날 수 없겠어?"라고 말해보시기 바랍니다.

그렇게 우리 입에 붙어버린 '언제 한번'이 바로 '잠시 뒤'이거나 '오늘', 아니면 '내일'이었으면 좋겠습니다.

오지 않을 시간인 '언제 한번'에는 사랑과 진심이 담겨있다고 볼 수 없습니다.

2013. 10. 2

수줍음 잘 타는 소녀 같은 '그 여인'

제가 비단 웃기는 코미디 글만 쓰는 건 아니고, 간혹은 무척 진지한 장르의 글도 씁니다. 숫제 엄숙하다 싶은 글은 어떤 종류이겠습니까? 그렇습니다. 무덤이나 동상에 새긴 비문碑文입니다. 저를 아는 사람들은 좀 '의외'라 생각하시겠지만 저는 유명인들의 비문을 좀 썼습니다.

그런데 이 비문이 여간 긴장되는 게 아닙니다. 당사자가 생전에 익살스럽게 써둔 경우도 없진 않으나 대개는 가족이나 주변의 흠모하는 사람들의 경건한 마음을 담기 마련이어서 고인에 대한 존경의 염이 최상이어야 함은 물론이고 글 한 줄 한 줄이 아주 고결하고 아름다워야 하기 때문입니다.

내용을 일부 공개하겠으니, 제가 쓴 비문 중 한 편을 보시기 바랍니다.

"소인素人 선생 계신 세상 그토록 환하더니, 아니 계시니 사뭇 어두워진 듯 하였어라.

숱한 이에게 주셨던 힘 정녕코 크셨도다.

이에 소인의 업적과 추모의 마음을 이 바위에 새기노라.

....

-약력 중략-

세속에 물들지 않는 희디 흰 명주실 같아 소인素人이신 분이여!

아직도 이 나라 경제 부흥 염원, 다 떨치지 못한 사랑, 고고한 이상, 실천코자 하는 진실들이 심경에 가득하시겠지요.

영감으로라도 전해주시면 당신 품으신 소망 이제 살아있는 자들이 꼭 펼쳐드리겠나이다.

이 바람 소인 선생 계신 곳까지 부디 닿기 바라며

모년 모월 모시 (   )들이 적다"

아는 분들이 계실 것입니다. 소인素人은 경제기획원 장관에 경제부총리, 우리나라 굴지 은행과 대그룹 회장을 지내셨으며 문학가로도 뛰어난 글을 남기신 故 김준성 선생이십니다.

몇 해 전 선생의 1주기가 있었고 새로 비를 세울 때 영광스럽게도 제 졸문이 들어갔습니다. 후대들의 간절하고 애틋한 심경을 100분의 1이라도 제대로 담았는지 모르겠지만, 그 일을 마음에만 두고 지내왔습니다.

바로 얼마 전, 분당의 한 골프샵에서 골프채를 새로 바꾸려는 '60대 중반'으로 보이는 한 여성을 만났습니다. 그 여인은 우아하고 아주 높은 지적풍모를 지니고도 활기가 넘친 사람이었습니다.

대기석에서 기다리던 우리는 골프 말고도 급기야 '인생'을 논하게 되었는데, 잠시 후에 나타난 골프용품업체 사장이 들려준 말에 제 가슴은 뭔가 확 날아와 박히는 듯한 엄청난 감동을 느꼈습니다.

이 여인이 바로 김준성 선생의 미망인 '이성호'여사이셨는데, 사실 처음 뵈었던 것이죠. 그런데 연세가 자그마치 91세나 됐습니다.

건강관리 하기에 따라 사람들의 나이가 달라 보이는 것은 사실입니다만, 아흔이 넘으신 분이 젊은 저랑 활발하게 '현대언어'로 토론을 하고 무엇보다도 기운을 상당히 필요로 하는 골프를 거침없이 즐기신다니요!

여사께서는 제가 쓴 글이 적힌 그 비碑를 자주 쓰다듬으시며 부군을 그리워하신다고 하셨는데, 변변치 못한 작가가 이리 큰 영예를 어떻게 얻을 수 있겠습니까?!

이 분 이성호 여사를 두고 소녀 같다고 표현한 이유가 있습니다. 스마트폰을 꺼내들고 함께 사진을 찍자고 졸라대도 한사코 거절을 했는데, 다음날 제게 전화를 하셔서 말씀을 하시더군요.

"내가 미장원엘 못가 머리가 예쁘지 않았어요. 호호호! 담에 만날 때 꼭 찍어요! 그리고 내가 채를 바꿨으니, 이제 거리가 좀 실하게 나가겠지요?"

아, 사람들은 나이 들어가면서 건강, 생각, 말에서 왜 개인 차이가 이토록 커지는 걸까요?

2013. 10. 15

우리말 길라잡이

'비치다'와 '비추다'

'비추다'는 빛을 내는 물체가 다른 물체에 빛을 보내다. 예를 들어 '달빛이 잠든 얼굴을 비추고 있다.' 어떤 물체에 빛을 받게 하다. 예로 '손전등으로 그의 얼굴을 비추었다.' 어떤 물체에 빛이 통과하다. '필름을 해에 비추어 보았다.' 빛을 반사하는 물체에 다른 물체의 모양이 나타나게 하다. '얼굴을 거울에 비추어 보았다.' 등에 쓰는 말입니다.

반면 '비치다'는 빛이 나서 환하게 되다. '손전등에 비친 수상한 얼굴' 빛을 받아 모양이 나타나다. '이상한 불빛이 비쳤다 사라졌다.' 그림자가 나타나 보이다. '창문에 꽃 그림자가 비치었다.' 투명하거나 얇은 것을 통하여 드러나 보이다. '살결이 비치는 옷' 얼굴이나 눈치 따위를 잠깐 또는 약간 나타내다는 뜻입니다.

"난 바빠서 그 모임엔 얼굴이나 비치고 와야겠어."라고 해야 맞습니다.

죽지 못해 산다구요?
뿜빠라뿜빠뿜빠빠~를 외치세요!!

제가 자동차로 전라도 지역을 여행할 때면 꼭 들러 이 동상을 찾는데, 매번 헌화는 못해도 경건한 묵념은 하고 옵니다.

전라북도 전주 근교에 위치한 〈예원예술대학교〉 교정에 故 서영춘徐永春 선생 동상엘 가는 것입니다.

십 수 년 전, 유일한 코미디학과가 있는 이 대학이 개교할 때, 제가 학과의 커리큘럼을 짰고, 교수로 학생들을 가르쳤는데, 재직 중에 한국 코미디의 상징적 인물 서영춘 선생의 동상을 건립한 것입니다.

위대한 코미디언, 서영춘 선생의 동상에 개인적인 애착이 큽니다.

바로 직전 레터에서 다른 유명 인물의 비문 쓴 이야기를 했는데, '살살이 선생'의 비문도 제가 썼습니다.

졸문이지만, 먼저 소개하죠.

'가갈가갈… 요건 몰랐을거다!'

님이 외치니, 그 말씀 맑은 영혼 깃든 아름다운 목소리 되더이다

님이 계셔서 따분하고 고달플 때 꿈과 힘 솟았고, 그리하여 그 눈물 방울 웃음꽃 되었더이다

님이 다녀가셔서 이 세상, 살만한 곳이라고 여기는 사람 한결 많아졌더이다

　　　　　-○년 ○월 ○일 영원한 봄처럼 살았던 서영춘 선생을 기리며

사람이 편안하고 즐거울 때 짓는 가장 보편적 감정표현이 웃음입니다.

중요하고 재밌는 사실은 설령 괴롭더라도 반대로 먼저 웃으면 우리 몸은 편안하고 즐거운 상태로 전환이 된다는 것입니다. 웃음만이 가진 마력이죠.

서영춘 선생은 숨을 거두기 직전에도 사람들을 웃겼습니다.

병문안을 간 여러 후배 코미디언들 중에 지금은 유명코미디언으로 인기가 대단했지만 당시로선 의기소침해 지내던 이경규 씨도 있었습니다.

겨우 입을 떼 서영춘 선생

"경규야, 요즘 어떠냐?"

실의에 빠져있던 이경규

"(무심코)아이, 죽지 못해 살고 있죠!"

잠깐 정적, 이윽고 얼굴에 미소를 짓더니 입을 뗀 서영춘

"나는 살지 못해 죽는다!"

아, 언어유희의 대가가 생의 마지막 순간에 던진 이 멋진 수사에 순간 좌중에 폭소가 일었으나, 곧바로 눈물로 이어졌습니다.

그 웃음꽃 제조기가 우리 곁을 떠난 지 어언 28년이 됐군요.

지금도 기억하는 사람이 아주 많고 이름만으로 웃음을 자아내게 하는 사람입니다.

살아있는 사람보다 세상에 없는 이가 훨씬 더 많이 입에 오르고 그 향기가 오래 깊은 경우가 있는데, 바로 '살살이 선생'이 아닐까 싶습니다.

이 기회에 우리 입버릇 중 하나, 걸핏하면 '죽지 못해 산다'라 말하는 것을 고칠 필요가 있다는 생각입니다.

살기 위해 사는 것이지 왜 죽지 못해 사느냐구요?!

아참, 요즘 젊은 가수들의 노래들은 거의 랩이 대세인데요, 서영춘 선생의 '인천 앞바다에 사이다가 떴어도 고뿌 없으면 못 마십니다.'같은 것들이 랩의 효시가 아닌가 하는 주장은…무리인가요?

2013. 10. 21

"고통 없는 곳에서 실컷 웃게나!"

진짜 '멘붕'이 오더군요.

잔병치레 한 번 않고 건강하던 그가 급성골수암(백혈병)이라는 끔찍한 병에 걸렸다는 연락을 받고 달려가 만났을 때, 두어 달 가량의 투병 뒤, 끝내 병마에 져서 숨지고 만 모습, 그가 재직했던 전남대학교에서 있을 영결식에서 제가 직접 할 '추도사'를 쓰는데, 자꾸 쏟아지는 눈물 때문에 문장을 제대로 잇지 못해, 어제 오전에 시작한 글이 오늘 아침에야 겨우 마무리되고…….

남의 '조사'를 여러 차례 써준 적이 있는데, 제가 할 것을 직접 쓰려니 아주 어려웠습니다.

결혼식, 주례에게서 소개되는 신랑신부의 인물 됨됨이, 세상을 떠난 고인에 대한 언론의 평가 등은 그가 이 세상에서 아주 뛰어난 인품을 지닌 없으면 안 될 인물로 그려지기 마련입니다. 물론 좋은 점만을 말하니까 그럴 수밖에요.

하지만, 아깝게 세상을 떠나게 된 제 친구 C교수는 아무리 냉정히 보려 해도 어디 한 군데 흠잡을 것이 없는 인물이었습니다.

교육자 집안에서 명석한 머리를 갖고 태어나 학교성적은 늘 수석을 놓치지 않았고, 최고의 대학에 뛰어난 성적으로 들어갔는데, 총명함과 부지런한 생활자세로 공부면 공부, 심지어 잡기까지 모든 면에서 늘 우리를 앞섰던 친구이었습니다.

그러면서도 그는 나보다 나은 사람이 받는 질투와 시기에서 예외이었습니다. 해박한 지식과 심오한 지혜가 우리 보다 워낙 앞선 탓도 있지만, 그것이 전부는 아니었습니다.

자신을 드러내지 않는 겸손함을 보였고, 우리가 부러워하는 이른바 사회의 출세길을 먼저 달리면서도 단 한 번도 잘난 체 우쭐해 하거나 으스대지 않으며, 그러지 못한 친구나 주위 사람들의 나쁜 처지를 안타까워했을 뿐이었습니다.

오늘 갖는 영결식에서 제가 할 추도사의 일부입니다.

"여보게 C박사!

참 야속하구먼. 우리 친구들은 얼마 뒤이면 좋은 곳에서 다시 만날 수 있으니 잠시의 작별이라고 해도 되지만, 그대가 그토록 끔찍이 사랑하던 아내와 예쁜 딸, 늠름한 아들을 두고 어쩌면 그리 쉽게 눈을 감을 수 있었던 말인가!

………

그대는 진정한 학자이었어.

전남대학교에 부임한지 30년 6개월을 한 눈 팔지 않고, 한결같이 밤늦도록 연구실을 지키며 보석 같은 학문적 성과를 많이 냈으니까 말이지.

듣자니 천연염색 분야에서 그 누구도 추종 못할 탁월한 기량을 보였다지. 또 나이 들어감에 서서히 흰 눈이 내려가는 우리의 머리를 자주 보면서 모발염색까지 연구하고 개척하더니... 이제 이 일들이 진행형 아닌 완료형이 되었다니, 애통하기 짝이 없구면……"

죽은 그 친구에게는 건강을 잘 유지하며 오래오래 살고 계시는 노부모님이 있습니다. 참척慘慽의 슬픔을 당한 그의 부모님을 어떻게 위로해 드려야할지도 모르겠습니다.

그는 자식으로, 아버지로, 남편으로, 학자로, 스승으로, 친구로, 많은 사람들에게 균형 잃지 않고 정 쏟았고, 늘 쾌활하게 조크를 즐겼으며, 바른 일에는 정직하고, 옳은 일에는 엄격하던 그 열정을 불꽃처럼 태우던 사람이었습니다.

아주 가까웠던 친구가 죽고 나니 그저 세상이 스산하게 느껴지고 엄청나게 허전하군요.

저는 지금 광주로 부랴부랴 갑니다. 침착한 목소리로 조사를 읽게 될지 모르겠습니다. 뭐, 감정에 겨워 눈물 좀 좔좔 쏟으면 어떻겠습니까?!

2013. 11. 13

가장 인간적인 생각, 말, 행동을 한 사람

지금 제 20층 작업실 창밖의 한강물 위에 곤두박질치듯 뿌려지는 눈이 장관입니다.

희디 흰 눈이 그야말로 펄펄~ 내립니다.

몸과 그를 둘러싼 환경은 검었지만, 마음만은 눈보다도 더 하얗던 사람의 생과 그가 남긴 말에 대해 이야기 해볼까 합니다.

그렇습니다. '자유의 거인', '검은 성자'로 불렸던 '넬슨 만델라'입니다.

그가 바로 얼마 전, 95해 생애를 마쳤습니다.

더러 그가 장수를 했으니 됐다하는 사람이 있습니다만, 저는 만델라의 생애 중 감옥에 갇혀있었던, 억울한 30여년을 거기서 빼면 70년도 온전히 못되니 그가 자신의 천수를 제대로 못 누렸다고 여기는 쪽입니다.

암튼 용서와 화해의 화신, 흑백화합의 상징, 인권운동의 상징으로 '마디바'(존경받는 어른)로 추앙받았던 그는 인류의 곁을 떠났습니다. 그러나 그가 우리에게 보였던 생각, 말, 행동은 영원히 사람들의 뇌리에 깊이 각인되었고, 그를 닮으려는 사람이 계속 나올 수도 있으니 그가 세상에 끼친 선한 영향이 얼마나 큰가 싶습니다.

국내 정치상황은 물론이고 세계 모든 곳에서 갈등과 극단적 싸움이 그치지 않고 있는 이때에 만델라의 95년 생애를 돌아보고 그가 남긴 말을 곱씹어 보며 교훈을 얻는 것은 큰 의미가 있으리라는 생각입니다.

만델라는 남아공 최초의 흑인 변호사로 지배계층의 인종차별 정책에 맞서 싸우던 중 1964년 내란혐의로 체포되고 맙니다.

재판의 최후진술에서 그는 담담히 말합니다.

"나는 평생 백인이 지배하는 사회에도, 흑인이 지배하는 사회에도 맞서 싸웠습니다. 모든 사람이 평등한 기회를 가지고 함께 살아가는 사회를 건설하고자 했습니다. 필요하다면 그런 소망을 위해 죽을 준비가 돼 있습니다."

이런 그에게 반대파들은 가혹하게도 종신형을 선고하고 단 한 명도 빠져나오지 못한 끔찍한 외딴 섬의 감옥에 무려 27년을 가둬버립니다.

하지만 그의 면모를 아는 사람들은 다 알았습니다. 그는 비록 영어의 몸으로 있었지만 사람들은 그에게 끊임없이 흠모의 정을 보냈습니다.

세월이 흘러 마침내 석방된 1990년 2월 11일, 그는 세상에 대고 겸손하게 외칩니다.

"나는 여러분 모두에게 평화와 민주주의 그리고 자유의 이름으로 인사합니다. 나는 선지자가 아니라 여러분의 천한 종으로 서 있습니다. 그러므로 남은 내 인생은 여러분의 손에 맡깁니다."

아, 케이프타운 앞바다의 로벤 섬 교도소의 5평방미터짜리 좁은 독방에서 모진 고문과 힘든 노역에 시달렸던 72세 노인이 갈구한 이 말보다 더 아름다운 자유와 평화의 언어가 또 있을까요?

저는 만델라의 어록 중에서도 이 말을 가장 좋아하는데, 이 말을 읊어보노라면 제 자신, 피곤했던 몸에 힘이 불끈 솟기에 그렇습니다.

1993년 노벨 평화상을 받으며 했던 연설 중에 나온 말입니다.

"결코 넘어지지 않는 것이 아니라 넘어질 때마다 일어서는 것, 거기에 삶의 큰 영광이 있습니다."

만델라 석방 이듬해 남아공에서는 주민차별법이 폐지되면서 350년에 걸친 인종차별법이 막을 내렸고, 그는 1994년 대통령 자리에 오르면서 이런 취임사를 남기기도 했습니다.

"이 아름다운 나라에 사람에 의해 사람이 억압받는 일이 결코, 결코, 결코 다시 일어나서는 안 됩니다. 자유가 흘러넘치도록 합시다!"

창밖으로 쏟아지는 흰 눈을 보면서 검은 거인 만델라를 사모하는 마음을 가져보니 참 행복한 느낌입니다.

2013. 12. 12

우리말 길라잡이

'젖히다'와 '제치다'의 구분입니다.

'젖히다'는 안쪽이 겉면으로 나오게 하다, 몸의 윗부분이 뒤로 젖게 하다, 속의 것이 겉으로 드러나게 열다라는 뜻을 지닌 말로 형이 대문을 열어 젖히고 들어 왔다, 몸을 뒤로 젖히면서 소리를 질렀다 등의 예로 쓰입니다.

이와는 달리 '제치다'는 거치적거리지 않도록 치우다, 어떤 대상이나 범위에서 빼다란 뜻을 지닌 말로 이불을 옆으로 제쳐 놓았다, 그 사람은 제쳐 놓은 사람이다 등으로 씁니다.

문제는 '젖히다'로 써야 할 곳에 '제치다'를 많이 쓰고 있습니다.

"모자를 제쳐 쓰고, 힘차게 응원가를 불렀다.", "더위 때문에 잠이 오질 않아 몸을 이리 제치고 저리 제쳤다."의 경우, 둘 다 잘못 쓴 것입니다.

기쁘게 삽시다!

제가 말과 글을 무척 중시합니다만, 사실 행동이 없는 말은 공허할 뿐입니다. 그런데, 말한 뒤에도 행동에 옮기지 않는 사람이 있는데, 꼭 행동을 하고 나서 그 다음에 말하는 사람이 있습니다. 교황 프란치스코입니다. 그야말로 언행일치言行一致의 진수를 보여주시는 분 아니겠습니까?

아내와 저는 꽤 오랫동안 천주교회를 나갔고, 아이들도 자라서는 함께 성당엘 나갑니다.

제가 오늘 말하려는 것은 앞서의 현 교황 프란치스코가 종교 지도자 중 최고로 훌륭하고, 제가 신봉하는 천주교가 타 종교에 비해 우월하다는 것이 아닙니다.

저는 사찰에 가서도 고개를 숙이고, 개신교회에서도 예배를 드리기도 합니다. 다른 뛰어난 종교나 성직자들도 많습니다.

제가 어릴 때 과자 얻어먹으러 갔던 교회 말고 나이 들어서 정식으로 가진 종교인 천주교는 나오라마라 뭘 하라마라 하는 '잔소리'가 없어서 좋았던 것입니다.

주일에 빈둥거리고 있는 절 보고 오래전부터 신자였던 아내는 함께 미사를 드리러 가자고 단 한 번도 말하지 않았습니다.

정식 신자가 된 지금도 미사엘 자주 빠지긴 하지만 아내나 신부님은 한 번도 '야단'을 치지 않더군요.

암튼, 역대 교황 중에서 가장 방문자가 많다는 프란치스코의 일거일동을 보면 늘 몸으로 말에 무게를 더하는 것 같습니다.

「슈피겔」 등 외신에서 소개한 것인데요, 그는 매일 아침 7시께 첫 미사를 집전합니다. 호화로운 관저를 마다하고 바티칸 한켠의 산타마리아 게스트하우스에서 생활하는 그는 많은 사람이 참석하지 않는 미사에서도 기꺼이 즐거운 표정을 짓는답니다.

한 마디로 격식을 전혀 따지지 않는 사람인 거죠.

교황이 즉위 이후 가장 먼저 아침 미사에 초대한 이들은 바티칸의 쓰레기를 치우는 사람들이었던 이야기는 유명합니다. 이어 경비원과 정원사 등이 미사에 초대되었고, 밖에 나가 노숙인들을 직접 만나는 파격적 행보도 보입니다.

또 교황은 구내식당서 차례를 지켜 음식을 들고 오고 커피를 뽑아

오는데, 누구도 돕지 않는다고 합니다.

2014년 들어 교황은 New Year's resolutions: The Pope Francis list라는 걸 발표했고 비신자를 포함한 많은 사람들이 인용을 하고 있어서 저도 소개해볼까 합니다.

새해 결심. 말이 간단하고 아주 쉽습니다.

그래서 그 안에 담긴 좋은 교훈을 이해하는데 어려움이 없다고 봅니다.

1. 험담하지 마십시오!(Don't gossip!)

2. 음식을 남기지 마십시오!(Finish your meals!)

3. 타인을 위해 시간을 내십시오!(Make time for others!)

4. 검소하게 사십시오!(Choose the 'more humble' purchase!)

5. 가난한 이들을 가까이 하십시오!(Meet the poor 'in the flesh'!)

6. 사람을 판단하지 마십시오!(Stop judging others!)

7. 생각이 다른 사람과 벗이 되십시오!(Be friend those who disagree!)

8. 맹세하는 것을 두려워 마십시오!(Don't be afraid to say "forever"!)

9. 주님을 자주 만나 대화하십시오!(Make it a habit to 'ask the Lord'!)

10. 기쁘게 사십시오!(Be happy!)

그가 스스로 입에 달고 살며 다른 사람에게도 권하는 세상 잘 사는 이치도 아주 간단합니다. 세 마디 말을 자주 하라는 것입니다.

"부탁해요, 고맙습니다, 미안합니다"

우린 이 쉬운 말을 왜, 잘 못하면서 사는 걸까요?

2014. 1. 10

우리말 길라잡이

일본어식 어투는 자제하세요

최근 우리말에 '…에 다름 아니다'와 같은 어투와 '낭만으로부터의 초대'와 같이 조사를 몇 개씩 묶어서 쓰는 일본어식 사용법이 꽤 많아졌습니다.

"회사를 그만두라는 말에 다름 아니다."→ "회사를 그만두라는 말과 같다."

"아버지로부터 재산을 물려받았다."→ "아버지에게서 재산을 물려받았다."

물론 글로벌 시대에 국가 간의 문화와 언어적 표현 방식이 뒤섞이는 현상을 무조건 막을 수는 없다. 그러나 언젠가는 이런 어색한 표현들이 우리 것으로 굳어지는 날이 올지도 모르지만 일부러 서둘러 쓸 필요는 없다고 봅니다.